» LA GAJA SCIENZA «

VOLUME 1476

UNA PICCOLA FORMALITÀ

Romanzo di
ALESSIA GAZZOLA

LONGANESI

Gruppo editoriale Mauri Spagnol

www.longanesi.it

ISBN 978-88-304-6004-1

Questo romanzo è un'opera di fantasia. Qualsiasi riferimento a persone, luoghi e circostanze reali è del tutto casuale. Personaggi e luoghi citati sono stati inventati dall'autrice allo scopo di conferire veridicità alla narrazione.

UNA PICCOLA FORMALITÀ

Ci sono cose che sappiamo di sapere. Ci sono cose che sappiamo di non sapere. Ma c'è anche l'ignoto ignoto, cioè le cose che non sappiamo di non sapere.

Mark Forsyth

Buongiorno, David, lo vorrebbe un leopardo?

Katharine Hepburn, *Bringing Up Baby*

1 Una cosa semplicissima

Non tutte le eredità sono come quella che spettava a Matthew Crawley, il lontano cugino del conte di Grantham che solo in virtù dell'essere maschio diventò proprietario designato di Downton Abbey.

Esiste chi un bel giorno eredita meraviglie grazie alle quali imprime una svolta alla propria vita, ed esiste chi, a un certo punto, senza nessuna colpa se non quella di rientrare suo malgrado in un malcapitato asse ereditario, si ritrova a dover sbrogliare una valanga di guai. O forse la svolta non è che un'illusione perché niente, mai niente cade dal cielo.

« Rachele? Mi ascolti? »

« Certo, papà, ti ascolto. » Ascolto, ma non capisco.

« È solo una scocciatura, come ti dicevo. »

« È stata una cosa improvvisa? »

« A quanto mi dicono, sì. »

« Okay. Ma tu? Come stai? Come l'hai presa? »

Anche se ci separano duecento chilometri, mi sembra di vedere la sua espressione, o meglio la sua assenza di espressioni, il suo ritrarsi di fronte a un'emozione che non riesce a tradurre in parole.

« I veri fratelli sono quelli che si fanno in quattro per te. Lui, si è sempre fatto in quattro per complicarmi la vita. Credimi, è brutto a dirsi, ma era morto da un pezzo, per me. »

Il *lui* è suo fratello Massimo, quindi, secondo la genetica e la legge, mio zio. Qui andiamo ben oltre il concetto di pecora nera: non è la simpatica canaglia di cui un po' si ride a distanza, né quello con cui non hai molto in comune ma comunque allo stesso tavolo per battesimi e cerimonie ti ci siedi, tanto poi ognuno continua con la propria vita già un minuto dopo essersi alzato. L'innominabile zio, a quanto pare, era proprio quel tipo di personaggio che nessuno vorrebbe in famiglia. A memoria credo di averlo incrociato solo una volta in tutta la mia vita. Per il resto, è sempre stato tenuto alla larga – o forse, è lui che si è tenuto alla larga. Chi può dirlo? La versione ufficiale, davanti alle mie richieste di chiarimenti, è sempre stata: non è persona che si possa frequentare. E poiché non se ne parlava volentieri, si è finito con il non parlarne più e basta.

« Lo so. Però una piccola differenza c'è, tra l'essere *come* morto e l'essere *davvero* morto. »

« Le nostre strade si erano separate tanto, tanto tempo fa. Sì, ovvio che umanamente provo pena. Dispiacere. Ma non molto di più di quando è morto David Bowie. »

« Be', papà, quello sì che è stato un brutto colpo. »

« Appunto. » Ma so che sta solo cercando un modo per sottrarsi alle mie domande. E infatti: « Ascolta, poi ne riparliamo » dice, ma non è convinto e, se lo conosco, non vorrà più tornare sull'argomento. « Il notaio mi ha spiegato che in teoria avremmo dieci anni per rinunciare all'eredità. Ma insomma, prima lo fai, meglio è. »

« Papà, ci hai riflettuto bene? Ti sei fatto spiegare precisamente che cosa ha lasciato? »

« Non ho bisogno di fare ricerche. Lo conoscevo bene. E so cosa si diceva in giro. »

« Non ci sono altri eredi? »

« No. Non aveva figli. »

« La moglie? »

« Tuo zio ha avuto solo 'compagne' » precisa mio padre, con un implicito tono di critica. « Credo che sul finire stesse con una persona. Ma, per la legge, sono io l'unico erede e dal momento che ho rinunciato, adesso l'erede sei tu. Ora, Rachi, non perdere tempo. Togliti questa scocciatura al più presto possibile. Non sto tranquillo al pensiero che la cosa sia ancora in ballo. »

« Sì, papà. Lo farò. » Mentre prometto, invio una mail alla caposervizio con un pezzo pieno di fuffa sui duchi di Sussex.

« Teoricamente potresti fare la rinuncia con un cancelliere del tribunale, ma dev'essere il tribunale dell'ultimo domicilio e tuo zio era domiciliato a Como, Dio solo sa perché. »

« Forse per poter scappare prontamente in Svizzera » rispondo con una risatina. « Scherzo. »

Mio padre però replica con tono serissimo: « E invece è plausibile ».

« Quindi dovrei andare al Tribunale di Como? »

« Oppure rivolgerti a un notaio, lì a Milano. »

« Como non è lontano. Magari mi costa meno di un notaio di qui che avrà parcelle da gioielliere. »

« Oppure vieni a casa e ti accompagno dal mio. Scegli tu, ma basta che lo fai. »

« Sì, sì, ho capito. »

« Rachele... » Mio padre pronuncia il nome con voce perentoria.

« Ho detto sì! »

« Quando vai a Como? »

« Non so, papà, devo organizzarmi. »

« Ti passo tua madre. »

Lei è decisamente più distesa. Non tocca l'argomento, mi chiede solo come sto, se ho visto che è uscito al cinema un nuovo film con George Clooney e se ci organizziamo per andare a vederlo insieme. Mi chiede di Alessio, con cui sto da metà della mia vita, ragione per cui lui è come un secondo figlio per lei. « Sta andando bene il suo viaggio a Dubai? »

« Be', sai, ha talmente tante riunioni che lo sto sentendo pochissimo. Ma sì, va tutto bene. »

« Certo, certo. »

Mi dice che mi vuol bene e mi manda un bacino. Cara, la mia mamma.

Poggio il telefono sulla scrivania e mi massaggio le orbite. Di fronte a me, il laptop aperto.

Controllo il calendario per capire quando in effetti programmare un salto fino a Como, venerdì sembra un buono slot, e poi vado sul sito del tribunale, dove trovo tutto ciò che mi serve: modulistica, importi da versare e ovviamente come prenotare l'appuntamento. Quant'è bello vivere in un'epoca storica in cui tutto è a portata di *clic*, ogni risposta, ogni bisogno.

Ma.

C'è un ma.

In me vive una giornalista, comunque. La curiosità è la mia seconda pelle.

E si prova una sensazione strana a ricevere un pacco sorpresa, una sottile eccitazione. Mio padre ha liquidato la cosa sotto la spinta di una componente affettiva, e vuole che faccia altrettanto. Ma io quella componente affettiva non ce l'ho, non potrei averla verso uno zio che di fatto non ho mai veramente conosciuto. E c'è qualcosa che comunque mi intriga nella risolutezza con cui mio padre vuole lasciarsi alle spalle la faccenda. Perché si è sempre evitato di parlare di questo zio confinandolo ai margini delle nostre vite come un fantasma? Ora che lo è davvero forse è il momento di spiegarmi cosa è successo, cosa li ha divisi.

Debiti, debiti. Ho davvero ereditato solo debiti? E se sì, con chi? Non che abbia voglia di pagarli, ovviamente. Non riesco ancora a estinguere i miei, tipo quelli che ho con le varie finanziarie per lo smartphone e il MacBook Air, figurarsi se mi interessa pagare debiti altrui.

Ma nessun cancelliere del tribunale mi dirà cosa la sorte mi abbia assegnato attraverso un giro tutto suo.

Su WhatsApp, intanto, Aleksandra Liana, la mia caposervizio, mi comunica di aver letto il pezzo sui Sussex. Di origini albanesi, è arrivata in Italia per frequentare l'università e non se n'è mai andata, diventando più milanese dei milanesi, con una rete di contatti sbalorditiva e un trilocale in stabile di ringhiera in zona Paolo Sarpi.

C'è da mettere mano. Usa un tono più brillante, non è un saggio

Sbaglio o è di oggi la notizia di quel maître di New York che parla male di Meghan? Direi di inserirla

Procedo

Fanno una retrospettiva di Eve
Arnold, ci vai tu? Scrivici 4500
caratteri, per venerdì

Non è un invito, è un incarico. E quindi, evidentemente non era destino che questo venerdì andassi a Como.

Poi mi prende la certezza di una cosa che sento di volere, o meglio, di *non* volere. Io non voglio andare fino a Como a rinunciare alla mia eredità, non prima di saperne qualcosa di più.

Chiamo Alessio via WhatsApp, per parlarne con lui. Gli riepilogo i fatti e ammetto che non ho intenzione di seguire alla cieca le direttive di mio padre.

« Perché hai sempre questo vizio di complicarti la vita? Tuo padre sa quel che fa. Ma poi è logico: ci fosse stata ciccia, non avrebbe rinunciato. »

« Lo frena la componente emotiva: non vuole aprire la scatola dei ricordi. »

« E tu sì, invece? »

« Ma io non ho ricordi! Questa è la differenza. »

« Okay, hai già deciso. Vuoi solo che ti dica: giusto, certo, fai bene. »

« Come stanno andando i tuoi appuntamenti? »

Frettolosamente risponde: « Sì, sì, tutto bene qui. Rachi, senti... devo andare ».

« Tranquillo. Io intanto mi cerco un notaio. Tu ne conosci qualcuno? Scarto l'idea di rivolgermi allo stesso di mio padre: dato che ho intenzione di saperne di più, credo sia meglio che i due vasi non comunichino. »

« Ma figurati. »

Ci salutiamo, lui però mi richiama un minuto dopo esatto: « Sì che lo conosciamo un notaio. Malacarne ».

Certo. Manfredi Malacarne, anche lui, come noi, provenienza terza A del Liceo Parini.

« Oddio, non so se è una buona idea. »

«Ma certo che è una buona idea. Tutti hanno un occhio di riguardo quando ci si conosce da ragazzi.»

Non può vedermi, ma arriccio le labbra.

«Non mi va di chiedergli un favore, era uno stronzo.»

«Naaaa. Era solo immaturo.»

«Ale, tu non sei obiettivo verso quella che era la nostra classe.»

«A modo tuo neanche tu: tendi a esagerare da sempre quanto fosse pessima.»

«Lo era.»

«Ma no. Era l'età.»

«Comunque, io non ho proprio voglia di rivedere Manfredi Malacarne.»

«Allora non lo rivedere. È piena di notai, Milano.»

«Vabbè, dai. Ci penso.»

Rachele, sistema il pezzo, mi serve tra mezz'ora al massimo

Hai letto che hanno preso Marinelli per il film tratto dai libri di Scurati?

Hai ancora quell'amica che lavora per un casting manager? Riusciamo a farci un virgolettato?

Ha cambiato lavoro

Peccato

Rivedo di corsa il pezzo sull'ultima produzione dei Sussex, e cioè *Archetypes*, l'ambizioso podcast di Meghan su Spotify. Ho trascorso sei ore ascoltando la voce rilassata della duchessa, con il suo accento losangelino, il tono come stesse parlando a tu per tu sul divano della sua villa di Montecito davanti a una centrifuga di sedano.

La traiettoria politico-femminista della duchessa di Sussex, già nota come Meghan Markle, iniziata con la lettera scritta al capo di un'azienda di detersivi per piatti che si rivolgeva solo alle donne, prosegue spedita verso nuovi traguardi. Se da molti sul suolo della vecchia Inghilterra Meghan è vista come la Cenerentola che ha portato il principe in cucina, oltre l'Atlantico la quarantunenne californiana è la coraggiosa stella che in barba ai privilegi monarchici sceglie di costruirsi la sua strada e trasforma il principe triste e irregolare in un imprenditore di se stesso, libero finalmente di scegliere cosa fare della propria immagine e di come raccontare la propria storia.

Ma so io cosa vuole Aleksandra: più gossip. È vero che mi manda a eventi tipo la retrospettiva di Eve Arnold e che una volta mi ha spedita a intervistare Cara Delevingne sul tema dei disturbi mentali, ma sull'edizione online del femminile per cui lavoro, benché si chiami *Chic&Glam*, il numero di *clic* più elevato lo fa sempre la Royal Family. A tutt'oggi il mio record resta un pezzo dal titolo *Perle di saggezza reale: le migliori ventuno frasi della regina.*

Dovrei rilavorare il testo ma poi mi prende la curiosità, di quel tipo un po' tignoso che riguarda la gente del proprio passato, perché si ha come la voglia di metterla alla prova dei fatti, alla resa dei conti del tempo.

Cerco Manfredi Malacarne su ogni piattaforma possibile, e non è sui social. Lo trovo solo su Google, perché c'è l'indirizzo del suo studio in zona Porta Romana.

E se lo chiamassi veramente? Il fatto è che, se è rimasto come mi ricordo che era, non mi ispira nemmeno tanta fiducia. Come ha fatto uno studente del tutto mediocre come lui, e francamente pure un po' scemo – per tacere di quanto era superficiale – a far carriera così giovane? Chissà com'è diventato. Tra l'altro si deve ammettere che non tutti i bei ragazzi diventano uomini belli. Anzi, una minoranza.

E chissà come si comporterebbe con me: sarebbe gentile e accogliente come presume Alessio? O mi farebbe pesare che mi sono rivolta a lui? Guardandomi indietro ammetto che se lui era di un'immaturità sconsolante, io dal canto mio lo trattavo con una certa supponenza. Non sono sicura che si ricordi di me con tenerezza. O per dirla tutta, non sono nemmeno sicura che si ricordi di me.

Mi rosicchio le unghie, un vizio che non sono mai riuscita a togliermi.

Telefono al numero fisso che ho trovato sul sito e mi risponde l'affabile e disponibile segretaria che ci si aspetta in questi casi, ma che mi avvisa: il notaio è *full*, non c'è spazio prima dei prossimi dieci giorni.

« Mi dispiace, se vuole fissiamo lo stesso un appuntamento... »

« No, mi serve una consulenza con un po' più di urgenza. »

« Se mi lascia il suo nome, magari la faccio richiamare. »

« D'accordo. »

Quando metto giù sono un po' deconcentrata. Anche perché, oltre la finestra, un ottobre cordiale come non ce n'erano da anni preme sui vetri e sussurra: apri, esci un momento. Il mio appartamento è un bilocale ben organizzato e dai soffitti altissimi, situato al piano terra di una palazzina del Seicento, con un cortiletto privato su cui sporgono le inferriate di un centro massaggi thailandese che non mi hanno impedito di arredarlo con piante, lucine, tavolo e panche rivestite da cuscini nemmeno fosse il dehors di un bistrot. Non c'è panorama, solo i muri esterni di altri palazzi, uno dei quali anche un po' scrostato e deturpato dagli impolverati motori di condizionatori appesi alle staffe sotto vecchie finestre, ma per me questo piccolo spazio a cielo aperto nel cuore della città è Versailles.

A farmi rientrare è il telefono che squilla.

« Rachele Braganza? »

« Sì? »

« Ci siamo appena sentite al telefono. Ho parlato con il notaio. Riesce a vederla oggi alle diciannove. »

« Di già? »

Sono colpita. Evidentemente la segretaria gli ha detto il mio nome e lui ha pensato bene di farmi sapere che, in virtù del passato comune, troverà del tempo extra per me.

La segretaria ridacchia. « Eh, sì, di già. Sempre se per lei va bene. »

« Sì, sì. Certamente, grazie. »

Da parte mia sarebbe scortese tirarmi indietro, a questo punto. Quali che fossero i miei programmi per le diciannove di stasera, la piazza è sgombra: si va da Manfredi e punto. Anche se, con ogni evidenza, è una cazzata delle mie. Io non credo che la gente possa cambiare. Può crescere, questo sì. E, forse, insieme alla statura, ai capelli, alle rughe, crescono anche i lati oscuri e insieme cresce la capacità di nasconderli. O, peggio, di usarli a proprio vantaggio.

Hanno pubblicato un bel libro sugli androni art nouveau di certi palazzi milanesi. Forse nella selezione c'è anche questo, dello studio di Manfredi Malacarne.

Se è vero che oggi sembrava di essere nel pieno di una giornata di primavera, adesso ottobre rientra nella parte: è già buio e la giacchetta di vellutino nero che ho messo non basta a ripararmi da quella punta di freddo che la sera ha portato con sé.

Il portone di vetro e ferro si chiude alle mie spalle e io seguo la passatoia fino all'ascensore, dando un'occhiata rapida ai mosaici di varie tonalità di verde che compongono l'immagine di un giardino in stile liberty. Suono il campanello e poco dopo la porta si apre con uno scatto automatico.

La segretaria ha l'aria stanca di chi pensa: Ci mancava solo che il notaio aggiungesse questa scocciatura last minute.

Mi scorta fino a una saletta d'attesa insolita, dalle pareti di un rosa che mi spiazza, decorate con una serie di disegni satirici del genere dell'*Identikit* di David Levine. La combinazione è piuttosto sorprendente e finisce che non mi siedo perché sono attratta dalle immagini, che studio a una a una. Siamo in presenza di un notaio che non si prende troppo sul serio. Non che io abbia grande esperienza in merito, mai stata da un notaio prima d'ora, però ho dentro di me lo stereotipo: studio bacchettone e notaio in completo grigio e cravatta regimental, se non addirittura con il panciotto, e nemmeno un capello fuori posto.

« Rachele. »

Mi volto verso le due porte battenti della sala d'attesa, sulle quali è appoggiato un uomo alto, dall'incarnato chiaro, i mossi capelli castani un po' più ordinati di come ricordo io e una semplice camicia azzurra che sottolinea due begli occhi dello stesso colore sotto sopracciglia dritte e scure. Non è un viso bello di primo acchito, ma – esattamente com'era al liceo, se non di più – lo è al secondo, quando ti prendi un paio di minuti per guardarlo meglio e accorgerti che il suo sguardo è furbo, fiammeggiante e che il suo sorriso fa onore alla categoria dei dentisti.

« Ciao, Manfredi » dico porgendogli la mano, rigidina come se fosse un estraneo, perché in effetti questo giovane professionista è uno sconosciuto, ma lui la tira e mi stringe in un abbraccio che mi lascia esterrefatta. Un abbraccio amabile, nostalgico, sincero. Che peraltro mi schiaccia le tette coppa 4 C che sono il mio cruccio da sempre e che cerco di camuffare tenendo la schiena curva.

« Sono dieci anni che non ci vediamo. »

« Per la precisione, quindici » replico.

Assume l'espressione di chi ha ricordato di botto che da ragazzina, non meno di adesso, sono sempre stata una saputella.

Comunque il calcolo era semplice: dalla maturità. Mai più visto in tutti questi anni, ma forse è comprensibile: per vincere il concorso notarile al primo colpo si sarà seppellito in casa e lo studio, per come lo ricordo io, non era proprio il suo forte. Ma adesso siamo qui, l'una di fronte all'altro, e io mi sento quasi in imbarazzo per il brilluccichio nei suoi occhi, come se gli ricordassi qualcosa di bello che lo mette di buonumore. Il luna park del liceo, certo. « Grazie di esserti ricavato lo spazio per vedermi praticamente subito, sei stato gentilissimo. »

« Quando la segretaria mi ha detto il tuo nome era il minimo che potessi fare. Ho un vago ricordo di dovermi sdebitare con te. »

Resto un attimo perplessa. « Sì? »

« Sì. »

« E per cosa? Non mi ricordo. »

« Non è importante, dai. Vieni con me » dice infine, avviandosi verso la porta del suo studio.

Afferro la borsetta che avevo lasciato su una delle poltroncine – anche quelle, rosa. Non riesco a non rivolgere un'altra occhiata d'insieme alla più stramba sala d'attesa in cui io abbia mai per l'appunto atteso, e Manfredi mi dice: « Fa effetto, lo so. Ecco cosa succede quando dai carta bianca a tua sorella. La casa di Barbie nello studio del notaio. Ma Mercede dice che secondo uno studio scientifico dipingendo di rosa i muri delle celle i detenuti si calmano. Si chiama effetto Baker-Miller ».

« La domanda è: i tuoi clienti beneficiano di questo effetto calmante? E, prima ancora: ne hanno bisogno? »

« Forse sì, se stai per farti un debito lungo vent'anni con una banca che formalmente possiederà l'ipoteca della tua casa fino a quando non le avrai ripagato l'ultimo centesimo. »

« Anche questo è vero. Come sta Mercede? » Ricordo che in effetti Manfredi aveva una sorella gemella nella sezione C. Era una ragazza alla mano e molto empatica, una di quelle con cui fai amicizia dopo cinque minuti. A differenza del fratello, però, non era popolare a scuola. A un certo punto iniziò a prendere peso con un ritmo un po' anomalo; si diceva in giro che avesse un disturbo alimentare.

« Bene, bene » dice lui, di spalle davanti a me, poi si volta e mi chiede: « Cosa fai tu? Mi ricordo male o ti eri iscritta a Filosofia? »

« Sì. La facoltà per diventare milionari. Ma in realtà dopo la triennale ho fatto la specialistica in Scienze della comunicazione e ora sono una giornalista. »

Non molto colpito, commenta: « Figo ».

« Comunque hai buona memoria. Sai che per esempio io non mi ricordavo che tu avessi fatto Giurisprudenza? Me lo ha detto Alessio. Hai presente Alessio Montalto? »

Sgrana gli occhi. « Non mi dire che state ancora insieme. »

« Sìììììì. »

« Nessuno sta insieme con il fidanzatino del liceo più di tre giorni. Complimenti. » Anche se non suonano del tutto sinceri, cosa che istintivamente mi mette sulla difensiva.

« Diciamo che siamo l'eccezione che conferma la regola. »

Lo seguo sul parquet scricchiolante, del tipo montato sulla

sabbia agli inizi del Novecento, fino ad arrivare alla sua stanza alla fine del corridoio. Il suo studio ha uno spirito molto diverso da quello della sala d'attesa, ha l'odore insolito e stranamente piacevole di un misto tra vecchia poltrona di pelle, libri antichi e tabacco.

« Prego » mi dice allargando il braccio verso una sedia di fronte alla sua scrivania. « Che fa di bello, Alessio? »

« In questo momento è a Dubai. Lavora in pubblicità. »

Sulla parete dietro la scrivania, è appesa la laurea in Giurisprudenza con lode. Manfredi Malacarne, nato il 31 luglio, come me. Adesso che lo vedo mi torna alla mente questo dettaglio, perché non mi ricordo cosa ho mangiato ieri sera ma in compenso mi ricordo informazioni totalmente inutili tipo questa. Mentre lo studio di sottecchi e vedo questo suo spazio privato mi dico che ha ragione Alessio, c'è una specie di tenerezza quando da adulto rivedi qualcuno che ha di te istantanee che tu stesso hai perso. Io ho ricordi del notaio Malacarne, di quando era innamorato perso di quella tremenda bulla che era Barbara di Sant'Erasmo, di quando era cresciuto troppo di corsa per essere aggraziato, di quando aveva nella bocca un chilo di ferro e poi via via si era abbellito, così gradualmente che non avrei saputo dire né come né quando, e aveva iniziato a tirarsela. Chissà che immagini conserva lui, di me.

« Allora, Rachele, perché hai bisogno di un notaio? »

« Ecco, si tratta di una questione un po' delicata. » All'improvviso mi sento a disagio a raccontargliela: non che non potessi prevederlo, ma nel momento in cui la pronuncio, la mia storia mi sembra troppo intima da condividere con un mezzo conoscente. Sarebbe stato meglio con un estraneo. Ma ormai... « A quanto pare, sono erede di uno zio che aveva interrotto i rapporti con la nostra famiglia. Mi è stato detto che il lascito consiste esclusivamente in debiti ma io... Io vorrei saperne di più. »

Manfredi tamburella le dita sulla scrivania, poi prende un foglio bianco e si accinge a scrivere. Ecco che un altro ricordo che ho di lui si sblocca all'improvviso: il modo strano in cui impugnava la penna. Lo fa ancora.

« Nome del *de cuius*? »

« Massimo Braganza. »

« Luogo e data di nascita? »

« Credo... San Brendano di Clonfert, provincia di Verona. » Come mio padre. Tutta la mia famiglia è originaria di quel grazioso borgo immerso nel verde della campagna veneta, famoso principalmente per aver dato i natali all'eroe del Risorgimento Aleardo Marsini di Massenzio, che morì ventunenne al grido di « Viva la gran Risorta! » e per la sagra del montone in umido, un evento di portata non trascurabile a dispetto delle apparenze, tant'è che l'anno scorso vi ha partecipato come special guest star uno chef stellato di quelli che stanno sempre in tv.

Dopo una vita lavorativa trascorsa a Milano, i miei genitori hanno deciso di tornare alle origini. Hanno rimesso in sesto la casa che apparteneva ai miei nonni (dove leggenda vuole siano nati sia mio padre sia questo zio pecora nera) e nella miglior tradizione dei pensionati che si tengono attivi hanno messo una bagnarola in giardino a uso piscinetta, coltivano l'orto e allevano api.

« Data di morte? »

« Qualche giorno fa... »

« Per l'esattezza? »

« Non saprei. Naturalmente posso farti avere tutto quello che serve. »

« Okay, va bene. Immagino che anche la residenza sia un mistero. »

« E invece questa la so! Como. In effetti non sono molto preparata, scusami. Ma la notizia è di questo pomeriggio e non immaginavo che ci saremmo visti già oggi. Comunque, devi sapere che l'erede in prima battuta doveva essere mio padre, ma lui ha già rinunciato e si aspetta che io faccia lo stesso. »

« Corretto: la palla passa a te per cosiddetta rappresentazione. Non hai fratelli o sorelle, vero? »

« No. »

« E i tuoi nonni, i genitori di questo zio, sono già morti? »

« Sì. »

« Allora adesso l'erede sei unicamente tu. Mi servirà la rinuncia di tuo padre, ma immagino non ci siano problemi. Ed evidentemente è certo dei debiti, altrimenti non ti spingerebbe a rinunciare a tua volta. Giusto? »

Benché io non abbia alcuna esperienza dell'iter che tocca seguire in casi del genere, ho il sospetto che la sua domanda sia dettata anche un po' dalla curiosità personale.

« I rapporti tra loro due erano compromessi e lui non ne parla volentieri. Mio padre è un tipo schivo. Questo è anche il motivo per cui non so molto. »

« Se hai ereditato qualcosa di buono, perderlo è un peccato. »

« Mio padre mi assicura che si tratta solo di debiti. »

Manfredi mi osserva un attimo di troppo prima di rispondere: « Però, tu non ci credi fino in fondo ».

« Più che altro, vorrei saperne di più » ammetto, quasi a bassa voce, perché è brutto dubitare della sincerità del proprio padre.

« Tuttavia, che motivo avrebbe tuo padre per farti rinunciare a un potenziale guadagno? »

« Non lo so. Del resto, non sempre abbiamo una risposta a tutto ma non per questo la risposta non esiste. »

Manfredi annuisce silenzioso. Rilegge gli scarni appunti prima di dire: « Bene, Rachele. In assenza di questi dati io non posso ancora fare molto. Ma ti basta farmi avere la rinuncia di tuo padre, da lì dovrei trarre tutto quello che mi serve per eseguire delle visure e capire se, per esempio, tuo zio era proprietario di immobili. È la cosa che mi sembra più rilevante e che potrebbe controbilanciare i debiti di cui parla tuo padre ».

« Sì, certo. »

Ma mentre rispondo continua a suonarmi strano che mio padre abbia rifiutato con tanta prontezza senza sapere *cosa* effettivamente stesse abbandonando per sempre. E poi, se è vero che i rapporti erano del tutto assenti e lo zio era già come morto da un pezzo per lui, come faceva a sapere con precisione in quali condizioni di vita versasse? Malelingue, sì. In una famiglia c'è sempre qualcuno che alimenta il fuoco dei pettegolezzi e riporta brutte notizie su qualcun altro, specie se i rapporti sono deteriorati. Però quelle notizie il più delle volte sono parziali.

« Età orientativa di questo zio? »

« Era minore di mio padre, che ne ha sessantasei. Non so altro. »

« Allora è possibile, per esempio, che ci sia una posizione irregolare all'INPS. Il primo debito che mi viene in mente è questo. Ma, insomma, sono tutte supposizioni. Come pure sarebbe il caso di accertare che non ci sia un testamento che indica altri eredi oltre a quelli legittimi. »

« Mio padre non ne ha parlato. »

Lui annuisce. Sul foglio bianco ha segnato il nome di mio zio e quei pochi altri dati che sono stata in grado di fornire.

« Non per bombardarti di informazioni, ma magari può esserti utile sapere che abbiamo comunque anche un'altra strada, diciamo a metà tra l'accettazione pura e semplice e la rinuncia: si chiama accettazione con beneficio d'inventario. »

« Ossia? »

« Tu accetti, ma in caso esistano debiti li ripaghi con quello che ha lasciato il *de cuius*. Se i soldi finiscono, non sarai tu a pagare ciò che resta del dovuto. »

« E chi lo paga? »

« Nessuno. »

« Ma che fregatura per chi era creditore! »

« Ancora più fregatura sarebbe doverli pagare tu che non c'entri niente, non credi? »

« In effetti... »

« È strano che non l'abbiano proposto a tuo padre. »

« Magari sì, glielo hanno proposto, ma lui non ha voluto saperne. »

« Comunque, fammi avere la rinuncia di tuo padre e ti saprò dire al più presto. »

« Nel caso, io posso fare la rinuncia qui, da te? »

« A disposizione » ribatte, rilassandosi sulla poltrona girevole. Noto che ha al polso un paio di quei braccialetti multicolori e sottili da bancarella di una località di mare, di quelli che compri esprimendo un desiderio che in teoria si realizzerà quando il braccialetto si spezzerà per l'usura. Che desideri hai espresso, Manfredi? Ma subito dopo gli viene in mente qualcosa e si raddrizza, molto serio. « C'è una raccomandazione che devo farti. In previsione di una eventuale rinuncia, non devi fare assolutamente niente che possa qualificarti come erede. Nel dubbio chiamami, sempre, perché una volta fatto non si può più tornare indietro. Che ne so, ti chiedono qualcosa per il funerale? Potrebbero rivolgersi a te, se tuo padre si sottrae. Ma se accetti, ti troverai poi obbligata a essere l'erede e non potrai più rinunciare. *Semel heres, semper heres.* »

« Una volta erede, per sempre erede » traduco io dal latino, un po' sovrappensiero.

« Esatto. »

Non ci avrei mai pensato. E in verità non so nemmeno se i funerali abbiano avuto luogo o meno.

Mi porge il suo biglietto da visita, c'è anche un numero di cellulare.

« Quando hai tutto, mandami una mail. »

Si alza dalla sua poltrona. Sbircia oltre la finestra, è buio pesto come se fosse mezzanotte. Guarda distrattamente l'orologio e alla fine fa un sorriso tirato, a labbra chiuse, che sa di congedo.

Mi alzo a mia volta, scostando la sedia dietro di me che fa più rumore di quel che vorrei.

Gli porgo la mano, lui replica con una presa che è salda però non stritola.

« Manfredi, non so come ringraziarti. »

« Non ho ancora fatto nulla. »

Chiudo la porta alle mie spalle e raggiungo la stanza della segretaria, per chiederle se devo qualcosa.

Ed è lì che la trovo sull'attenti al cospetto di una persona che ha capigliatura, ciglia e sopracciglia adatte a farci quel pezzo che ha proposto Aleksandra la scorsa settimana ispirandosi al *Tatler*: i tuoi capelli sono *#nouveauriche* o *#oldmoney*? Qui dubbi non ce ne sono: la seconda. La persona davanti a me è Giulia Iaronni, e se fossimo in un film, si volterebbe in slow motion agitando la chioma bionda. Abbiamo fatto entrambe uno stage presso la redazione di uno dei grandi quotidiani milanesi. Era in gamba e a suo modo sapeva essere cordiale, almeno nella forma. Ma era anche distante, di quel tipo di freddezza che può ispirare soggezione.

La Iaronni mi include nella sua visuale con aria interrogativa e sorpresa.

« Rachele? »

« Giulia » rispondo io.

L'arrivo di Manfredi ci toglie dall'imbarazzo: con lui presente, e per di più di corsa, non occorre scambiarsi più convenevoli del necessario. Anche perché mi accorgo che i due hanno appuntamento per uscire insieme. Non ne sono veramente stupita.

Non che si chiamino « amore » o cose così. Non si scambiano nemmeno un bacetto. Ma, inequivocabilmente, tra loro esiste un atteggiamento confidenziale.

Manfredi si infila un giubbotto di pelle. « Ciao, Rachele. Vedrai che la risolviamo, questa cosa. Aspetto la tua mail. » La segretaria mi apre la porta mentre Giulia sfodera un sorriso dolce.

« Ciao, Rachele! » cinguetta ondeggiando le dita affusolate.

Poi, di strada verso casa, chiamo Alessio e lo ragguaglio sul fatto che alla fine ho seguito il suo consiglio.

« Lui mi è sembrato così carino, in realtà... Sono rimasta sorpresa. »

« Te l'ho detto che era una buona idea. »

« Io mi aspettavo che se la tirasse come al liceo, invece era proprio easy... »

« Guarda che non se l'è mai tirata. »

« Tra voi maschi avevate un'intesa diversa. Io lo ricordavo tremendo. Era uno che sfotteva. »

« Lo facevano tutti. »

« Senti, Ale, ho una notizia terribile da darti. »

« Che è successo? »

« Il frigo perde colpi. »

L'amatissimo frigo con la Union Jack comprato di terza, forse addirittura quarta mano, comincia a mostrare le conseguenze dei numerosi passaggi di proprietà. In genere quando si guasta un elettrodomestico, Alessio va in tilt. Ma stavolta la prende benissimo. « Me n'ero accorto. Non ti preoccupare, lo ricompriamo. Sempre usato, ovvio. Inizia a cercarne uno. »

Più tardi, per pura curiosità, anziché perlustrare siti di elettrodomestici di seconda mano, cerco su Instagram Giulia Iaronni. Il profilo è privato ma riesco a leggere la descrizione sotto la sua foto che la ritrae nel deserto con una luce piallante: « *Adorably fierce* ». Adorabilmente fiera.

Adorabilmente. Come no.

2 Come una escort sull'Orient Express

« Chi lo vuole il pezzo sulla dieta vegetariana di Anya Taylor-Joy? »

In una stanza decorata con le migliori cover di *Chic&Glam* alle pareti (la mia preferita è quella con Dakota Johnson nella sua casa di Los Angeles) e provvista di una grande vetrata che dà sulle scrivanie della redazione open space, sedute attorno a un tavolo ovale ci siamo noi, redattrici ordinarie e redattrici esperte, una manica di sgallettate, alcune a partita IVA e altre con contratto a tempo determinato che più determinato non si può. In questo genere di situazioni, Aleksandra assiste ma resta silenziosa, lasciando alla nostra caporedattrice Irene Rivetti, seduta a capotavola, il piacere inconscio di giocare alla Miranda Priestly dei poveri. Qui, per non sentirci da meno, conosciamo a memoria tutte le battute del film e « Avanguardia pura » è la più gettonata.

Alzo la mano. « Io lo voglio! » faccio in tempo a dire prima che inizi a vibrarmi la coscia su cui ho poggiato il telefono. È mio padre che, rimanendo senza risposta, scrive su WhatsApp.

« Ci sono proposte? » chiede nel frattempo la caporedattrice.

Alzo nuovamente la mano, come pure la metà delle mie colleghe.

Mentre aspetto il mio turno, leggo il messaggio.

Ti ho mandato l'atto di rinuncia
via mail. Fammi sapere se è
tutto a posto

Ricevuto, papà, tranquillo

Mi risponde con il consueto utilizzo spregiudicato delle emoticon in sequenza: pollice alzato, occhi a stelle, bacio con cuore, cuore trafitto, cacchina che ride (quest'ultima un errore, presumo).

E dal momento che l'unica altra redattrice esperta a parte me, Arianna, si sta dilungando sulla sua proposta (Borgo Egnazia è la nuova Folegandros? Bocciata), io apro il pdf e lo scorro sincerandomi che siano presenti tutti i dati che mi ha chiesto Manfredi. Nel frattempo mi arriva un altro messaggio.

Eppure a me sembrava buona.
Con una bella iconografia
visuale, foto di case di ricconi e
del panorama, poteva
funzionare...

Arianna, seduta accanto a me, mi trasmette il suo disappunto via WhatsApp, che a questo punto è intasato da comunicazioni sue e di mio padre.

Forse sarebbe stato meglio
proporre un pezzo sulle
elezioni di Midterm in USA

Non ama la politica estera a
meno che non serva per
parlare di outfit o di
empowerment femminile

Vedrai che la proposta di
Nicole le va bene a colpo
sicuro

Arianna è estremamente brillante e, se la prendi con le buone, anche divertente, ma ha una natura incostante ed è afflitta dall'essere in competizione con il mondo intero.

«Marta? La tua proposta?»

«Constance Gennari e Morgane Sézalory, fondatrici di *The Socialite Family* e *Sézane*. Due parigine alla conquista del mondo.»

«Trovami due di successo internazionale che non sono parigine, questa sarebbe la vera notizia. Trovami due bulgare. Samira?»

« Un pezzo su Alexandria Ocasio-Cortez? »

« Lo abbiamo fatto nel 2018. »

« Ma adesso sta battagliando sul diritto all'aborto in USA. »

Irene ci pensa. « Va bene. Ma alla fine aggiungiamo il trafiletto dell'armocromista che le fa la palette. »

No, vabbè, ci rinuncio

Arianna oggi è incontenibile. Le rispondo con una citazione da *Il diavolo veste Prada*.

Non essere ridicola, Andrea.
Tutti vogliono questa vita, tutti
vorrebbero essere noi

« Nicole? »

« Il lieto fine è *cheesy*? »

« In che contesto? »

« Libri, serie tv, film. Realtà. »

« Ottimo spunto. Lavoraci. »

Visto?

Non ho il tempo di rispondere ad Arianna perché è il mio turno. « Rachele? »

« Eredità impreviste. Come comportarsi? »

La caporedattrice arretra un momento sulla poltroncina e con gli occhi a fessura replica: « Dimmi di più ».

« Ricevi un pacco di debiti da un vecchio zio che non hai mai conosciuto? Ecco cosa puoi fare. Non tutti sanno che si può rinunciare all'eredità. So già come iniziare: Non tutte le eredità sono come quella di Matthew Crawley, quel lontano cugino del conte di Grantham che solo in virtù dell'essere maschio diventò erede di Downton Abbey. »

« Non so. Non vorrei facesse rubrica 'risponde l'avvocato' su periodici di terza classe. Ma se ne fai un pezzo genere *Tatler* te lo faccio passare. Nicole, sul lieto fine *cheesy*: fallo un po' irriverente. Aleksandra, pensaci tu. Buon lavoro, ragazze. »

« Signorina Braganza? Buongiorno. Attenda in linea, le passo il notaio. »

Ondeggio sul vagone della metro devastata dallo sballottamento sulle rotaie.

Ho girato a Manfredi la rinuncia di mio padre solo ieri, non mi aspettavo che si facesse vivo così presto.

« D'accordo, grazie, ma la avviso, non so se prende il telefono. »

« Non preoccuparti, in caso ti richiamo. » All'altro capo del telefono c'è già la voce giovane e morbida di Manfredi che di tanto in tanto si arrochisce un po'. « Allora come stai, Rachele? »

« Non mi lamento. »

« E non ti lamenterai, quando saprai quello che ho scoperto. »

« Sono diventata una ricca ereditiera? »

Replica con un incerto *mmm* prima di aggiungere: « Abbastanza appetitosa ».

E cade la linea sul più bello.

Intanto sento il cuore martellare in petto. Che attraverso il mio defunto zio la vita abbia deciso di riservarmi una sorpresa? Allora sono anche io come il cugino Matthew. Insomma, a qualcuno i colpi di fortuna capitano. Qualcuno vince al SuperEnalotto. Magari il povero zio è morto d'infarto proprio per aver scoperto di aver fatto il 6 che ritarda da tredici settimane. E già mi vedo fare un gesto dell'ombrello in redazione e salire sull'Orient Express a Venezia, quattromila euro a notte, dove un oligarca russo di nome Sasha, in fuga dalle sanzioni, mi prende per una escort e la cosa nemmeno mi dispiace.

Quando il telefono resuscita, provo a richiamare Manfredi, ansiosa di saperne di più. Ma mi risponde la sua segretaria.

« Il notaio adesso ha iniziato un rogito. Mi ha incaricata di fissare un appuntamento con lei, quando le è comodo. »

« Tipo stasera? »

« Sono spiacente. Non è possibile. »

« Domani? »

« Mi dispiace... »

Buon Gesù, ma io come faccio a rimanere con questo tarlo. Sono ricca all'improvviso o scherzava?

« Lunedì? »

« Il notaio è via per il weekend e non sarà in studio prima di martedì... »

Stai a vedere che è una minifuga romantica con Giulia, in questo cacchio di mondo non meritocratico, a separarmi dalla verità. *Arghhh*. Ma non dovrei prendermela: a quanto pare, stavolta anche io ho trovato una bella sorpresina nell'Ovetto Kinder della vita.

« ... ma anche martedì è pieno. Mercoledì, le va bene? »

« Certo, certo. »

« Alle dodici. »

« Ci sarò. »

Ora. Dirlo a papà, o non dirlo? Potrei vagheggiare la notizia a Madre, ma la verità è che non ho in mano nessuna certezza. Non sono così naïve da illudermi che davvero si tratti di tanti soldi, e tuttavia una sensazione di slealtà si fa largo nell'illusorio scenario del mio futuro da ereditiera. Per schivare un interrogatorio che ci lascerebbe molto frustrati, decido infine di comunicare ai miei le notizie che avrò soltanto mercoledì, non prima.

Sbarcata a casa, preparo una *to do list*, un elenco delle cose che ho da fare; stornare via via quelle finite ha sempre un magnifico effetto sul mio umore. Prendo dal frigo un poke già pronto e mi stravacco sul divano davanti a un film con Ryan Gosling con un calice di vino bianco che profuma di frutti cresciuti sotto cieli clementi. Su molte cose faccio economia, ma mai sul vino.

Sento il rumore della chiave nella toppa e capisco che Alessio è tornato a casa dopo un'intera settimana in cui è stato via.

« Amoreee » lo chiamo.

« Ciaooooo » risponde lui.

Ho memorizzato i suoi suoni. Quello della chiave riposta nella ciotola a forma di conchiglia all'ingresso, quello dei suoi passi lenti, strascicati fino al bagno rivestito da piastrelle rosa malva, quello dell'acqua del lavandino che scorre mentre lui si lava meticolosamente le mani.

Non ha ancora detto una parola quando si avvicina al divano. Metto pausa su un bel fotogramma di Ryan con Emma Stone e gli sorrido avvolgendolo in un abbraccio.

« Com'è andato il viaggio? »

« Bene, bene. »

Gli stringo la mano. È affusolata, mia madre dice sempre con una certa quota di banalità che le mani di Alessio sembrano quelle di un pianista. « Se avrete figli spero le prendano da lui. »

« Com'era Dubai? Finta come dicono tutti? »

« Artificiale, più che finta » risponde, distratto.

« Hai cenato? »

Lui annuisce massaggiando l'addome piatto. « E ti dirò che il rancio di Emirates faceva la sua figura. C'era un hummus di ceci con un couscous color fucsia, forse era alle barbabietole? Si può ripetere. »

« Cerco la ricetta. Sei soddisfatto del lavoro? »

« Mah, non so. Io ho fatto del mio meglio, tutti in agenzia abbiamo dato il massimo, ma questi degli Emirati sono squali. Cordiali, ma squali. »

« Sei stanco, si vede. »

Resta un po' assente. « Vorrei fare una doccia. »

Alessio ha un viso da scultura di marmo rinascimentale, fine e ben levigato. Me ne sono innamorata quando avevo quattordici anni e ogni anno che passa il suo profilo è sempre più affilato, sofisticato. Non ho ancora lasciato la sua mano.

« Va tutto bene? »

Lui abbassa la testa e sfila la mano. Alla fine annuisce.

Io guardo l'ora. Sono solo le dieci ma ho un sonno come se avessi lavorato tutto il giorno in miniera. « Ti aspetto a letto. »

« Fumo una sigaretta in cortile e ti raggiungo. Mi sa che sono troppo stanco anche per fare la doccia. »

Mi strucco e infilo il pigiama, per poi mettermi a letto e riprendere a leggere un libro da dov'ero rimasta ieri sera. Devo aver preso sonno senza nemmeno accorgermene quando vengo risvegliata dal tocco di Alessio sulla mia spalla, forse un blitz notturno ispirato dalle notti arabe.

« Sei sveglia? »

« *Mmm.* »

« Rachi... possiamo parlare? »

« Ma che ore sono? »

« Sono solo le undici... »

« Oddio, mi pareva notte fonda. »

« No, no. »

È seduto sul ciglio del letto, ancora vestito. E ha il viso contratto da una tristezza che ho visto altre volte, e che penso sempre che dipenda sia dal suo temperamento sia dalla forma degli occhi da anziano cane da caccia. Ma stavolta sembra proprio esserci di più.

« Non possiamo andare avanti così. »

Okay. Posso farcela. È la solita crisi che gli prende periodicamente e che rientra non più tardi di quarantotto ore dopo. La vera domanda è se io, piuttosto, sono stanca di questo stato di cose, di questa marea di insoddisfazione che ciclicamente si alza e si abbassa. E dovrei iniziare a pormela, o meglio, a trovare una risposta.

« Ne abbiamo parlato tante volte. È normale perdere... Be', sì, lo slancio. Abbiamo trentadue anni e stiamo insieme da quando ne avevamo diciotto. È normale, credo io. A un certo punto iniziano a contare di più altre cose, non pensi, Ale? Non pensi che sia più importante esserci sempre l'una per l'altro? »

« A volte tutto quello che hai da dirmi dopo una giornata intera è che si sta rompendo il frigo. »

« Ma tu lo ami quel frigo! »

« Aspetta, la cosa che voglio farti capire è un'altra... » e in effetti, sembra cercare il modo, senza riuscirci, per poi aggiungere: « Non ti sei nemmeno alzata dal divano quando sono tornato, e non ci vediamo da una settimana ».

« Oddio, non ci ho pensato... »

« No, non è un rimprovero, attenzione! » si affretta a precisare. « Non volevo che ti alzassi. Non è questo il punto. Quello che sto cercando di dirti... di dimostrarti... è che anche tu... mi vedi come un coinquilino. Un buon amico.»

«Sì, certo, sei anche quello, ma non solo. Scusami.»

«Ma non ti scusare! Davvero, non è questo il punto. Figurati che mi frega, non sei un cane, che devi farti trovare dietro la porta e farmi le feste.» Intanto io mi sono seduta sul letto a gambe incrociate e gli tocco una spalla per spingerlo a guardarmi negli occhi, cosa che non riesce a fare perché continua a tenerli bassi.

«Penso che sto trovando il coraggio di dirti qualcosa che sappiamo entrambi da molto tempo...»

«Alessio, mi vuoi lasciare? Perché non mi sono mossa dal divano per salutarti? Ma fai sul serio?»

Si alza. Io ho le extrasistoli. Schiva il mio sguardo, io lo prendo per il polso, ma lui si divincola.

Sempre senza guardarmi, dice: «È una questione di coraggio».

«Hai conosciuto un'altra?»

Scuote la testa, i capelli scuri profumano di vaniglia. Ha un sorriso pieno di amarezza e sarcasmo. «Tu mi conosci meglio di chiunque altro. Rachele, tu lo sai già.»

E d'improvviso mi rendo conto che è vero, è così: io so.

La consapevolezza affiora di botto, come se fosse stata sommersa tutto questo tempo e finalmente avesse vinto il peso dell'acqua. La spinta di Archimede. Penso a tutte le volte che ho impedito al sospetto di sfiorarmi, dicendomi sempre: Come mi salta in mente una cosa del genere?

Ma le cose esistono anche se non vogliamo vederle. Anche se fingiamo di non vederle.

«Mi sento esplodere e ti chiedo scusa, scusa, perdonami. Però... anche tu a tua volta ti sei adagiata in questa storia, ci facciamo scudo a vicenda, solo che, Rachi, abbiamo tutta la vita davanti, vogliamo veramente continuare così? O vogliamo vivere?»

Una voce flebile, che a stento riconosco essere la mia, gli risponde: «È solo una brutta serata».

«No. Io non ce la faccio più...»

«Alessio...»

« È tutta la settimana che ci penso. È troppo tempo, in realtà, che ci penso. Ci penso e non faccio nulla. »

È vero, non lo posso fermare. Non devo fermarlo. Per me, per lui.

« Tu lo sai » ripete, guardandomi negli occhi fisso, implacabile. Quasi severo. Come se avessi la tremenda colpa di avergli tolto io qualcosa.

« Ma cosa so, cosa vuoi che ti dica? Io in questo momento non so nemmeno come mi chiamo. »

« Ti devo liberare. »

« Non la buttare addosso a me. Sei tu che ti vuoi liberare. »

« E non è giusto? »

Lo guardo. Cosa si aspetta che gli dica? Che invece deve rimanere qui, vincolato da un legame che ci portiamo dietro dall'adolescenza come la copertina di Linus?

« Sì. Sì, che è giusto. »

Ma è facile solo a dirsi.

Di dormire non se ne parla. Non so proprio se riuscirò mai più ad addormentarmi. Ma su una cosa Alessio ha ragione.

Lo sento chiaramente, mentre fa la doccia di là. E non è che lo capisco tutto in una volta, intendiamoci, ma è tutto in una volta che mi obbligo a guardare in faccia la realtà, a elencare le cose che non funzionano ma che mi sono sempre fatta andare bene perché non avevo nessuna intenzione di uscire da questa comoda e rassicurante bambagia. E se il sesso non dava più nessun brivido ed era poco più che ginnastica, pazienza. E se quando tornava a casa da un viaggio in petto non si scatenava più il batticuore, pazienza. E se quando appariva l'icona di un suo messaggio mi aspettavo solo seccature (« Hai chiamato l'elettricista? »), pazienza.

Per certi versi, se non fosse insano, per quanto mi riguarda potrebbe continuare a vivere qui e saremmo un po' come due vecchi amici.

Sto male per via di un misto di sentimenti, ma so che sono costretta ad affrontare la realtà. E questo limbo. Uscita dalla cuccia, cosa ne sarà di me? E in cosa ci trasformeremo, io e lui?

« Non voglio stare senza di te » gli dico, raggiungendolo in bagno. Alessio è la persona cui mando la foto allo specchio prima di comprare un vestito, la persona cui faccio leggere in anteprima gli articoli più importanti per avere un parere. Adoro fare le cose con lui. Nessuno mi capisce come lui. Alessio è la mia persona preferita, il migliore degli amici. Ma non può bastare.

Con la mano, lui disappanna il cristallo della doccia. Ha i capelli ancora bianchi per la schiuma dello shampoo. « Cos'hai detto? »

« Niente. »

« Non ho sentito » insiste, chiudendo il getto d'acqua.

« Dico... che mi mancherai. »

« Ma io non sparirò. »

« Restiamo amici? » gli chiedo con un tono carico di sarcasmo.

Una goccia cade dalla punta del suo naso. « È quello che siamo sempre stati. E poi anche io ho bisogno di te. »

« Ma, Ale... mi sembra che alla fine sia stato tutto un errore. Se per te era così, inevitabilmente lo diventa anche per me. » La sua pelle si accappona per il freddo. « Finisci la doccia, dai » gli dico, rassegnata e infelice.

« È molto più difficile di così. »

« Mi amavi veramente? »

« Ma certo. Come e quanto tu amavi me. E per certi versi ti amo ancora. »

« Penso che dovrò fare un po' di terapia per riprendermi da questa cosa. »

« Pure io. »

« Tu sicuramente, e potevi iniziarla prima. » Il mio tono è tanto netto e forte da sembrare accusatorio.

« Ascolta. Domani mi trasferisco da Matteo. »

Matteo è un suo collega e questo è il macigno definitivo. Se va da lui è perché se ne va per sempre. E punto, senza appello.

« È provvisorio. Ho bisogno di staccarmi da te, dobbiamo farlo, altrimenti non avremo mai il coraggio di lasciarci. Ma non devi pensare che uscito dal recinto mi farò mezza Milano. »

Io sì, invece. Una volta ripresa dalla botta, è proprio questo che dovrei fare. Per rivalsa? Sì, anche, e non mi imbarazza ammetterlo.

Da adolescente, quando ascoltavo i racconti dei disastri sentimentali delle amiche pensavo con senso di colpa alla mia fortuna. Io avevo Alessio, un ragazzo sensibile e con i miei stessi gusti musicali. Andando avanti negli anni le cose non sono cambiate e, anzi, la mia fortuna infastidiva le amiche, collocandomi in una sfera a parte, dove non si sperimentavano i punti più bassi che un ragazzo può toccare nel trattare una ragazza. E nel giro delle amiche diventai l'ultima a sapere le cose, anzi, a non saperle affatto, in certi casi.

« Tanto tu non ci sei mai passata, tu non puoi capire, hai Alessio. »

Vivendo in questa bolla in cui ci siamo protetti a vicenda, di fatto però isolandoci, alla fine io chi sono diventata? Una che non conosce la realtà. Che, forse, non conosce nemmeno se stessa.

All'ora di pranzo dell'indomani Alessio è già andato via. Sulla porta, ci siamo salutati con un cenno della mano seguito da un abbraccio mezzo disperato.

Ho davanti a me un weekend che mi consumerà. E forse devo lasciare che accada, così che da questa sofferenza io possa rinascere consapevole.

Abbiamo concordato che agli amici comuni e ai nostri genitori diremo la verità ma gradualmente, non tutta in una volta. Se è vero che una parte nascosta e silenziosa di noi sapeva che sarebbe successo, nessun altro se lo aspetta e men che meno in questi termini. In altre parole, non posso dire di botto a mia madre che i nipotini con le belle mani di Alessio, a quanto pare, non arriveranno mai.

La ragione specifica continuiamo ad affrontarla implicitamente. E forse, ad alta voce, non riuscirò a dirla a nessuno.

3 Accettiamo?

Sono parcheggiata da mezz'ora nella sala d'attesa rosa Barbie dello studio di Manfredi, un po' perché sono in anticipo, un po' perché lui è in ritardo, quando lo vedo finalmente uscire dalla sua stanza, preceduto da alcuni clienti; trascorre altro tempo prima che si affacci personalmente dall'arco a tutto sesto e mi inviti a seguirlo.

Seduto alla sua scrivania, per un attimo alza il viso dalle carte e sembra perplesso. « Hai qualcosa di strano. »

Sapessi. Ma credo che alluda al fatto che prima di venire qui mi sono fermata da Sephora, dove ho pensato bene di provare un nuovo set di matite per sopracciglia. Non mi riconosce più nemmeno il Face ID dell'iPhone.

« Sono solo un po' stanca. Tu? Hai trascorso un buon weekend? »

« Sì, grazie. Allora, una premessa: non ho modo di accedere velocemente al conto in banca di tuo zio, per quello bisognerebbe chiedere formalmente a tuo nome di risalire all'istituto di credito nel quale sia attivo un conto intestato a Massimo Braganza. »

« Ma in base a quello che mi hai detto la volta scorsa, una mossa del genere non mi qualificherebbe come erede? »

« Giusta obiezione. Dovremmo essere cauti e specificare che richiedi l'informazione in quanto chiamata all'eredità, e non erede. Sono due concetti giuridicamente differenti. »

« Ho capito. Ma ne vale la pena? »

« Adesso ci arriviamo. Tuo zio faceva l'antiquario. Lo sapevi questo? »

« No... »

« Ho verificato e c'è qualche arretrato con i contributi. Ma andiamo al sodo. Ho fatto le visure ipotecarie e sotto il nome del fu Massimo Braganza risulta un immobile. »

« E cioè? »

Manfredi apre il portatile e lo gira verso di me. Apprezzo che si sia preso la briga di cercarlo, così posso capire meglio di cosa si tratta. È un piccolo rustico fatiscente, evidentemente non agibile, immerso in un terreno piantumato a ulivi che ha un certo fascino.

Non ho idea di quale possa essere il suo valore effettivo, ma mi sembra una di quelle costruzioni per cui devi spendere poi il quadruplo per renderle un minimo abitabili. Tuttavia, la situazione che mi si presenta ha qualcosa d'intrigante.

« Vuoi sapere quello che farei io? » mi chiede Manfredi.

« Accettiamo? »

« Calma, calma. In ogni caso, ormai mi è chiaro che la strada migliore è l'accettazione con beneficio d'inventario, e non quella pura e semplice. Seconda cosa, facciamo stimare informalmente questa proprietà da un perito della zona. »

« Sempre come chiamata all'eredità? »

« Sempre. E sempre a questo titolo ho rintracciato il commercialista di tuo zio ed è da lui che ho saputo che ha dei debiti: oltre quelli con l'INPS, ne ha con un fornitore tedesco da cui aveva appena comprato uno stock di merce, con il proprietario dell'appartamento in cui viveva in affitto e con il commercialista stesso, che in sostanza non ha pagato nell'ultimo anno, più o meno. »

« Però, se era un antiquario, deve avere anche mobili, quadri, porcellane, insomma quel genere di cose che vendono gli antiquari, che hanno un loro specifico valore e che potrei rivendere. »

« In linea teorica è corretto, ma l'attività di tuo zio era in realtà una società e il socio superstite mi ha già detto informalmente che è pronto a dar battaglia per tenersi tutto perché lui, negli ultimi anni, non aveva fatto altro che anticipare spese. E, anche se va verificato, su questo punto è agguerrito ed è bene che tu lo sappia. »

« Pensi che mi dovrei prendere un avvocato? »

« Un passo alla volta. Devo ancora dirti il pezzo forte – almeno secondo me. Tuo zio era proprietario anche di una Bentley coupé degli anni Sessanta che, questo te lo dico io a titolo di cortesia, vale sui sessantamila euro e che potresti rivendere abbastanza facilmente. A meno che tu non voglia tenerla, nel qual caso lo capirei: me la terrei anche io.»

«Che me ne faccio di un'auto d'epoca...»

«Tu, non lo so. Ma so cosa ci farei io.»

«Non capisco perché mio padre non si sia preso la briga di verificare tutto questo.» È più che altro un pensiero ad alta voce.

«Di questo devi parlare con lui. Quindi, tirando le somme» riprende, tornando alle faccende concrete, «all'attivo abbiamo rudere, terreno e auto d'epoca. Passivo: tutto il resto. Conto in banca: da appurare ma, per esperienza, non mi aspetto che sia particolarmente florido. Anzi potrebbe esserci un bello scoperto.»

«Mentre il rudere e il terreno... quelli sono privi di mutui o ipoteche?»

«Esatto, completamente privi.»

«Be', una buona notizia.»

La segretaria bussa alla porta per ricordare al notaio che alle quattordici in punto ha un appuntamento. Sostanzialmente, lo sta esortando a liquidarmi e a pranzare.

«Rachele, vado al cinese qui dietro, sempre se non gli hanno mandato i NAS. Pranzi con me?»

«Grazie, ma... credo di averti disturbato già abbastanza e non voglio rovinarti anche il pranzo con queste scocciature.»

«E allora non parliamo di eredità ma ricordiamo i tempi andati. Ci stai?»

Io non ho tutti questi gran ricordi da condividere. Da un certo momento in poi sono salita sulla torre del castello del fidanzamento precoce, da dove avvistavo solo in lontananza le tipiche esperienze dei liceali: durante la gita dell'ultimo anno andavo a letto alle nove. Figuriamoci.

Certamente lui ne ha di più, di cose da ricordare. Il *natural born leader* della nostra classe se ne faceva una al giorno.

Sgattaioliamo fuori dal suo studio, svoltiamo l'angolo e infiliamo l'ingresso del ristorante, impregnato dell'odore di frittura.

«Ci sono dei *gua bao*?» domando, una volta al tavolo. Mangio il giusto per sopravvivere da quando Alessio se n'è andato, ma ora sento all'improvviso un po' di appetito.

Il cameriere fa cenno di no con il capo. « No, qui no *bao.* »

Manfredi aggrotta la fronte. « Che milanese che sei. Ma hai visto dove siamo? »

« È una loro specialità. Se vai in una pasticceria siciliana non ti aspetti che abbiano il cannolo? »

Ma non voglio essere petulante. Anzi, in genere non lo sono proprio, mi faccio sempre andare bene tutto quanto, Dio santo, anche una storia d'amore moribonda per anni. « Spaghetti cinesi misto mare andranno benissimo. »

« Anche per me » dice, voltandosi verso il cameriere.

« Che impegni hai nel pomeriggio? »

« Tra quaranta minuti, un'emozionante cessione d'azienda a valore negativo. »

« Cioè? »

« Non solo ti cedo l'azienda ma in più ti do soldi purché tu te la prenda. »

« E conviene? »

« Be', gli interessi devono convergere. Esempio: chi vende può avere interesse a liberarsi di un'azienda che non è più nel suo core business per levarsi una fonte costante di debiti; chi la prende può avere interesse perché così apre una succursale in una zona in cui non aveva agganci. »

« E io che credevo che il lavoro del notaio fosse un po' piatto. Mutui, rogiti e ciao. »

« Perché su di noi c'è questo cliché che lavoriamo poco e guadagniamo un botto leggendo per cinque minuti l'atto che ci ha scritto l'impiegato. »

« Non è così? »

« Ma manco per il cazzo. Tu invece? Impegni per il pomeriggio? »

« Un emozionante articolo sui finalisti di *X Factor*. Stavo pensando... Senti ancora qualcuno della classe? »

« Pochi. Che io sappia, molti vivono fuori Milano. Io dopo l'università sono andato alla scuola notarile a Napoli per due anni... In effetti, ora che ci penso, la maggior parte di loro non la vedo dai tempi del funerale di Simona. »

Oddio. Una doccia gelata. Simona, la mia dolce Simona. La mia compagna di classe e amica del cuore dalla prima media all'ultimo giorno di scuola. Simona è morta l'estate della maturità in un balordo incidente d'auto, lasciando un vuoto impossibile da accettare in un'età in cui la morte è un concetto incomprensibile. « Tu non c'eri al funerale, mi pare » osserva, mentre si mette il tovagliolo sulle gambe. Che memoria formidabile che ha. Sarà così che ha passato il concorso per notaio.

Gli rispondo con un filo di voce. « Ero da mia zia a New York. »

Mia zia Agata, la sorella minore di Madre, dopo l'accademia di belle arti si è trasferita a Brooklyn, dove vive ancora in un appartamento piccolo piccolo. Leggenda vuole che abbia preso il volo dopo una delusione d'amore: disse a tutti che sarebbe tornata a settembre e invece non la si vide mai più in paese. Fa la pittrice e riesce a vivere di questo nella città più cara del mondo, cosa che di per sé mi sembra un gran successo.

L'estate della maturità sono andata a trovarla da sola per la prima volta, e negli anni successivi sono tornata appena ho potuto. Quell'estate, mentre ero da lei, mi è arrivata la notizia della morte di Simona e ancora oggi non so dire a parole lo squarcio che mi si è aperto dentro. Sarei tornata per il funerale, ma fare il biglietto dall'oggi al domani aveva un costo esorbitante e non me la sono sentita di chiedere i soldi ai miei. A tutt'oggi, comunque, non me lo perdono. Sarei dovuta tornare, e basta, a costo di altre rinunce, e tanto più che a restare a New York mi sentivo solo in colpa. Sensazione che non mi levo di dosso ancora adesso. Alessio mi diceva: cosa cambia se sei qui o lì? Il dolore è un fatto privato, lo porti dentro ovunque. E infatti io me lo sono portata dentro sempre e ovunque.

Mia dolce Simona, con quello sguardo tenero e pulito che non ho mai più visto in nessuno. Lei mi ascoltava davvero.

E mi sento un po' in colpa anche a pensare che da settimane il suo ricordo non si affacciava alla mia memoria. È tanto che non vado al cimitero. Cosa c'è di peggio che morire a diciotto anni? Essere dimenticata. Io penso a lei per il suo compleanno, per l'anniversario della sua morte, ma temo che quel ricordo si stia pian piano rarefacendo nella foschia del passato e tutt'a un tratto mi sento sopraffatta da questa nebbia in una sola volta, dalla sua perdita che è atroce ieri come oggi, da tutto quello che non ho mai capito di Alessio, dallo smottamento tellurico che il suo andarsene ha causato alla stabilità della mia faglia.

E così, io che non piango mai neppure dopo *Marcellino pane e vino* e che neppure in questi giorni l'ho mai fatto, nemmeno la prima sera in cui mi sono trovata senza Alessio in casa consapevole che non sarebbe più tornato, con orrore sento i miei occhi riempirsi di lacrime davanti a Manfredi Malacarne e a un piatto di spaghetti misto mare alla piastra.

« Oh, mamma. Scusami. Non so veramente che mi è preso. »

Manfredi si china sul tavolo per farsi più vicino a me, e nel frattempo mi asciugo goffamente le lacrime con i polpastrelli e con la manica del maglione rosa.

« Lo capisco, davvero. Me lo ricordo che eravate molto unite. Vuoi parlarne? »

Parlarne con lui? Con Manfredi Malacarne, che non sapeva cosa fosse la sensibilità? « No, no. Sto bene. »

« Mi spiace, non avrei dovuto tirare fuori l'argomento. »

Non che io mi aspettassi delicatezza da lui, ma se per Manfredi la morte di Simona è solo un riferimento cronologico, per me è ancora una ferita aperta. Anche perché prima della partenza per l'America l'avevo percepita più fragile, più confusa, un po' alla deriva, ma sono partita ugualmente pensando che le sarebbe passata, o comunque che ne avremmo parlato meglio al mio ritorno. Si crede sempre di avere tempo, ma su quel tempo non abbiamo in realtà nessun controllo ed è persino arrogante credere di poterne disporre.

« Nessun problema, Manfredi, davvero. »

C'è un po' di imbarazzato disagio fra noi, ora, e lui, dopo essersi guardato intorno cercando un'illuminazione per alleggerire l'atmosfera, pensa infine di uscirsene con un argomento a tenuta stagna contro le fuoriuscite impreviste di emotività. E quale miglior garanzia di Alessio?

« È tornato da... dov'era, Dubai? »

A quel punto mi scappa un singulto e temo che non mi potrò più fermare. Piangerò da qui all'eternità.

« Vado un attimo in bagno » dico alzandomi di botto e facendo cadere sul pavimento il tovagliolo e la mia borsa.

« Li raccolgo io. Prenditi il tuo tempo » dice lui, che a questo punto si sarà amaramente pentito di avermi chiesto di pranzare insieme e non vedrà l'ora di sciropparsi la cessione d'azienda, anche a valore negativo.

Dopo qualche minuto nel sordido bagno del locale, benché mi sia venuto anche il singhiozzo, sento di essere di nuovo padrona dei miei dotti lacrimali. Mi restano gli occhi un po' arrossati.

Manfredi non ha toccato il suo piatto: gli spaghetti di entrambi si sono fatti freddi.

« Va meglio? »

« Sì. Grazie. » Difficile ritrovare la propria dignità dopo una scena del genere.

Lui sembra non saper bene come gestire la cosa: chiedermi di più o passare oltre? In entrambi i casi suonerebbe indelicato e allora gli risparmio la fatica.

« Alessio e io ci siamo lasciati. »

Lui corruga la fronte. « Capisco. » Silenzio. Un lungo silenzio. « Siete stati comunque eroici. Quanti anni insieme? »

« Dipende da quando la si fa iniziare. Comunque tanti. »

« Il motivo ha un nome? »

Mi sto scorticando le pellicine delle unghie. Non ho voglia di confidarmi. La verità che sottende quello che è successo tra me e Alessio non riesco ad affrontarla da sola, figurarsi parlarne con lui.

« Diciamo così. »

« Che scemo. Proprio ora che sei un'ereditiera. »

« Sai che gliene importa. »

« Appena vede la Bentley ritorna. »

« No. Non tornerà. E comunque... va bene. Non parliamone

più. Era solo per darti una spiegazione; non sono una squilibrata. »

« No, sono io che a quanto pare canno tutti gli argomenti. Ma me ne viene in mente uno che di sicuro non ti farà piangere. Forse. »

Sollevo lo sguardo dalle scritte in cinese sulle tovagliette di carta che mi avevano ipnotizzata.

« Sentiamo. »

Abbassa la voce e aggiunge: « Vuoi sapere un segreto? »

« Dipende. »

« Da cosa? »

« Da quanto è segreto. »

« Segretissimo. Non lo sa nessuno al mondo, soltanto io. »

« Allora dillo. »

Intreccia le mani con i gomiti sul tavolo. Poggia lo sguardo sul mio seno, fugace ma io lo noto lo stesso, e la sua voce si arrochisce quando dice: « Tu, Rachele Braganza, eri il sogno erotico dei miei diciotto anni ».

Non gli credo neanche per un minuto. « Ma va'. »

« Oh, finalmente un sorriso. »

« Sì, perché fa ridere. »

« Non mi credi? »

« Ma se ci parlavamo poco e niente?! »

« Tanto più. »

« Stai solo cercando di tirarmi su il morale, ma lo apprezzo. »

« Guarda che è vero. Te lo posso anche mettere per iscritto, in un atto con l'apostille. »

Non riesco proprio a prenderlo sul serio. Il ricordo che ho di Manfredi è in conflitto con qualunque tipo di interesse nei miei confronti. Eppure nei suoi occhi brilla una luce audace.

« Eri innamorato cotto di Barbara di Sant'Erasmo, me lo ricordo come se fosse ieri. »

Manfredi abbassa lo sguardo, quasi timidamente, ma lo rialza con prontezza e non fa una piega quando dice: « Il cuore di un diciottenne è multitasking. E non solo il cuore ».

« Fosse solo quello dei diciottenni... » ribatto, con la voce piena di amarezza.

« Sai, Rachele, magari è ancora troppo presto e sicuramente io sono un po' cinico, ma adesso che sei... Come dire, tornata sul mercato dopo quanti? Quattordici, quindici anni su trentadue di vita impegnata con la stessa persona, faresti bene a riconsiderare certi paletti mentali. »

Una fessura si apre sul mio viso, un sorriso di circostanza prima di dirgli: « Grazie, Manfredi. Terrò senz'altro a mente questa lezione basilare nei difficili giorni che mi aspettano ».

« Grande! Un dolcetto, sì? Ci smezziamo una nutella fritta? »

« Troppa libidine. »

Risponde quindi: « E libidine sia ».

« Tu e Barbara poi siete stati insieme anche all'università? » Non so perché mi sia nata dentro questa curiosità. Non l'avevo allora e ce l'ho quindici anni dopo.

« Ma no. »

« La senti ancora? »

« Ogni tanto. Vive a Bruxelles, il marito lavora al Parlamento Europeo. Sai che ha avuto un bambino? »

« Ma dai... »

« E anche Marco Erdély ha una bambina, una storia assurda, la madre gliel'ha detto che aveva già tre anni. »

« Si poteva prevedere. Era il più irrequieto di tutti. »

« Irrequieto per non dire altro. »

E poi finisce che, come era prevedibile, della nutella fritta sono azionista di maggioranza per ingordigia. Quando ci alziamo per lasciare il tavolo, mi si avvicina per avvisarmi che sono sporca sul mento. Io prendo subito il tovagliolo per pulirmi, ma ormai a quanto pare si è addensata.

Ci pensiamo mai che a volte siamo noi i casi umani nella vita di qualcun altro?

4 La spinta di Archimede

Dicembre 2006

«Malacarne, vieni a sederti qui davanti.»

«Accanto a Braganza?»

«Accanto a Braganza. Spicciamuni.*»*

Da sotto il crocifisso e la foto di Giorgio Napolitano, con i suoi occhialini anni Cinquanta retti dalla catenella, avvolta in uno scialle, la voce roca per quanto urla nel tentativo di far stare in silenzio la classe, la prof di matematica e fisica Elvira Ciccimarra, originaria di Scicli, batte la mano sulla cattedra. «Questa classe è un'agonia. Ve lo devo dire. Anzi, più che dirlo a voi, appena uscita di qua vado e glielo dico al preside e vediamo alla fine chi ride.»

Manfredi si alza dall'ultimo banco, che condivide con quell'altro debosciato di Marco Erdély de Verre, dandogli una strizzata d'occhio. Rachele lo osserva attraversare il corridoio tra le due colonne di banchi e fare la sua sfilata con una felpa bianca con il cappuccio, i capelli mossi color cioccolato al latte, quel sorriso che ora che ha tolto l'apparecchio sfodera non appena ne ha l'occasione. Simona è assente, il posto accanto al suo è vuoto e Rachele si affretta a riporre sotto il banco il diario e l'astuccio, per fargli spazio.

Lui si è portato dietro il quaderno e il libro di fisica, intonso come se fossero ancora a settembre.

«Ciao» le dice. «Ciao» risponde Rachele.

La professoressa continua a fare shhh *prima di dire: «Sperimentiamo la spinta di Archimede. L'avete portata tutti la lattina?»*

«La lattina no ma la spinta sì.»

Manfredi l'ha detto a voce troppo bassa per essere udito dalla Ciccimarra, ma Rachele si volta. La trivialità di Manfredi e di quelli come lui non la fa mai davvero ridere. E vorrebbe ribattergli: Ce l'hai il coraggio di dirlo ad alta voce? Ma sa che la risposta è sì, ne sarebbe capace eccome, è proprio questo il problema di quelli come lui. Fruga nello zaino e gli porge una lattina di Coca-Cola rossa con la striscia bianca. Ne ha portata una di riserva. L'ha anche già tagliata nella parte superiore, come richiede l'esperimento. Il resto l'ha portato la prof: carta assorbente, elastici e siringhe graduate.

Manfredi la prende dalle sue mani, le sussurra un ringraziamento e appare quasi imbarazzato per la battuta di poco prima. A Rachele a volte sembra che lui impersoni un ruolo cui non può più sottrarsi.

« Allora, ragazzi. Prima di tutto cerchiamo la quantità d'acqua che tiene la lattina in equilibrio indifferente. »

Rachele è concentrata, Manfredi un po' meno. Ovviamente.

Peraltro, lui ha sconfinato nel suo lato di banco e la cosa le dà un fastidio tremendo.

« Puoi spostarti? Mi metti ansia. »

« È che ho le spalle larghe. »

Lo guarda con sufficienza. « Sì. Come no. »

« Puzzo? »

« Anche. Ma il punto è che vorrei il mio spazio. »

« Figa di legno. »

Rachele sgrana gli occhi. Che stronzo. « Non ci cado nella trappola. Vuoi che ti dica: Ah sì, ti rimangerai queste parole, così tu puoi continuare il tuo gioco da deficiente, vero? »

Colpo sulla cattedra. « Oh! Voi due al primo banco! Manfredi Malacarne, vedi che ti sto mandando dal preside, è tutto il tempo che disturbi. »

« Mi scusi, prof. »

« È a me che devi chiedere scusa » sussurra Rachele stizzita.

Lui fa shhh. *« Zitta che dal preside poi ci vado io. »*

« Vi galleggia la lattina? » chiede la Ciccimarra, che in cattedra sta facendo lo stesso esperimento con una lattina di Estathé.

« A me no » dice Malacarne, serio.

« Fatti aiutare da Rachele. »

In silenzio, lei riduce la quantità d'acqua della sua lattina versandola nella bacinella. Gli occhi di Manfredi finiscono sullo smalto color puffo scrostato sulle unghie corte di Rachele e lei non può che leggervi orrore. Non è stata una grande idea metterselo.

« Siamo tutti allo stesso punto? » chiede la prof. All'unisono la classe risponde di sì. « Disegnate l'asse, ora. »

Manfredi finalmente si concentra un po'. Disegna anche benino, per dirla tutta, sebbene impugni la matita in una maniera che le fa venire mal di testa. « Se mi servisse a qualcosa nella vita io mi ci applicherei pure » dice Manfredi.

« Che vuoi fare dopo la scuola? » gli chiede lei.

« Legge. Tu? »

« Filosofia. »

« E quindi 'sta roba non serve a nessuno dei due. »

« La spinta di Archimede è il motivo per cui le navi galleggiano. »

« Magnifico, ora lo so. »

« E comunque filosofia e fisica sono molto più connesse di quanto non si pensi. Quindi a me serve, ergo lasciami seguire, grazie. »

« Connesse in che senso? Me lo spieghi? »

« La fisica mostra le leggi di quel mondo che il filosofo vorrebbe disperatamente capire. Il tempo è un enigma tanto filosofico quanto fisico. Einstein studiava Kant prima di iscriversi alla facoltà di Fisica. Per dire. »

Manfredi ha un'espressione leggermente inebetita che non gli dona. Ma intanto, con un sorrisetto sadico, la Ciccimarra annuncia: « Ora passiamo ai calcoli. E me li consegnate pure, così imparate a fare gli splendidi ».

« Merda » mormora Manfredi e Rachele quasi lo capisce, non vorrebbe essere al suo posto. Se fosse rimasto seduto vicino a Marco non avrebbe avuto chance di sfangarla, ma per fortuna c'è lei. Le piace sentirsi utile. Scrive la formula su un biglietto e si arrischia a passarglielo sotto il banco, picchiettandogli sulla coscia mentre la prof rimprovera qualcun altro.

Con il labiale lui la ringrazia e le stringe la mano, di nascosto. Lo sanno solo loro due.

Rachele non può fare a meno di chiedersi come sarebbe se quella stretta virile, intenzionale, gliel'avesse data Alessio. Ma Alessio, in quelle cose, non ha mai bisogno di lei. È il primo della classe e stargli al pari è stimolante e frustrante insieme.

La campanella suona e pone fine al supplizio. Manfredi si alza dal banco. Ha le guance rosse. Le rivolge un inchino che scimmiotta i gentiluomini.

« Ti devo un favore. »

Rachele minimizza. Lo guarda appena. « Non fa niente. Non per essere acida, ma non vedo come tu possa ripagarmi. »

Lui si fa torvo. « La vita è lunga. »

5 Parlo con Raquele?

Finisse o finisca? Buon Dio, che mi sono laureata a fare in una materia umanistica?

Ricomincio, ma comunque il paragrafo non gira.

La verità è che è complicato concentrarmi mentre Alessio, nella stanza accanto, riempie scatoloni con i suoi libri. Avrei fatto meglio a uscire, se non fosse che Aleksandra mi sta addosso per un pezzo sulle tredici migliori candele per l'autunno che vuole pubblicare online proprio oggi.

In un mondo in cui l'intangibile è il lusso più ricercato, un sottile quanto voluttuoso piacere è consentirsi di lasciar bruciare, letteralmente, 495 euro con una candela Trudon, mentre nell'aria si sparge il profumo di tuberosa, anice e cardamomo.

Squilla il telefono, è un numero che non conosco.

« Sì? »

« Parlo con Raquele Bragansia? »

Confermo soprassedendo sulla pronuncia del mio nome che è da attribuire a un accento spagnolo o portoghese.

« Mi chiamo Milagros Vega. »

« Molto piacere » ribatto d'istinto, ma subito dopo le chiedo chi sia nello specifico e come abbia avuto il mio numero.

« Io ero la fidanzata del tuo zio Max. » Oh. Forse avrei dovuto aspettarmi che qualcuno si sarebbe fatto vivo. « Raquele, perdona se vado al sodo, ma ho bisogno di te. Abbiamo spese ma il conto di tuo zio è bloccato y servi tu per sbloccarlo. »

« Ehm, signora Vega, come ha avuto il mio numero? »

« Sì, sì, poi te lo spiego, ma por favor dobbiamo stringere, qua. »

Memore delle ammonizioni di Manfredi, credo di non poter in nessun modo far sbloccare il conto dello zio. Non adesso, per lo meno. « Signora Vega, purtroppo la mia posizione è ancora in dubbio ed è delicata. Temo di non poterla aiutare, non adesso, se non altro. »

Milagros la prende male e inizia a imprecare in un misto di spagnolo e italiano da cui colgo, tirando le somme, che dovrei esserle grata del fatto che si sta occupando di tutto e che voglio solo prendermi il buono e lasciare a lei le magagne.

« Signora Vega, ci sono già stati i funerali? »

« No. Il magistrato non ha liberato la salma. »

« Eh? »

« Non lo sai, corazón? » Il tono di Milagros è velenosamente sarcastico. « È stata fatta l'autopsia. »

« E perché? »

« Porque se fa l'autopsia? Forse qualcuno lo ha ucciso. »

Mi sento estremamente agitata. « Senta, signora Vega, le spiace se la richiamo più tardi? Consulto il notaio e le faccio sapere appena possibile. »

Riattacco e mi affretto a telefonare a Manfredi allo studio. Anche se lui mi ha dato il suo numero di cellulare, non mi va di approfittarne. Naturalmente è occupato. Si farà sentire lui quando potrà.

Intanto sento un'imprecazione venire dalla sala. Mi alzo e vedo che Alessio ha rovesciato uno scatolone che aveva appena riempito.

« Ti aiuto » dico, andandogli incontro. Raccolgo i suoi volumi e soprassiedo sul fatto che *Kobane Calling* è mio, non suo. Si sarà confuso. Sai che me ne importa. A un certo punto, quando pensi di essere andata incontro a una fusione con la persona che ami, non esiste più mio o tuo. Detto questo, la copia ha sul frontespizio un armadillo originale che dice *Ciao!* disegnato da Zerocalcare. Sono stata in coda un'ora per farmelo fare. Vabbè, lasciamo perdere.

Gli scatoloni sono ammassati sul pianerottolo. Mi sembra assurdo che tutta la sua roba si possa impacchettare così, e che lui possa mettersi in viaggio verso una vita senza di me.

« Stai bene, tu, Rachi? »

« Un fiore. »

« Chi era prima al telefono? Mi sembravi un po' nervosa. »

« Scocciature sull'eredità. »

« Ancora? »

« Mi sa che siamo solo all'inizio. Tu come stai, Ale? »

« Nel pieno della tempesta. »

« Ci passerà » rispondo, tirando su con il naso. Non sto piangendo, stavolta. È raffreddore, perché l'autunno è arrivato da un giorno all'altro, ieri era primavera e oggi indosso due maglioni uno sopra l'altro visto che il razionamento del gas ha fatto slittare l'avvio dei caloriferi.

Alessio mi abbraccia. « Mi sento malissimo per averti inflitto questa cosa. »

« Vorrei essere stata in grado di capirlo prima. »

« Non farti delle colpe perché non ne hai. Anche se io speravo che, sì, te ne accorgessi tu e mi sollevassi dal doverlo ammettere. »

« È andata com'è andata. Ale... su di me potrai sempre contare. »

« Sei la mia migliore amica » ribatte lui, sollevando le spalle. « Io non la so immaginare veramente, una vita senza di te. »

« Nemmeno io senza te, ma non si tratta più di immaginare. Si tratta di vivere. »

Ci abbracciamo stretti, a lungo, molto a lungo. A me tutto continua a sembrare un po' irreale, come se mi avessero presa e catapultata dentro una serie su Netflix.

Dopo che Alessio se n'è andato, resto imbambolata nel nostro piccolo cortile, seduta su una delle poltroncine su cui si poggia senza alcuna convinzione un po' di tiepido sole autunnale. Fisso il vuoto e penso. Penso troppo.

Mi alzo solo perché quell'abbraccio di luce svanisce e inizio a sentire freddo. E comunque, devo fare qualcosa, non posso vegetare in questo stato d'animo in cui si mischiano lo sconforto, la delusione e anche un po' di rabbia.

Chiamo quindi mio padre, perché credo che debba essere messo al corrente degli aggiornamenti. Sempre che non li sappia già.

E infatti.

« Non volevo dirtelo per non turbarti. Quella signora ha chiamato anche me, ma non pensavo che avrebbe raggiunto pure te. Dove li ha presi i nostri numeri? »

« Non lo so. Sarebbe da capire anche questo. Ma, papà, non mi puoi tenere nascoste notizie del genere. »

« Tanto a te cosa cambia? Devi rinunciare comunque. Perché hai preso l'appuntamento, vero? Non mi hai fatto sapere più niente. »

« Alessio si è ricordato che un nostro ex compagno di classe ora fa il notaio e per comodità mi sta aiutando lui. »

« Chi era? »

« Manfredi Malacarne. »

« Ah, sì, me lo ricordo. Il padre era un magistrato di Palermo. Gente su. » L'accezione che mio padre dà al termine *gente su* è assai vaga, si va dal pediatra di libera scelta al capitano d'azienda. È implicito che rispetto a questo « *su* » mio padre, che in finta divisa dell'Aeronautica annunciava le previsioni del tempo alla fine del tg su un'emittente locale, si sia sempre sentito al di sotto. « Ma non avevi detto che la facevi direttamente in tribunale? »

« Ho cambiato idea. Mi è più comodo così. Papà, resta il fatto che io i dettagli li devo conoscere. Non devo scoprire le cose cercando sui giornali. »

Morte sospetta di un antiquario a Como

È così che ci sono arrivata, partendo da un titolo per poi scoprire che il magistrato ha disposto l'autopsia sulla base di gravi indizi che lasciano ritenere che la morte di M.B., anni sessantaquattro, non sia naturale. Ovvio che i giornali non dicano di più.

« Ma ancora non capisco perché le cerchi; cosa vuoi sapere? »

« È l'istinto della giornalista » dico, mentendo solo in parte. In verità è assurdo che io non me la senta di dirgli quello che ha scoperto Manfredi; d'altra parte, però, ho la distinta sensazione che anche lui mi stia nascondendo qualcosa.

Nel frattempo, la linea è disturbata dall'avviso che lo studio di

Manfredi sta provando a chiamarmi. « Papà, devo chiudere. Ci aggiorniamo. »

Non appena chiudo, la voce di mio padre viene sostituita da quella, che ormai riconosco al volo, della segretaria di Manfredi.

« Buongiorno. Le passo il notaio. » E dopo la musichetta d'attesa, sento lui.

« Rachele. Ciao. »

« Ciao, Manfredi... mi spiace disturbarti sempre. »

« Non disturbi. Come stai? »

« Bene. Meglio, rispetto all'altra volta. Non che ci voglia molto. »

« In teoria dal fondo si può solo risalire. »

« Il fatto è che non sai mai quando è il fondo. Ascolta, mi ha telefonato la compagna di mio zio. Mi chiede di sbloccare il conto perché sta affrontando delle spese. »

« Un momento. Frena. Punto primo: come l'ha avuto il tuo numero questa persona? »

« Gliel'ho chiesto ma non me lo ha detto. »

« Questa cosa mi puzza. »

« Anche a me. »

« Punto secondo: ti ha parlato di un testamento, per caso? »

« No. Te l'avrei detto. Non mi hai raccomandato altro e io cretina non sono. »

« Okay. Giusto. »

« Ma c'è un'altra cosa, anche se forse a te non serve saperla... »

« Nel dubbio, tu dimmi tutto. »

« La salma è stata trattenuta per l'autopsia. Lo zio potrebbe essere stato ucciso. »

All'altro lato, un silenzio che non preannuncia niente di buono.

« Manfredi, ci sei? »

« Scusa. Dovevo firmare una cosa. E mi dovevo riprendere. Rachele, ma tu me lo dici così? »

« E come te lo dovrei dire? »

« Innanzitutto, era meglio saperlo subito. »

« Ma se me lo hanno detto oggi!? E in ogni caso, per noi cosa cambia? »

« Devo andare, ho una fusione. Ce la fai a venire più tardi in studio, per le sette, quando finisco? Così parliamo. »

E come faccio a non accettare?

Manfredi è in ritardo con gli atti che aveva in programma di pomeriggio, ma esce dallo studio per avvisarmi.

« Se non hai altri impegni, resta. È importante. »

Quando ha terminato, congeda la segretaria e i collaboratori. Sono le otto passate, e lui ha l'aria sfinita.

« Manfredi, non sai come mi dispiace, veramente. Potevamo rinviare... »

« È solo che stanotte non ho dormito, avevo l'ansia per un atto importante... Ma pazienza, se ho fatto qualche errore posso pur sempre scapparmene in Argentina. »

« Perché proprio in Argentina? »

« Ho puntato venti euro che vincerà i Mondiali. Ce l'avevo in testa. Ma va bene un posto qualunque purché molto, molto lontano. Comunque, Rachele, facciamola breve. Ti dico un paio di cose e poi tu ci pensi, okay? Tanto non dobbiamo dimenticare che, non essendo tu nel possesso dei beni, in teoria hai dieci anni per rinunciare. Ma in linea generale, per il mio modo di vedere, prima ci si leva un pensiero, meglio è. »

Apre un armadietto dove c'è un piccolo frigo, di quelli da albergo, da cui tira fuori una bottiglia di vino bianco. « Ne vuoi un bicchiere? »

« Mi sa che ne abbiamo bisogno entrambi. »

« Eccome. »

Ci sono vari calici, lui ne prende due messi a testa in giù.

« Tornando a noi » dice mentre stappa la bottiglia con una certa praticità. « Questa cosa la dovrò verificare nello specifico, ma in caso di morti sospette l'autorità giudiziaria potrebbe bloccare il patrimonio del *de cuius*. »

« E quindi? Non erediterò un *de cazzius*? »

Sorride, ma risponde serio: « La situazione è soltanto congelata in attesa degli accertamenti necessari. Ti avviso che potrebbe essere nominato un curatore dell'eredità, che è una persona esterna, di fiducia del giudice, e in quel caso dovremo poi relazionarci con lui. A rigore, comunque, le due cose non vanno di pari passo: tu puoi accettare o rinunciare subito o dopo e a prescindere».

«Io faccio tutto quello che mi dici tu.»

«Che detta così, Rachele...» replica lui, soave, porgendomi il bicchiere di cristallo.

«Cosa dovrei fare, secondo te?»

«Non posso suggerirtelo io, è una tua decisione personale.»

«Allora dimmi cosa faresti tu.»

«Aspetterei qualche notizia in più sul valore dell'immobile.»

Ci penso. Mi sento confusa. Non li voglio, i dieci anni di tempo che bontà sua mi concede la legge. Significano dieci anni di incertezza. Voglio prendere la mia decisione e basta. E a sancirlo, trangugio il vino freddo tutto in una volta. Lui, al contrario, lo sorseggia piano osservandomi come se io fossi un cucciolo di una specie protetta.

«A proposito, per caso... hai poi trovato un consulente per stimare la proprietà?»

«Se ne sta occupando un collaboratore dello studio. Non so a che punto sia, glielo chiederò domani.»

«Se ci sono delle spese, ti prego di dirmelo.»

Scuote il capo. «Tranquilla.»

«Ci tengo. È importante. Se non ti pago non mi sento a mio agio.»

Lui annuisce, poggiando il suo bicchiere sul tavolo. «Mettiamola così: il conto arriverà e sarà molto salato.»

«Alla peggio, ti pagherò con la Bentley. Sempre che non debba rivenderla per appianare tutti i debiti.»

«Eh, non lo escluderei.»

«Sai... stavo pensando che mi piacerebbe andare a San Brendano a vedere il terreno.»

Fa spallucce. «Nessuno te lo vieta.»

«Se lo faccio non divento automaticamente erede, insomma.»

«Solo con il potere dello sguardo? No.»

«Mi potresti far avere l'indirizzo esatto?»

« Ma certo. » Poi controlla l'ora. « Okay, è il caso di andare. Rifletti sulle cose che ti ho detto e poi, come al solito, ci aggiorniamo. E, Rachele, per piacere, questo sì che è importante, finché sei in dubbio, non accettare nessuna richiesta di contatti da parte di qualcuno connesso a questa faccenda. D'accordo? »

« Ho capito » replico, un po' stufa che mi tratti come una bambina della scuola primaria cui si ripetono le raccomandazioni mille volte. Non sta né in cielo né in terra che proprio lui faccia il precisetti, e proprio con me. Comunque, io le buone maniere le conosco, e lo ringrazio ancora prima di lasciarlo al suo meritato riposo.

Per quanto riguarda l'andare a San Brendano, farò una bella gita da sola questo weekend. Ho pronto anche un pezzo da proporre in redazione: *La campagna veronese è sexy almeno quanto quella toscana.*

6 Un regalo inviatoci da Satana

Festa d'Istituto, dicembre 2006

« Spostati. »

Barbara le dà di gomito e Rachele si scansa, lasciandole tutto lo spazio di fronte allo specchio per ritoccarsi il trucco. Non è la prima volta che Rachele ha la sensazione che la sua maleducazione la ipnotizzi. Simona entra proprio in quel momento.

« Devi venire a vedere » le bisbiglia all'orecchio. Orecchio che a Rachele fa male perché quel pomeriggio stesso ha fatto quattro, ben quattro piercing, dal lobo in su. Ha dovuto prendere un Aulin per attenuare il dolore, ma non è pentita. E mai se ne pentirà perché a trent'anni li porterà ancora tutti.

Simona e Rachele sono amiche intime e di tutta la classe, se non di tutta la scuola, Simona è la persona che Rachele preferisce. Naturalmente dopo Alessio.

Alessio.

La inebria di filosofia e politica e la fa sentire più grande. La porta a un livello superiore di dialogo, di maturità.

Ma.

Niente di più intimo accenna a muoversi tra loro. Alessio sembra impermeabile ai segnali che Rachele prova a inviargli. E no, non c'entra Kant. Rachele non ha grandi esperienze in merito, ma a una cosa ci arriva: Se lui mi guardasse in un certo modo, se lui provasse qualcosa, io lo capirei.

Simona la prende per mano. « Dai, dai, muoviti. »

Rachele si lascia un po' trascinare. Vorrebbe che succedesse qualcosa, insomma, che si hanno a fare diciassette anni se poi non succede mai niente? Mai niente.

« Guardali » dice Simona, indicando il gruppo di fighetti della

sua classe, capitanato da Manfredi Malacarne. Hanno tutti la matita nera attorno agli occhi, e Simona è esaltata. Stanno benissimo, sono ancora più belli, dice.

Rachele la trova una mossa esibizionista ma affascinante. Sta meglio a loro che a me, pensa guardando Manfredi, Marco e gli altri.

Simona non riesce a smettere di fissarli. Rachele sa che una sera lei ha raccolto la cicca di una sigaretta che Manfredi ha lasciato cadere per terra e l'ha conservata.

« Se solo non fosse così... Eppure due anni fa lui era diverso. »

« Adesso è un regalo inviatoci da Satana » osserva Rachele, che ormai se lo ritrova immancabilmente come compagno di banco durante le ore di fisica, per decreto della Ciccimarra. « Non mi fa seguire, è iperattivo. Mentre sono concentrata mi fa clic *con il tappo dell'evidenziatore nell'orecchio e mi fa saltare in aria. Mi sembra di essere tornata alle elementari. Arrivo in mensa distrutta. » Mentre parla, Rachele cerca Alessio con lo sguardo. Non è ancora arrivato.*

« Ma secondo te, se stasera un po' ci provo, lui che fa? » le chiede Simona.

« E come faccio a saperlo? Io però eviterei. »

E tuttavia intanto pensa che forse è proprio in quella serata alla vigilia delle vacanze di Natale che anche lei dovrebbe cercare di sbloccare la situazione con Alessio. Rachele è quella che a casa non dà mai preoccupazioni, è quella responsabile, quella che a sei mesi aveva già sessant'anni, e sua madre non ha bisogno di raccomandarle di non bere, lei comunque non beve mai, eppure adesso va al bancone del bar e si fa dare un bicchiere di prosecco.

« Ce li hai diciotto anni? »

« Ovvio » risponde e allunga dieci euro presi dalla borsetta.

Alessio è arrivato. Rachele lascia Simona e gli va incontro. Lei è o no la sua migliore amica? Lui glielo ha detto una volta, e Rachele porta quella frase scolpita dentro l'anima.

Lo bacia sulla guancia, ma è un bacio sensuale e intenzionale. Lui è sorpreso.

« Signorina, ha bevuto? » le chiede.

« Poco poco. »

È vero. Il vino le è parso aspro e dopo due sorsi già le gira la testa.

Ma quella sensazione la esalta e la rende diversa, desiderosa di fare qualcosa da ricordare, da pensarci a ripetizione, come il primo bacio a quel ragazzo tedesco che faceva l'Interrail durante le vacanze estive un paio di anni prima. Qualcosa che la faccia trasalire, qualcosa che parte dalla pancia e come un vortice si propaga fino alla testa. Sostanzialmente ha voglia di qualcosa che riconosce a intuito ma che si imbarazza ad ammettere.

Parte Mr Brightside *dei Killers, Rachele tira Alessio per un braccio e gli dice « Balliamo! » ma in realtà sta saltellando mentre strilla:*

It was only a kiss

It was only a kiss!

Alessio fa lo stesso, ma mentre intreccia le dita con le sue non la guarda negli occhi, un po' li tiene chiusi, un po' sono oltre lei, allora Rachele si volta e cerca di capire cosa stia guardando, ma non vede niente, vede solo altri come loro che ballano e cantano, ma c'è anche chi già si struscia, finisce sempre così, solo che lei non lo fa mai e invece stasera vorrebbe.

Vorrebbe che fossero da soli, si lascia andare e glielo dice.

Alessio, lo capisci quello che vorrei?

Lui si ferma e la prende per la mano, e lei si dice: È ora, stavolta è ora, basta politica, che ne possono capire due ragazzini di riforme economiche, stasera si svolta, quanto è bello avere diciassette anni, vorrei averli per sempre!

Alessio la porta fuori, c'è un freddo tremendo, le luci natalizie lampeggiano e ce n'è una difettosa.

But it's just the price I pay

Destiny is calling me

E lui finalmente la bacia, è un bacio debole, timidissimo, tutto fuorché convinto, ma lei è in estasi, sente solo che vorrebbe di più, ma che penserebbe lui se fosse lei a fare il primo passo?

Se lo farà lui, Rachele si ripromette di non fare nessuna finta resistenza, e prega, implora, che lui le chieda di andare nella sua auto. Alessio ha la patente, l'ha presa già questa estate, e gira con la macchina che un tempo era di sua madre, una Y10 che puzza di cane. Rachele ci è salita mille volte e una in più ci salirebbe stasera, e ci può giurare che non sentirebbe l'odore.

Lui si stacca, Rachele bisbiglia « Ancora » ma Alessio sembra quasi pentito e lei si domanda: Cosa c'è che non va in me?

Allora lui continua a baciarla e lei vorrebbe con tutte le sue forze che fossero scintille, vorrebbe percepire e sentire che lui non riesce a frenarsi, proprio come lei che esplode di adolescenza, ma invece lui stringe gli occhi come se non volesse vedere niente e la riporta dentro dicendo: « Poi ce ne pentiamo ».

Ma che pentirsi, pensa lei. Non voglio di nuovo stare a parlare della legge morale dentro di me e il cielo stellato sopra di me, mi piace, per carità, ma c'è di più, c'è di meglio...

Tornano nella sala e si perdono di vista. È la cosa migliore. Rachele corre a raccontarlo a Simona, ma lei ha gli occhi fissi su Manfredi Malacarne. Non ha chance, forse Rachele dovrebbe dirglielo. Ma poi, chi è lei per parlare? Cosa dimostrano i fatti se non che anche lei non ha chance?

Manfredi sta baciando Barbara nel modo in cui Rachele avrebbe voluto che Alessio facesse con lei. Simona non riesce a smettere di guardarli. Ma che facciamo se si girano e si accorgono che li fissiamo?

« Oddio, guarda come le sta leccando le labbra » mormora Simona.

« Se ti piace il genere YouPorn » ribatte Rachele incarognita. « Le sta proprio ficcando la lingua in gola. »

« Beata lei. »

« Ma a te piacerebbe fare così, davanti a tutti? »

« Anche sì. Che ti frega. »

« C'è anche sua sorella, e se lo vede? »

« Non credo che in questo momento lui stia pensando a Mercede. » La gemella, a sua volta, è sotto il torchio di Riccardo della terza F, e non sembra affatto interessata a cosa combina il fratello. Poi Simona guarda Marco, oggetto del suo interesse fino a un mesetto prima, che a sua volta è infrattato con una della seconda C. « Gli auguro di mettere incinta una che manco conosce. »

« Pesantissima, questa » esclama Rachele ridendo, mentre continua a guardare Manfredi e Barbara che si dirigono verso di lei, ma solo perché lei fa da tappezzeria accanto all'uscita. E passando, forse sentendosi osservato, Manfredi si volta e fissa Rachele. Non è casuale, questo è sicuro, ma Rachele non se ne rende conto e fa un cen-

no, come di saluto spiccio e distratto nonché vagamente schifato. Lui, sarà l'effetto degli occhi bistrati ora che la matita è sbavata, è più indiavolato del solito.

« Che guardi, Braganza? Vuoi fare una cosa a tre? »

« Ma queste battute da maschio alfa te le prepari la notte? No, per capire. »

« Me le ispiri tu sul momento. »

« Sei inutile. »

« Dai, Manfre, lasciala stare » si inserisce Barbara, languida. « Andiamo. »

Lui, tenendole stretta la mano, le va dietro come un barboncino al guinzaglio, ma fissa ancora Rachele, che gli fa la linguaccia e li segue con lo sguardo fino a quando non infilano la porta.

« Fine dello spettacolo. Chissà dove termineranno quello che hanno cominciato. » Simona sospira.

Le ragazze si lasciano cadere su un divanetto che si è liberato. Belle larghe, così a nessuno viene in mente di sedersi accanto a loro. « Che serata di merda » dice Simona, mentre Rachele si limita a pensarlo.

Tiene le braccia conserte e guarda gli altri che adesso ballano Miss World *delle Hole. Con la sua melodia grunge tristissima, per le due ragazze è quasi un conforto, e Rachele si ritrova a pensare che per quanto bella sia quella canzone i liceali non dovrebbero ascoltarla, non in certi momenti, non se possono capire le parole.*

Simona le poggia la testa sulla spalla. « Io odio vedere questa classe, odio la voce dei compagni e le loro battute e la loro intesa. Non fanno che pensare a divertirsi e al sesso, e a come stordire completamente qualunque voce interiore che voglia farli andare un po' oltre. Non hanno veramente nessuna stratificazione. L'unica consolazione sei tu. »

Rachele annuisce. Capisce cosa intende dire, perché in quella classe neanche lei è mai riuscita a trovare il suo posto e piuttosto resta a margine a farsi sfottere. Oppure a venerare Alessio. Anche per lei Simona è la fune di sicurezza che non la fa cadere nel dirupo. Le mani delle due ragazze restano strette, salde e calde. Tutt'intorno a loro si balla o si limona.

7 Non è neppure la cosa che spero e vorrei

Uscita dalla stazione di Verona trovo mio padre parcheggiato al solito curvone con le quattro frecce. Dopo avermi dato un bacetto sulla guancia, si fa carico del mio trolley.

«Ciao, Rachi.»

«Ciao, papotti.»

Dalla stazione imbocchiamo la strada verso San Brendano, nella provincia est di Verona.

È un ameno borgo inerpicato su una verde collinetta, un posto adorabile in cui trascorrere le vacanze ed eventualmente seppellirti quando pensi di averne abbastanza della vita di città; ci sono una frequentatissima bocciofila, qualche cartello qui e là con su scritto: *RALLENTARE in questo paese i bambini giocano ancora all'aperto*, ed è fatto divieto di «abbeverare i quadrupedi» nelle fontane del centro. Vari negozietti di alimentari, un solo ufficio postale, la bottega di Mascia dove trovi di tutto, un paio di trattorie, insomma, una pace soporifera che i miei adorano un po' per carattere un po' perché li riporta agli anni della loro infanzia e giovinezza.

Ma la lunga, lunga strada verso San Brendano si anima subito sull'argomento cardine: l'eredità, con me che gli illustro quanto appurato da Manfredi.

«Però, papà, volevo che almeno arrivassimo a casa e potessimo parlarne con calma anche davanti alla mamma, anziché poi dover ripetere tutto due volte...»

«Ma insomma, Rachele. Il punto è: tu vuoi accettare?»

Sembra deluso e preoccupato.

«Non ho ancora deciso. Ma converrai che se ha lasciato qualcosa d'interessante, così come sembra, ha senso prendere in considerazione l'idea.»

« Interessante? Un vecchio rudere, un'auto d'epoca e una camionata di debiti tu li reputi interessanti? »

« Be', sì. Debiti a parte, è pur sempre qualcosa che prima non avevo. »

Il suo sguardo è torvo, molto torvo. E davvero non capisco cosa lo affligga tanto all'idea che io, senza alcuno sforzo, possa aver ricevuto questo dono dalla buona sorte, pur se a discapito di un povero zio che ha finito i propri giorni in modo così tragico.

E finalmente capisco: il punto dev'essere proprio questo. Non vuole darlo a vedere, ma mio padre ne soffre. Era uno scavezzacollo, lo zio Max, ma era pur sempre suo fratello.

« Hai intenzione di andare ai funerali? »

« No. » Non aggiunge altro.

« Potremmo andarci insieme... »

Lui distoglie per un istante lo sguardo dalla strada. « Non ci penso nemmeno. »

« Papà. Te la senti di raccontarmi da cosa nasce tanta acredine? Lo capisco che a volte fratelli coltelli, parenti serpenti, erano più che nemici erano fratelli eccetera eccetera, ma nel vostro caso, perché? »

« Non è il momento, Rachele. Sono cose troppo complicate. E fammi il piacere, non andarle a chiedere a tua madre. »

« Ho trentadue anni, direi che ho l'età e – si spera – l'intelligenza per capire che tipo di conflitti nascono tra due fratelli. » Sono pure allenata: ieri ho scritto un articolo su William e Harry e Liam e Noel Gallagher con il contributo di una psicologa esperta in relazioni fraterne disfunzionali.

« Hai ragione: meglio se ne parliamo a casa. » E accende la radio, a porre fine alle discussioni.

Oltre il finestrino non proprio pulito vedo scorrere il paesaggio collinare dell'Est Veronese.

Autunneggia insistentemente.

Ai margini della statale c'è qualche carretto che vende zucche così grosse che la fata madrina di Cenerentola potrebbe farne carrozze. Propongo a papà di fermarsi e prenderne una, ma lui – che nella vita non mi ha mai negato nessun capriccio – mi risponde che la mamma ci aspetta. Pessimo, pessimo segnale.

Infine arriviamo e corro ad abbracciare mia madre.

La trovo sempre dolcemente svampita, specie quando entra in dettaglio sull'argomento che a suo dire le ha tolto il sonno la notte: e cioè che con Alessio è game over.

« Ma non può essere una cosa definitiva. Sarà una crisi passeggera. Vi capisco, eh. Quando una storia è così lunga... »

La interrompo. Non perché non tenga in debita considerazione le sue parole, in verità è una che a modo suo dà buoni consigli, ma occorre stroncare sul nascere i germogli della sua speranza.

« No, mamma, non è questo il caso. Credo che Alessio voglia imprimere un cambiamento radicale alla sua vita. »

« Si è trovato un'altra, 'sto disgraziato. È così, vero? »

« No. »

« Ma allora non è grave. Entra in crisi e poi gli passa. È successo altre volte. »

« Mamma, no. Non gli passa. E comunque a me va bene così. Ero rimasta intrappolata io per prima in una relazione che aveva l'elettrocardiogramma piatto. Devi essere felice per me. »

« Ora, felice mi pare un'esagerazione. »

« Restando in una relazione insoddisfacente alla mia età sarei finita con gli psicofarmaci entro dieci anni. Te lo scrivo sulla pietra, se vuoi. Dammi il coltello. »

« Eh??? »

« Voglio solo tagliare il pane. Pensavi che volessi incidere veramente non si sa quale pietra? »

« Ma che ne so. È che non mi sembri tu. Come fai a essere così calma? E comunque, speriamo gli passi e ci ripensi. E che torni. »

Avevo per l'appunto messo una pagnotta sul tagliere, ma mi fermo.

Prima Manfredi, adesso lei. Tutti a dire: Ma sì, torna. Scherzando o no, tutti sembrano sapere le cose meglio di me.

No che non torna.

E non è neppure la cosa che spero e vorrei, anche se avete la presunzione di credere che sia così.

Ci penso.

E lo dico.

E dicendolo ad alta, molto alta voce affronto finalmente la cosa su un piano diverso, quello dell'accettazione definitiva.

« MAMMA, AD ALESSIO PIACCIONO I MASCHI. »

Mia madre si porta una mano al petto, come se le fosse venuto un infarto. Non ha nemmeno parole, ha solo uno sguardo pieno di sconcerto. Poi però si riprende.

« È uno scherzo che non fa ridere. »

« Lo so. Infatti non è uno scherzo. »

E a questo punto, c'era da aspettarselo, comincia a farmi il terzo grado. « E tu non l'avevi mai sospettato? »

« No, mai, e sì: sono la scema del villaggio. »

E via dicendo.

È ancora troppo difficile ammettere che invece sì, ci ho pensato, a un livello inconscio, marginale. Ci sono state occasioni in cui mi sono detta: Rachele, pensa ai fatti. I fatti sono che sta con te e punto. Non può essere così bravo a fingere.

Invece lo era. Oppure, come si ostina a dire, non fingeva, ma le cose coesistevano.

Naturalmente, pur con tutto il bene che le voglio, dopo dieci minuti di vivisezione dell'argomento sono sfinita ed esausta. Questa storia me la cucino in uno stanzino privato del mio cuore da giorni, ormai. Ci sono quasi venuta a patti.

« Se mi vuoi bene, non parliamone più. Piuttosto » le dico cambiando volutamente discorso, « puoi dirmi qualcosa tu su questo zio Massimo? »

Lei per poco non mi sviene davanti.

« Mamma, stai bene? Mi sembri molto emotiva oggi. »

Si siede. « Sì. È troppo, per me. »

« E su, dai. »

« Ma che mi importa di tuo zio Massimo, Dio mi perdoni. È a te che penso. A quel disgraziato che ti ha preso in giro. »

« Mamma, mettiamola così. Mi sono lasciata prendere in giro. Mi andava bene. È un problema mio. »

« Ma un problema grosso! »

« Non è un disgraziato. Lo conosci. E capisco il brutto colpo perché, credimi, sono ancora tramortita pure io. Ma quando per troppo tempo fai finta di non capire, poi ti tocca capire tutto in una volta, e bisogna avere le spalle robuste. E se non le hai te le fai venire. Comunque, davvero, io non ne voglio più parlare. Non ce la faccio. Mi devo distrarre. Non voglio fare la vittima. Sono grata di quello che ho avuto e di quello che non ho avuto ma, soprattutto, di tutto quello che mi aspetta da oggi in poi. » È la prima volta che formulo questo pensiero con tanta compattezza. E nel farlo, mi sento fiera di me stessa.

Lei annuisce e leggo nei suoi occhi un'espressione colpita. « Rachele. Tu sei brava. » Ed è un « brava » che racchiude tanti significati. La mia mamma: la mia fan numero uno.

Ma non è tempo di galleggiare sulle lusinghe.

« Proprio per questo, tornando all'eredità, tirando così avanti la questione mi sento trattata come una scema. Cosa c'è che non posso capire a proposito di questo zio fantasma? »

« Certo che puoi capire. Forse potrà sembrarti strano e diciamo pure incredibile, ma tuo zio e tuo padre hanno litigato per me. »

Lo annuncia non senza un po' di goffa vanità, alludendo per un istante al suo aspetto odierno che lei stessa definisce dimesso. Ma il ricordo che ha di sé è una delle cose più preziose che possiede, non è la prima volta che parla della giovane se stessa come di qualcuno che non ha più niente a che vedere con chi è diventata oggi. « All'inizio... molto all'inizio » si corregge, « io frequentavo tuo zio. Ho conosciuto prima lui. Era un gran bel ragazzo, ma molto turbolento. Non ti dico i tuoi nonni, lo vedevano come il fumo negli occhi. »

« Perché, turbolento? Che faceva? »

« Finiva sempre in mezzo ai guai » replica lei, ma evasiva. « Poi ho conosciuto tuo padre e... be', ci arrivi da sola al resto. »

Sta morendo d'imbarazzo. E ora si scopre che alla mia età mia madre aveva una vita più movimentata della mia. « Non sono sicura di voler sapere altro. »

« Te l'avevo detto. »

« Ma, scusa, quindi è stato lo zio a chiudere con papà? »

« Sì... no... sì... Cioè, poi hanno avuto anche dei problemi economici alla morte di tuo nonno e sai, a volte le crisi tra fratelli non si creano tutte in una volta, ma sono la somma di tante piccole e grandi cose. »

Ma sì. Ha ragione.

Infilo un cucchiaino in un barattolo di miele e lo spalmo su una fetta di pane di segale guardando fuori dalla finestra mio padre imbacuccato che va a dare da mangiare alle galline. « Hai foto dello zio? » le domando, a tradimento.

Madre scuote il capo. Qualunque tipo di legame con lo zio sembra essere stato rimosso dalla famiglia. « Comunque, Rachele... se vuoi accettare l'eredità che ti è toccata, io sono dalla tua parte. Come sempre. »

« Non ho ancora deciso. Da un lato mi sembra di tradire papà, dall'altro credo sia sciocco rifiutare a priori solo per principio. Soprattutto se è un principio che lui non si prende la briga di spiegarmi bene. Io posso scegliere di ereditare il principio e non i soldi, ma devo poter scegliere liberamente. Mi capisci? »

Lei annuisce, ma forse per lealtà verso mio padre non si sbilancia.

A tavola, durante il pranzo, ho illustrato a entrambi tutta la situazione nonché il programma del notaio. Ho raccolto silenzi, mugugni e dubbi.

Ed è bello vivere in una famiglia idealista per cui i soldi non sono tutto, ma un po' di pragmatismo non guasterebbe.

In ogni caso, nel pomeriggio mi faccio prestare l'auto di mia madre con la scusa che ho bisogno di andare fino in paese per comprare una cosa che mi serve. In realtà, voglio raggiungere il terreno e il rudere appartenuti allo zio finché c'è ancora un minimo di luce.

« Ma sei sicura? Tu non guidi mai... »

E in effetti, in cima all'elenco di cose che mi spaventano e che faccio malvolentieri, metto proprio guidare. Ho la patente, ovvio, ma basta un colpo di clacson alle spalle per scatenarmi la colite. È un blocco, insomma. Ma ho cercato l'indirizzo e la proprietà è a soli dieci minuti da casa mia.

Quello che il navigatore non diceva è che il terreno è raggiungibile solo attraverso una strada sterrata in salita che mi fa pentire non solo d'essermi messa alla guida ma direttamente di essere nata, e quando arrivo sono allo stremo.

Non esiste uno spiazzo o uno slargo dove possa parcheggiare, per cui lascio l'auto chiusa con le quattro frecce in mezzo alla strada. La proprietà è recintata da muri in sasso ma c'è un vecchio cancello in ferro i cui battenti sono tenuti insieme da una grossa catena. Guardando bene, però, il lucchetto è aperto e quindi rimuovendola si può entrare.

Calpestando l'erba incolta e croccante raggiungo il rudere dello zio Massimo. Il tetto è sfondato, c'è ancora qualche vetro alle finestre, ma rotto, ed è infestato dalla vegetazione. Su una targa in pietra sopra quella che doveva essere la porta d'ingresso è inciso l'anno di costruzione, 1885, e penso tristemente che se mai ci si volesse far qualcosa con questo immobile, sia esso una dimora o un retreat per lo yoga, si farebbe prima a raderlo al suolo e a ricostruirlo da capo a partire dalle fondamenta. Ed è un peccato perché, se fosse stata preservata, questa casa avrebbe potuto essere magnifica. Basta immaginarla con vetri all'inglesina e rose colorate rampicanti, anziché rovi che divorano e respingono.

La osservo con attenzione benché non conservi poi chissà quanti dettagli, ma a colpirmi in maniera particolare è l'alone nero allungato in alto e a sinistra su tutte le finestre. Sembra il lascito del fumo nero di un incendio, fuoriuscito dalle finestre e orientato dal vento. Non vedo a logica cos'altro possa essere.

C'è rete a sufficienza per cercare in Internet «incendio San Brendano di Clonfert».

Corriere dell'Est Veronese
26 agosto 1983

San Brendano di Clonfert. *Ieri intorno alle ore diciotto è divampato un incendio in un'abitazione privata nella contrada Serravalle. Il rogo si è sviluppato al piano terra e si è rapidamente propagato al piano superiore con un fumo nero visibile fino al centro cittadino. Il bilancio è di quattro intossicati attualmente ricoverati non in pericolo di vita. Per le forze dell'ordine che hanno avviato le indagini l'origine sarebbe dolosa; l'abitazione, appartenente all'avvocato Luigi Marsini di Massenzio, è stata contestualmente oggetto di furto di preziosi.*

Mi avventuro in un'esplorazione ravvicinata, varcando la porta diroccata. Sul pavimento, un'impressionante quantità di resti di mobili e oggetti che sembrano andati a fuoco appena ieri. Chiunque abbia posseduto questa casa prima ancora di mio zio non si è mai nemmeno preso la briga di ripulire. Il rudere si è ammalorato anno dopo anno e ho quasi pena per lui: nessuno lo ha amato a sufficienza da rimetterlo in sesto.

Intanto, le stanze decadenti si fanno più scure e angoscianti: sta anche calando rapida la sera. Questo non è proprio il luogo migliore in cui farsi cogliere di sorpresa dal buio, perciò mi rimetto in auto. Quando rientro a casa e Madre mi chiede dov'è l'acetone per le unghie che ero uscita a comprare, le rispondo che non l'ho trovato.

« Nemmeno dalla Mascia? »

« Nemmeno. »

« Che strano. »

La sera vado a letto dopo aver condiviso con i miei un pesante silenzio davanti alla tv. La mia camera in questa casa è poco più di una stanza degli ospiti, non è mai stata personalizzata perché non è la cameretta in cui sono cresciuta: quella nella casa di Milano, in cui abbiamo sempre vissuto in affitto, è stata smantellata anni fa insieme a tutta una vita trascorsa lì. Quando i miei si sono trasferiti qui, io convivevo con Alessio già da un po'.

Le lenzuola profumano di ammorbidente di qualità e apprezzo la premura di mia madre di aver rimosso mentre ero via una delle poche cose mie che c'erano qui dentro: una foto di me e Alessio su una pista da sci delle Dolomiti. Andavamo a sciare tutti gli inverni, era un divertente appuntamento dei giorni tra Natale e Capodanno. Mi tornano subito alla mente il silenzio della montagna, la saggezza dei larici e degli abeti, l'aria fredda e pulita, i ruscelli ghiacciati e le baite di legno. Ci tornerei già domani, ma che ne faremo di quest'abitudine, come di tante altre? Le manterremo in solitaria o lasceremo perdere, consegnando il tutto ai ricordi in comune che appartengono al passato?

Non c'è più la foto incorniciata, ma io ce l'ho ancora nel telefono.

La cerco e la scruto con uno sguardo da senno di poi. È una foto molto simmetrica: sci paralleli, io e lui girati l'una verso l'altro in un bacetto posato, le braccia aperte all'esterno a tenere ben perpendicolari i bastoncini. Una foto che era un vero quadretto, come noi due: un sodalizio che durava da anni e che ignorava volutamente l'insoddisfazione quando osava affiorare. Guardo sul telefono tutte le altre fotografie di quell'anno lì. Eravamo felici? Boh. Una casta complicità può dirsi felicità? Forse. Sul momento, io lo ero. Ma forse, con questa narrativa della felicità delle piccole cose, ci stiamo perdendo la felicità delle grandi.

Sullo sfondo di quella vecchia foto, bianca di neve e azzurra di cielo, si sovrappone l'avviso di un messaggio WhatsApp. È di Manfredi, e lo clicco con una prontezza sospetta.

L'hai poi visto il terreno?

Sì. La Miss Marple dei poveri

Che te n'è parso?

È tutto molto malmesso

Sei ancora dai tuoi?

Yes. Torno domani
pomeriggio

Fossi stata qui ti avrei invitata
a prendere qualcosa. Così, per
distrarsi

Tu hai bisogno di distrarti?

Tu no?

Molto

E allora ci si poteva distrarre insieme

Mi adagio ben bene sui cuscini, tenendo il cellulare tra le mani e scoprendomi abbastanza intrigata.

Dove mi avresti portata?

A fare cose semplici ma molto adatte allo scopo

Un momento. Solo io annuso un doppio senso? O è che, essendo carica di esplosivo, vedo tutto con lenti alterate?

Affiora nel chiarissimo notaio Malacarne il Manfredi che mi ricordo io

I notai non sono più chiarissimi dal Medioevo, ma grazie del pensiero. Che Manfredi ricordi tu?

Cazzone. E invece tu che Rachele ricordi?

Vuoi sentirmelo ripetere?

A questa storia del sogno erotico non crede nessuno

Devi crederci soltanto tu

Ti ricordi quando nell'ora di fisica la Ciccimarra ti faceva sedere accanto a me?

Sì, certo

E ti ricordi anche che una volta
mi hai detto figa di legno?

Me ne vergogno. Ma mi sto
facendo perdonare, no?

Sì, questo è vero. Mi stai
aiutando molto, con la
faccenda dell'eredità

A proposito, ho qualche novità
dal mio collaboratore. La
prossima settimana sarà
pronta la perizia sulla proprietà

Ah, bene! Ancora grazie

Non c'è di che.
Buonanotte

Buonanotte

Quasi mi dispiace che la conversazione si sia rimessa in carreggiata. Flirtare mi stuzzicava. Mi riportava alla vita. E poi Manfredi conserva ancora quella carica sensuale che aveva da adolescente e che anzi adesso è persino cresciuta. O forse il fatto è che, finalmente, anche io me ne accorgo.

8 Una raccomandazione, Rachele: tieni botta

Aleksandra entra nell'open space e poggia le dita ornate di cerchietti di oro rosa sulla mia scrivania. Parla mantenendo bassa la voce.

« Su cosa stai lavorando? »

« Un pezzo su come è invecchiato *Love Actually* in soli vent'anni. »

« Personalmente, non l'ho amato neanche quando è uscito. Su cosa ti stai concentrando? »

Giro il pc e le faccio leggere l'incipit.

Se è vero che un classico è un'opera in grado di parlare a ogni generazione e incarnare di volta in volta lo spirito dei tempi, se non addirittura di ispirarli, cos'è che invece rende anticlassico un film o un romanzo? Perché una commedia romantica di quasi novant'anni fa come Bringing Up Baby *risulta molto più giovane, fresca e alla moda di uno dei classici della commedia romantica natalizia come* Love Actually *che di anni ne ha solo venti?*

L'invecchiamento di Love Actually *è l'espressione dell'evoluzione valoriale in atto nella cultura occidentale: è da rivedere ciò che reifica il corpo delle donne o peggio ancora è offensivo nei riguardi di queste ultime.*

« Va bene. Vai nello specifico e aggiungi anche commedie romantiche alternative sulla scia di *Bringing Up Baby*. Che film è, peraltro? »

« In italiano è *Susanna!*, è quello in cui Cary Grant fa il paleontologo e Katharine Hepburn l'ereditiera e sono alle prese con un leopardo di nome Baby. Un classico senza tempo, per l'appunto. »

« Ecco, allora, dai un taglio pratico e aggiungi gli undici film da riscoprire. »

La teoria di Aleksandra è che, quando si tratta di elenchi, i numeri dispari ottengono più *clic*. Come quello sui nove smalti neri più sexy che mi ha fatto scrivere in un'ora per Halloween. Al primo posto il Crystal Black di Gucci, che porto ancora.

« Consideralo già fatto. »

« Rachele, accompagnami fuori che voglio fumare una sigaretta. »

Lascio la postazione e la seguo fino al terrazzino dove oggi si avverte con forza l'arrivo di un novembre grigio e pungente.

« Ascolta, Rachele. Te lo dico prima che tu venga a saperlo da qualcun altro. Dal primo gennaio non sarò più la tua caposervizio. »

Lo dice con serena freddezza. « Oh » è tutto quello che riesco a rispondere.

« Vado a fare la caporedattrice di *Garbe*. »

ODDIO!

GARBE.

Garbe non è una rivista, *Garbe* è *la* rivista. *Vogue*, *Bazaar* e *L'Officiel* tutto insieme.

Da caposervizio di *Chic&Glam* a caporedattrice di *Garbe* passa una distanza epocale. Aleksandra ha fatto il colpaccio e glielo dico con affetto e obiettività.

« Aleksandra, davvero, sono strafelice per te! »

Si sparge sul suo bel viso un grande compiacimento. E ci mancherebbe, penso io.

« Grazie, sono molto contenta. Era una cosa a cui lavoravamo sotto banco già da un po', ma solo adesso sono libera di dirlo in giro. Ora, Rachele, avrei voluto portarti con me o almeno provarci. »

Be', come negarlo? Passare a una rivista monumentale come *Garbe* avrebbe avuto il suo perché, ma in tutta onestà rientra nel novero di quei sogni che non tieni seriamente in considerazione.

« Aleksandra, già solo averci pensato è... bellissimo da parte tua. »

« Ma insomma » prosegue lei con l'usuale delicatezza propria di un panzer, « mi hanno fatto intendere che la redazione è già al completo e che funziona bene così com'è. »

« Posso capirlo. »

« Ho insistito molto, peraltro la direttrice editoriale ti conosce, mi ha detto che hai fatto uno stage con lei quando eri neolaureata, e ha una meravigliosa opinione di te, però... »

« Non abbastanza da prendermi a scatola chiusa nel pacchetto con te. Tranquilla, ci può stare. Va bene così. »

Me la ricordo, la direttrice di *Garbe*. Un mostro sacro che veniva da *ELLE Decoration* UK. Alla fine dello stage mi disse: « Sarebbe bello poterti tenere, ma non c'è budget ».

Quindi, questa è la seconda volta che mi cassa. Amen.

« Ma, e qui viene il bello... » riprende Aleksandra, trepidante, « Irene ti ritiene uno degli elementi migliori e ha in mente di farti fare il salto a caposervizio, cosa che per conto mio, ovviamente, ho caldeggiato. È giusto far crescere chi si è fatto le ossa nella rivista. Rachele, io non ti ho detto niente » conclude con gravità, ma sto già planando sui tetti di Milano tanta è la gioia. Caposervizio. Di *Chic&Glam*. A trentadue anni. La abbraccerei, se non fosse che sul contatto fisico Aleksandra è piuttosto rigida.

« Faccio fatica a verbalizzare. »

« Non volevo rovinarti la sorpresa, bensì metterti in guardia. Questa è la sua intenzione. E non ho dubbi che lei in effetti voglia farlo. Ma tra il dire e il fare... Insomma, tu guardati le spalle. »

« Okaaaay » ribatto, e intanto sto già pensando a cosa proporre domani alla caporedattrice per farle pensare tra sé e sé: È proprio brava 'sta ragazza, la devo fare caposervizio. Però Aleksandra mi mancherà, veramente tanto. E quindi glielo dico.

« Suvvia. Non siamo alle medie. Figurati se non ci ritroviamo. Ma una raccomandazione, Rachele: tieni botta. »

« Grazie, Alex. »

Lei fa l'occhiolino prima di far cadere il mozzicone in un posacenere rudimentale lasciato apposta in terrazzo per i tabagisti della redazione.

« Rientriamo. Hai il tuo bel da fare a trovare le undici commedie romantiche intelligenti e alla moda. Dimenticavo: domani a mezzogiorno c'è l'anteprima di *My Policeman*, ci vai tu?»

«Accidenti, mi spiace ma non posso: ho preso un giorno di ferie per un impegno non rinviabile.»

Domani vado infatti al funerale dello zio Braganza, a quanto pare finalmente autorizzato dal magistrato. L'ho saputo da Milagros.

Non poteva venire celebrato in un giorno più triste del *Día de los muertos*.

Presso casa di suo fratello nessuno allestirà una *ofrenda* e anche se forse non sarò l'unica a pensare a lui, certamente sarò l'unica ad andare a Como. Di nascosto, peraltro.

L'indomani mi faccio una quarantina di minuti di treno, che trascorro con le cuffie, sfogliando *Garbe* e immaginando come cambierà con Aleksandra. Quando arrivo a Como quasi mi dispiace, era un viaggio rilassante.

La giornata è triste che più triste non si può: il cielo è una immensa distesa monodimensionale di un bianco grigiastro freddo che spegne qualunque voglia di vivere. Però quant'è carina Como! Non stupisce che George Clooney ami tanto questi luoghi.

Raggiungo a piedi la chiesa di San Donnino dove ci saranno le esequie e so già, perché mi sono informata preventivamente, che il negozio antiquario di mio zio è di strada. Ornato da una bella insegna effetto vintage su cui è scritto *Antiques*, si affaccia con due spaziose vetrine su una strada frequentata e piena di altri negozi.

Naturalmente, oggi non è aperto. Sulla porta d'ingresso è appeso un foglietto.

CHIUSO PER LUTTO.
RIAPRE DOMANI SOLITO ORARIO 10.30-12.30/15.30-19.30

Le vetrine sono allestite con un gusto vagamente *fin de siècle*: una credenza laccata di nero cerato su cui sono impilati una ventina di libri Gallimard, tessuti William Morris ripiegati e alcune statue di legno di animali esotici; un lampadario stile impero di cristallo; un cassettone verde oliva; uno specchio veneziano. Si tratta di un negozio che non vende paccottiglia, ma più che altro un'idea, uno stato d'animo, un'atmosfera. Ma non c'è tempo di indugiare: se voglio arrivare puntuale, devo affrettarmi.

Ho avuto l'informazione sul funerale da Milagros Vega, e per richiamarla in realtà mi sono dovuta armare di un certo coraggio. Naturalmente, lei voleva andare al sodo e chiarire l'aspetto economico, cosa che in questo momento non sono affatto in grado di fare e pertanto ho continuato a mantenermi vaga, suscitando la sua stizza.

« Ma tu sei la figlia di Roberto ed Elena? Rachele? »

Mi volto come colta in flagranza di reato. La domanda proviene da una vecchietta assai distinta, con un turbante di visone sulla testa da cui sfugge qualche ciocca candida.

« Ehm... sì! »

« E dove sono loro? »

« Non ci sono. » E quando sapranno che invece io sono qui, quante me ne diranno...

« Oh... capisco » risponde lei. « Mi pareva strano. Ho incontrato tua mamma dalla Mascia e infatti m'aveva detto che erano impegnati. » Dalla sua smorfia si capisce che non ci ha mai creduto e che muore dalla voglia di dirlo a qualcuno. « È una bella, bella cosa che tu sia venuta. Di cuore, proprio. »

Intanto nella mia mente permane il vuoto sulla casella dell'albero genealogico ove si colloca questa cara vecchietta.

« Mi scusi veramente, ma... lei è...? »

« Sono la zia Andreina. La cugina di tua nonna Rachele... »

« Ah, certo, sì! Come no! »

Forse non la vedevo dai tempi della prima comunione.

« E che mi dici di bello, Rachelina? Sei sposata? »

« No... »

« E dove lavori? »

« In una rivista che si chiama *Chic&Glam*... »

« Quale? *Gente*? »

« *Gente*, sì. Zia Andreina... Scusa ma tu invece Massimo l'hai visto negli ultimi tempi? »

« Lui sì, che simpatica canaglia che era! » Tira fuori il fazzoletto per asciugarsi gli occhi.

« A San Brendano? »

« Lui a San Brendano meno ci stava e più felice era. Ma di tanto in tanto veniva a trovarmi. Poi lo sai che era antiquario, no? Gli ho dato un servizio di piatti e lui gentilmente me lo ha rivenduto e mi ha fatto guadagnare una bella cifretta. »

« E la sua fidanzata, la conoscevi? »

« Quale? »

« Non saprei. L'ultima? »

« Mi diceva sempre che la sua unica fidanzata ero io! Che tesoro che era, che tesoro. »

« Ma secondo te, cosa è successo? »

La zia Andreina si fa il segno della croce.

« E chi lo sa. C'è chi dice che è stato un infarto. Ma lo sai che la gente è maligna... C'è pure chi dice che si è suicidato, ma io non ci credo, è completamente impossibile. Pure se mi appare in sogno e mi dice che lo ha fatto, io non ci credo. »

« Ma scusa, perché dovrebbe averlo fatto? » le domando. Le malelingue non sono obiettive ma a volte loro malgrado indicano una direzione. E forse, tra l'altro, si tratta delle stesse voci tendenziose che hanno raggiunto mio padre.

« Debiti! » sussurra. Al che a me viene in mente però l'obiezione che, se così fosse, sarebbe stato più sensato vendere il rustico e la Bentley. « E che ne sapevo io che era messo tanto male? Se avessi saputo che poteva servire, gli avrei lasciato il ricavato del servizio di piatti. Si fa tutto, per la famiglia. O almeno così dovrebbe essere. »

Annuisco, sovrappensiero. Ma poi metto a fuoco. Forse è una stoccata verso la mia, di famiglia?

« Zia Andreina, scusami, ma prima che inizi la messa vorrei salutare alcune persone. »

« Certo, certo. Poi, se vuoi, io sono con la cugina Ida di Forlimpopoli, solo che ha fatto da poco la protesi d'anca ed è meglio se vieni tu a salutarla. »

« Va bene » rispondo, mezza di spalle, già verso le prime file.

È ora di vedere dal vivo Milagros.

Non mi aspetto che oggi sia più conciliante e in effetti potrei pure rimanere in ultima fila senza parlare con nessuno, ma non sarebbe da me. Quindi raggiungo il primo banco e individuo quella che dovrebbe essere Milagros, stando anche alla foto profilo su WhatsApp.

È sulla cinquantina ma di quei cinquanta portati con tanta naturalezza e grazia da sembrare più fresca di una trentenne. Fossetta sul mento, lunghi capelli scuri su un cappotto nero attillato, un po' fatalona, se proprio dovessi farle un appunto.

Le porgo la mano: « Sono Rachele » dico a bassa voce, come se ci fossero spie pronte a dire che in virtù di questa mia partecipazione sono automaticamente l'erede. *Semel heres, semper heres.*

« Apprezzo que tu sei venuta. »

È attorniata dalla solita gente che ci si aspetta faccia coraggio a chi ha subito un lutto, ma anche se il momento è drammatico Milagros non perde l'occasione di voltarsi e di dire, a un uomo brizzolato dall'aria pulita e ordinata ma molto antiquata: « È lei l'erede ».

Costui si affretta a raggiungermi mentre mi defilo per lasciar posto ad altra gente in coda per salutare mio zio nella bara. Gente che, al contrario mio, almeno lo ha visto in faccia di recente.

« Signorina, buongiorno. Mi permetta » dice porgendomi un biglietto da visita su cui è scritto il nome Enrico Oddoli. « Ero il socio di Max, suo zio. Ho parlato con qualcuno che la rappresenta, forse un avvocato, o direttamente il notaio, non ricordo, ma insomma, è necessario che io e lei ci sentiamo. »

Solo l'arrivo del prete incaricato di celebrare il funerale mi trae dall'impiccio di dilungarmi rispetto alla solita solfa: « Non sono ancora l'erede. Sono quella chiamata all'eredità ».

« Che cosa cambia? »

« Cambia che non so ancora se accetterò... »

« Nel qual caso? »

« ... La grazia del Signore nostro Gesù Cristo, l'amore di Dio Padre e la comunione dello Spirito Santo siano con tutti voi... »

« Nel qual caso non so proprio cosa dirle, se non che adesso forse dobbiamo tornare a sederci. »

Lui annuisce ma, una volta seduta al mio posto, mi accorgo che si gira varie volte, come a controllare che io sia ancora in chiesa, e mi terrorizza l'idea che stia ponderando l'ipotesi di riavvicinarmi alla fine della cerimonia. Di tanto in tanto lo vedo bisbigliare qualcosa all'orecchio di una donna bionda, con un paio di occhiali esagonali, di fianco a lui.

Certa di aver fatto la mia parte e forse anche più di quanto avrei dovuto, mi avvicino all'uscita mentre il prete dice: « Imploriamo la tua clemenza, o Signore, per l'anima fedele di Massimo: nella grandezza della tua misericordia, lavalo da ogni colpa contratta nella sua esistenza terrena e fa' che, liberato dai vincoli della morte, possa entrare nella vita eterna. Per Cristo nostro Signore ».

Il tempo di sussurrare « Amen » e sono già fuori, diretta alla stazione, con un biglietto di ringraziamento in tasca che ho preso al volo dal tavolo delle offerte dopo aver lasciato qualche moneta.

Non avevo fatto il biglietto per il ritorno proprio per lasciarmi la libertà di organizzare i miei tempi, ma fortuna vuole che il primo treno per Milano sia in partenza tra dieci minuti.

Appena si chiudono le porte del vagone, per quei misteri inspiegabili per cui a volte ci bombardiamo da soli il cervello di assilli inutili, mi viene in mente che, alla fine, in questa fuga rocambolesca, non ho salutato la cugina Ida di Forlimpopoli. Che poi, chi minchia è?

Le undici commedie romantiche più romantiche di Love Actually

1 - Harry, ti presento Sally
2 - L'amore non va in vacanza
3 - Stregata dalla luna
4 - Quattro matrimoni e un funerale
5 - Una donna in carriera
6 - Io e Annie

7 - Insonnia d'amore
8 - Notting Hill
9 - Scrivimi una canzone
10 - Il matrimonio del mio migliore amico
11 - Scandalo a Philadelphia

L'undicesima l'ho cambiata al volo, un istante prima di inviare il pezzo ad Aleksandra. Avevo messo *Prima dell'alba* con Ethan Hawke e Julie Delpy ma il grande problema è che ogni volta che lo riguardo mi chiedo: in ventiquattro ore in giro per Vienna come due vagabondi, a Jesse e Céline non puzzava l'alito? E si baciavano lo stesso? E niente, mi si sgonfia tutto il romanticismo.

9 Per quella Bentley faccio questo e altro

Seduta sul treno, opportunamente lontana da Como, da Milagros Vega, Enrico Oddoli e dalla zia Andreina, estraggo dalla borsa la busta circondata da un margine nero, che contiene una specie di cartolina lucida su cui appare, a sorpresa e a tradimento, un'immagine recente di Massimo Braganza.

Il suo viso sembrava solcato dagli anni e dai vizi, ed è quasi caricaturale, con basettoni, sopracciglia cespugliose, un naso lungo e curvo, un'ombra di quella barba da fine giornata che cresce loro malgrado agli uomini irsuti. I capelli sono troppo neri, per me di mezzo c'è qualche bella tinta. Sembra una foto scattata al tavolo di un ristorante durante una cerimonia, il tavolo è pieno di cristalleria e bottiglie di vino bianco, e lui è in completo elegante con una cravatta che come minimo è di Marinella. Non guarda l'obiettivo, però è sorridente, rilassato.

Ripongo l'immagine nella busta e la rimetto nella borsa, dopo un sospiro gonfio di compassione. Quando ormai il treno è quasi a Saronno prendo il telefono e scrivo a Manfredi.

Appena hai finito con tutti i vari
atti, possiamo sentirci?

Quando risponde sono a casa a Milano, dove ho già riposto la foto dello zio in un cassetto rimasto mezzo vuoto ora che è sparito tutto il casino di Alessio. Tra di noi era senza dubbio lui quello più caotico e disorganizzato.

Alessio mi torna in mente più di quanto vorrei, ma lo ritengo inevitabile. Anche perché in questi giorni abbiamo continuato a sentirci, non meno di quanto facessimo prima. Non abita più da Matteo, ha trovato un monolocale dietro al tribunale fresco di ristrutturazione e mi ha invitato a cena proprio stasera per mostrarmelo. Non dico che non sia strano, ma alla fine ho accettato e gli ho pure comprato un tostapane come regalo di inaugurazione, perché so che il suo guilty pleasure della domenica è il pane tostato con il burro d'arachidi e la marmellata di fragole. Abituarsi all'assenza di Alessio in casa è di sicuro più semplice dello sfilarlo via da tutte le piccole attenzioni che si riservano alle persone con cui si condivide il quotidiano. Non posso dire di aver smesso di pensare a lui.

Intanto, sul telefono che squilla petulante appare il numero dello studio di Manfredi.

« Buonasera, le passo il notaio » esordisce la solita voce femminile dolce e mai stanca.

Il Magnifico Notaio Malacarne passa quindi dal « ci si poteva distrarre insieme » su WhatsApp alla chiamata della segretaria per suo conto.

« Ciao, Rachele. »

« Ciao, Manfredi... »

« Dieci minuti dopo che mi hai scritto è arrivata la perizia sulla proprietà di tuo zio. Te la giro via mail e, se c'è qualcosa che non ti è chiaro, possiamo parlarne. »

« Oh. Grazie! »

« C'era qualcosa che volevi dirmi? »

« Sono andata al funerale dello zio e ho conosciuto il suo socio, Enrico Oddoli. Hai parlato personalmente con lui, se non ho capito male... »

« Esatto. Ascolta, se ti va, puoi passare dallo studio alle sette, al solito. Parliamo della perizia, così nel frattempo tu la leggi, e del socio. Che ne dici? »

« Va bene. »

La segretaria mi fa cenno di entrare nella sua stanza e lo trovo al computer, scollacciato, spettinato, la giacca blu del completo buttata alla come capita sulla scrivania.

Mi sento attraversata da un'elettricità che altro non è che attrazione. Pura e semplice quanto inopportuna.

« Allora. Visto che bella valutazione? »

« Non me l'aspettavo. Mi ero fatta l'idea che avrei dovuto pagare qualcuno perché se lo prendesse... Tipo la tua cessione d'azienda a valore negativo. »

« E invece siamo sui centocinquantamila euro. »

« Già. »

« E dunque? Perché questa faccia? »

« Perché tutta questa storia non mi torna. Aveva debiti ma si teneva una catapecchia in un terreno sperduto nel nulla a San Brendano. E a Como viveva invece in affitto ed era anche in ritardo con i pagamenti. Non torna. »

« Se è per questo, detto tra me e te, c'è qualcos'altro che a prima vista potrebbe non tornare. E cioè che da quel che mi risulta tuo zio ha venduto la casa di proprietà in cui viveva a Como un anno fa e subito dopo ha comprato il terreno e il rudere. E se n'è andato a vivere in un bilocale in affitto che nemmeno riusciva a pagare. »

Poi mi viene in mente una spiegazione. « Magari allora lo aveva comprato pensando di ristrutturarlo con calma e di passare lì gli anni della pensione. »

« Può darsi, certo... Comunque, al di là delle teorie, per te conta solo cosa ha lasciato. » Finalmente mi guarda, per la prima volta da quando sono entrata, mentre io l'ho guardato fin troppo.

« Allora. Accettiamo con beneficio d'inventario? » Mi osserva serio, incisivo, prima di ribadire: « Rachele, ne vale la pena ».

« E se il conto in banca è in rosso? »

Si gratta la fronte mentre risponde, senza traccia di essere scocciato: « Questo possiamo verificarlo ».

« Sì? »

« Sì. Il potenziale erede ha diritto a ricevere informazioni sulla cosiddetta massa ereditaria. »

« Facciamolo, allora. »

Lui inarca un sopracciglio. « Facciamolo, certo. Ogni suo desiderio è un ordine. »

Ho esagerato.

« Non volevo essere perentoria. »

« Ma è giusto che tu lo sia. Fissiamo una data per l'atto di notorietà. »

« Cioè? »

« È una roba che devo farti sottoscrivere per sapere quale fosse la banca di tuo zio e soprattutto, in sintesi, quanto c'è sul conto. »

« Ormai sono di casa » rispondo, più esuberante del necessario, ma lui spegne il mio buonumore o finto tale quando mi informa che, per fare appunto questo cosiddetto atto di notorietà, devo portare due testimoni a conoscenza dei fatti.

« Due testimoni? »

« Sì. Non parenti, Rachele, quindi non i tuoi genitori, per esempio. »

« Ma, Manfredi... è proprio obbligatorio? »

« Io le cose le faccio pulite. »

« Okay, verrò con qualcuno. »

« Ci può voler molto prima di ottenere risposta. Ti avviso. A meno che » dice dopo una breve esitazione, « tu non voglia chiedere alla compagna di tuo zio. Lei sa qual è la banca, visto che ti ha chiesto di sbloccare il conto. »

Ovviamente la sua idea ha senso e sarebbe la strada più pratica, ma preferisco quella più formale.

« Eviterei, se abbiamo modo di saperlo comunque. »

« Ti sto appunto dicendo che sì, c'è, ma è una procedura laboriosa, per diversi motivi. »

Per la prima volta sembra un po' seccato e ho il dubbio di essere un peso. « È un problema per te? »

« No. Per me niente è un problema. Volevi dirmi qualcosa anche sul socio di tuo zio? »

« Preme per parlarmi. »

« L'ho già fatto io. Non credo che pianterà grane, se non toccherai i beni del negozio. »

« Non ho nessuna voglia di impelagarmi in problemi con gente che nemmeno conosco. »

« Saggia scelta. Benché, ovviamente, possano esserci cose di valore che potrebbero spettarti. Oddoli ha detto di avere le prove di aver anticipato le spese della società per l'acquisto di molti pezzi, ma capisci che bisognerebbe controllare ogni cosa a una a una.»

«Non sono avida. Non mi interessa. E poi non sono ancora sicura di accettare.»

Mi scruta, a fondo. Così intimamente che sento il sangue affluire ai capillari forse facendomi arrossire. Non lo guardo a mia volta mentre mi dice: «Pertanto, l'indagine sul conto è un modo per prendere tempo?»

Quello è il punto, mi sa. «Forse, inconsciamente...»

«Ma te l'ho detto: hai dieci anni. Diverso era il caso in cui tu fossi stata in possesso dei beni. Ehi, Rachele» mi richiama, forse perché gli sembro assente. «Qualunque bene, anche uno spillo. È importante, perché in quel caso i tempi cambiano radicalmente e diventano tre mesi e quindi è possibile che la risposta della banca non arrivi per tempo.»

«No, non possiedo nemmeno uno spillo, come ti ho già detto fino allo sfinimento.»

Manfredi coglie l'insofferenza perché risponde: «Scusa. A fine giornata sono stanco. Divento ripetitivo».

«Secondo me tu forzi la tua natura: devi essere ultrapreciso per lavoro ma, se mi ricordo com'eri, non lo saresti di indole.»

«In parte è vero, lo ammetto.» Manfredi inclina il monitor del portatile per chiuderlo. «Cos'è che ti trattiene dall'accettare?»

«La lealtà verso mio padre, credo. Ho la sensazione che per lui questa storia vada oltre i soldi. Ma anche l'idea di avere tutte queste cose che non mi sono guadagnata mi fa strano. Chi vince al SuperEnalotto almeno ha azzeccato i numeri e ha fatto lo sforzo di giocare una schedina. Io nemmeno quello.»

«Ma vedrai che alla fine tu lo farai uno sforzo, con l'inventario. È una gran rottura.»

«Non lo farai tu, per me? Ti ho detto che alla peggio ti avrei pagato con la Bentley, mi sembravi molto interessato, ma se così non è...»

«Per quella Bentley faccio questo e altro.»

Mi alzo per prima, è tardi. Non voglio approfittare del suo tempo. Lui gira attorno alla sua scrivania e inciampa nel sacchetto con il tostapane di Alessio. Impreca ma poi lo prende e me lo porge.

« Shopping? »

« È un regalo per Alessio. Stasera vado da lui, ha preso casa nuova. »

« Una ex proprio premurosa » commenta.

« Sai, dopo così tanti anni... ci vogliamo ancora bene, ecco. »

« Immagino » risponde lui, ma con un bagliore piuttosto cinico a illuminargli lo sguardo.

Ostentando naturalezza, come se fosse una domanda qualunque, gli chiedo: « Tu hai una ex? O, per meglio dire, hai una ragazza? »

« Ho una ex che non mi fa regali, anzi, più probabilmente mi augura il male. Non ho una ragazza. »

« Da quanto è ex, la ex? »

Perplesso per la domanda, corruga la fronte e sembra fare due conti, cosa che se mi ricordo bene non è il suo forte. « Otto mesi? »

« Se non lo sai tu. »

« Otto mesi. »

« Ci pensi ancora? »

« Direi di no. E tu? Ci pensi ancora ad Alessio? »

Chi la fa l'aspetti. E cosa devo rispondergli? La verità? « Credo sia normale, è finita praticamente l'altroieri. »

« Però, se posso... A volte – anzi spesso – non è una questione di tempo. Per la mia esperienza alle ex si pensa, o si ripensa, non in ordine cronologico. »

« E in che ordine? »

« Nell'ordine di quella che fa più male, per esempio. »

« E per esempio... una è Giulia? »

Perplesso, chiede: « Cosa? »

« La ex. O una delle... »

Mi interrompe. « Come mai tanta curiosità, Rachele Braganza? Interessata all'articolo? »

Mi prende una vampata di fuoco che mi lascia in cenere. « Non fai giri di parole. »

«Ne faccio fin troppi tutto il giorno e, come hai giustamente osservato, non è nella mia indole.»

«Ma quando parlavo di indole mi riferivo a tutt'altro.»

«Io no.»

«Okay, e allora ti lascerò con il dubbio.»

«Su cosa?»

«Se sono interessata o meno.»

«Dubbio?!»

«Eccolo, il vero Manfredi nascosto dentro il notaio Malacarne!»

«Invece la vera Rachele nascosta dentro di te non lo sai nemmeno tu chi è.»

Resto senza una risposta perché ha ragione, mentre lui sorride con una furbizia che sarebbe da apprezzare se non fosse che in parte mi irrita. Prelevo dalla borsa un pacchetto, me ne stavo quasi dimenticando. L'ho preso senza premeditazione, entrando in una libreria in cui mi sono fermata per non arrivare da lui con eccessivo anticipo.

E forse è proprio questa la risposta giusta da dargli.

«È per te, Manfredi. Come vedi, oggi è passato Babbo Natale, regali per tutti.»

Il sorrisetto sparisce e, anzi, adesso lui è piuttosto in imbarazzo. Scarta il pacchetto e trova le *Sette brevi lezioni di fisica* di Rovelli.

«...*Grz*...»

«Eh?»

«Grazie» scandisce.

Non ci posso credere, è arrossito!

Lo poggia sulla scrivania e mi accompagna lui stesso fino alla porta. Al momento di congedarsi, avverto che mi tocca il gomito, sull'affossamento accanto a quell'ossicino che se lo sbatti fa un male cane. E non di meno, scopro adesso, quel piccolo avvallamento se viene sfiorato in un certo modo lo *senti*, eccome se lo senti. Specie se lasciato nudo, perché mi sono tolta il maglione rimanendo in T-shirt – se sia surriscaldato lo studio, o io, o entrambi, è da vedere. E specie se non è solo sfiorato. È un contatto prolungato laddove prolungato non occorreva che fosse. Tant'è che d'istinto sollevo lo sguardo incrociando il suo, e capiamo, credo entrambi, di aver capito: io, che quel contatto è intenzionale. Lui, che mi è piaciuto. La domanda a questo punto è: se ti basta toccarmi il gomito con un grattino in punta di dita per caricarmi a pallettoni, se mi tocchi altrove, cosa mi fai?

Da corso di Porta Romana al nuovo indirizzo di Alessio è una passeggiata a piedi di quindici minuti, ma accelero perché lui mi avvisa via messaggio che una volta tanto la consegna è in anticipo e pizza fredda no grazie. Poi però la piccola sommossa interiore generata da quello che con Manfredi sta assumendo le sembianze di un flirt mi leva l'appetito, e Alessio allibisce nel constatare che lascio metà della pizza.

«Sei dimagrita e mangi come un uccellino.»

«Male non fa. A quanto pare è il segreto della longevità.»

«Chi vuol vivere a lungo? Non io.»

«Anche tu sei dimagrito» osservo, incrociando le gambe sul suo divano.

«Non stiamo passando la fase più facile della nostra vita» replica, includendomi in un noi ingeneroso, perché io sto un po' meglio del previsto. Per l'esattezza, ogni giorno leggermente meglio.

«L'hai detto ai tuoi?» gli chiedo. Alessio annuisce. «E?»

«Mia madre ha detto di averlo sempre sospettato. È tutto un po' un cliché. Ma comunque nessun dramma, il che amplifica il rimpianto: l'avete presa tutti così bene che, alla fine, perché ci ho messo così tanto?»

«Perché evidentemente non la prendevi bene tu.»

«Io una volta ci ho provato a dirlo. Ma non era la persona giusta.»

«Quando? Chi?» incalzo. Io credo di conoscere ogni persona passata dalla vita di Alessio eccettuati, forse, i tempi dell'asilo.

«Ha importanza?»

«No. Guardiamo avanti.»

« Giusto. »

« Dimmi di te. L'eredità? »

« Penso che potrei accettare. È vantaggiosa, chiunque altro lo farebbe senza stare a farsi tante domande. L'alternativa sarebbe regalarla allo Stato italiano e, pur essendo io un tipo patriottico, ecco... perché? »

Alessio si rulla una sigaretta. « Onestamente, non vedo perché dovresti porti il problema. Si comporta bene, Manfredi Malacarne? »

Mi irrigidisco appena. Bene, si comporta bene. Pure troppo.

« Sì. È di grande aiuto. »

« Di lui ci si può fidare. Forse dovremmo organizzarla, una bella rimpatriata con tutti i compagni di liceo. »

« Perché infliggerci una simile tortura? »

« Addirittura? »

« Io non ho un buon ricordo di nessuno, lo sai. »

« A volte però i ricordi mentono. »

« A proposito di classe... ci pensi mai a Simona? »

Strabuzza gli occhi prima di rispondermi. « Sì. Ma non tutti i giorni, Rachi. »

« Io mi sono resa conto che la sto un po'... non lo vorrei dire, ma è così. La sto un po' dimenticando. »

Mi fa una lieve carezza sulla spalla. « Non te ne fare una colpa, sono passati tanti anni. »

« E invece sì che mi sento in colpa. A parti invertite, lei non mi avrebbe dimenticata. » Mentre lo dico, già risoluta, ne sono ancora più sicura. « Lo so per certo, lei era più generosa di me. Più affettiva, più sensibile. »

« Vedi? Non la stai dimenticando, sei qui che ne parli e la rimpiangi oggi come ieri. »

« Mi ci ha fatto pensare Manfredi, io non ci pensavo da settimane. »

« Ah. Vuol dire che non l'ha dimenticata nemmeno lui. »

L'accendino scatta e la sigaretta si accende. Alessio la tiene sempre tra pollice e indice e io nel frattempo mi alzo per prendergli il posacenere, come quando abitavamo insieme.

« Non hai mai avuto un'altra amica stretta come lei » prosegue intanto lui.

« Lo so. Per certi aspetti, tu l'avevi rimpiazzata. »

« Dal che capisci che il nostro rapporto non era proprio sano. Comunque. Ci penso e la organizzo. »

« Ma cosa, la rimpatriata? Veramente? »

« Li rintraccio tutti su Instagram o LinkedIn » prosegue lui imperterrito, seguendo il filo dei suoi pensieri. « Tu ci vieni, vero? »

« Ma non hai altro da fare? »

« Non così tanto. Ho provato Grindr ma è demoralizzante. Tu ti sei messa su Tinder o cose del genere? »

« No, Ale » replico, leggermente piccata. Mi sono limitata a produrre dei flash spinti di come sarebbe ritrovarsi in certi specifici frangenti con l'unico maschio in cui mi sono imbattuta da quando ci siamo lasciati, e cioè Manfredi. E un pensiero, una volta avuto, è insopprimibile.

Mi sarebbe successo comunque, se fossi stata ancora in una relazione stabile? Oppure l'avrei bollata come una leggera fastidiosa inutile attrazione, incidentale come una zanzarina nelle notti estive, e di conseguenza l'avrei ignorata?

« Non vuoi esplorare la tua libertà, dopo tutti questi anni? » mi chiede Alessio.

« Fare questo discorso con te è aberrante. »

« Con chi, se non con me? Sono il tuo migliore amico. »

« Non so se siamo pronti a una cosa come questa. »

« Io sì. »

Ah sì? Adesso lo vediamo.

« Okay. Allora se ti senti pronto, una domanda per te io ce l'ho. Ma dovrai rispondermi come a un'amica, non come alla tua ex. »

« Spara. »

« Tu mi hai mai tradita? Con un ragazzo, intendo dire. »

Alessio si toglie gli occhiali da vista e si massaggia le orbite. « Ci sono arrivato vicino, un paio di volte. Ma no. Non l'ho mai fatto. »

« E non sei andato fino in fondo per me, o perché eri bloccato? »

« Rachi... »

« Ale... »

« Entrambe le cose. Ma principalmente perché ero bloccato. E forse lo sono ancora. »

« In ogni caso, se non fisicamente, mi tradivi con la testa. Questo lo puoi ammettere? »

« Lo posso ammettere » dice, buio in viso.

« Con la testa non eri bloccato, almeno. »

« Io non lo so se tu potrai mai perdonarmi. »

Prendo tra le mie una delle sue belle mani lisce. Sono sorpresa io per prima della mia calma.

« A me dispiace che tu abbia negato la tua natura e che ti sia fatto del male da solo. A me lo hai fatto soltanto di riflesso, e non posso odiarti, perché in quella bolla di pace tutta nostra ci stavo pigramente bene anche io. Odio la bugia in cui ho creduto, ma non riesco a odiare te. Non posso avercela con te fino in fondo. Perché a tuo modo mi hai resa felice. »

« Però ti ho tolto tantissimo. » Ha gli occhi lucidi e, riflettendo su quello che dice, so che è vero. Mi ha protetta da molte delusioni e dall'immaturità dei suoi coetanei, ma risparmiandomi il dolore mi ha anche sottratto la possibilità di diventare una versione migliore di me stessa, cosa che si ottiene solo ed esclusivamente attraverso la sofferenza, e chi dice il contrario mente.

E mi ha tolto quel sesso che fai con una persona che non desidera altro che te, almeno per quel tempo in cui dura. Mi ha dato solo sesso di ripiego, sesso assonnato, sesso tanto per farlo.

Tecnicamente avrei di che odiarlo, sì.

L'atmosfera si è fatta pesante, quindi o la alleggeriamo o è la fine.

« Alexa! Metti *I Want to Break Free* dei Queen! »

« Riproduco *I Want to Break Free* dei Queen. »

Mi butto giù dal divano e passo sul pavimento un aspirapolvere immaginario, imitando Freddie Mercury nel video della canzone.

God knows I want to break freeeeee!!!

Alessio si scatena tempo zero e non ce ne frega niente che il vicino dia un paio di colpi alla parete in segno di protesta per il volume troppo alto.

« Lo senti il demone? Balla, sussurra il demone! »

« Pensa a John Wayne! Pensa ad Arnold Schwarzenegger! »

Ridiamo di cuore citando *In & Out* mentre saltelliamo per tutto il monolocale, ubriachi senza aver toccato una goccia, e come faccio a odiare la persona con cui posso fare una cosa del genere?

10 Certe cose si possono fare solo in due

Febbraio 2007

La palla arancione gli arriva addosso con talmente tanta forza che Alessio si piega in due. Qualcuno dei compagni gli urla « mani di ricottaaa » e lui non ha il tempo di pensare, deve rilanciarla, o un avversario gliela toglierà. Dagli spalti la tifoseria incalza, Alessio riconosce Rachele che batte le mani appena lui tocca palla. Ha attorno a sé corpi sudati e il loro odore forte e vorrebbe soltanto mollarli tutti, con la loro palla, il loro canestro, l'importanza che danno allo sport, quando invece a lui non potrebbe fregare di meno e vorrebbe essere ovunque tranne che lì.

Passa la palla a Manfredi, lui gli strizza l'occhio e vola verso il canestro. Locali 40, Ospiti 37, la sua squadra è in vantaggio ed è un miracolo e la partita sta finendo, per fortuna sta finendo. Per non far segnare un punto agli avversari, Alessio si lancia in una difesa che sorprende pure l'allenatore e l'altro ragazzo cade a terra, ma non è fallo, meno male, si va avanti. Tre minuti e il tempo scade, Locali 42, Ospiti 39, una vittoria in tasca e finalmente una doccia calda.

Sono dei miracolati, ma è andata. Gabriele gli va incontro e alza la mano per battere il cinque. Alessio sorride e colpisce, è solo goliardia. Ma perché Gabriele è andato proprio da lui a festeggiare? Ci sarà un motivo. Non è la prima volta che Alessio sente forte e chiaro qualcosa nei confronti di Gabriele, qualcosa che dovrebbe provare per una ragazza e che a volte gli sembra di sentire anche per Rachele, ma chi lo dice cosa è giusto e cosa no, lui non vede come possa essere sbagliata una cosa così bella. Però non ha il coraggio di dirlo a nessuno e trema al solo pensiero che qualcuno lo possa capire.

Gabriele inclina la testa. È così ben fatto. Gli chiede: « Vieni, dopo? Ci facciamo una pizza ».

Si dirigono verso gli spogliatoi, Alessio si lascia cadere sulla panca, vestito. I corpi nudi dei suoi compagni lo eccitano ed è terrorizzato che qualcuno se ne accorga e si copre come può.

Manfredi gli si siede accanto, Marco Erdély dall'altro lato. Le docce sono tutte occupate, c'è da aspettare. Alessio decide che piuttosto si laverà a casa, appena potrà alzarsi se ne andrà.

« Che partita » dice l'uno.

« Cazzo, sì » risponde l'altro.

Alessio resta assente e annuisce perché che altro può fare?

Gabriele esce dalla doccia, Alessio abbassa di corsa gli occhi.

Manfredi e Marco vanno a lavarsi, allegri e gradassi, come dev'essere leggera la vita per chi non sbatterebbe la testa al muro per ciò che è, per chi non vorrebbe essere qualcun altro, chiunque altro.

Alessio nota che Gabriele fa le cose lentamente e pensa: magari prende tempo di proposito, resta perché ci sono io.

Lo spogliatoio si svuota, l'ultimo è Manfredi che se ne va, caotico come suo solito, cantando We Are the Champions *con la sua voce che è molto bella, ma prende una stecca micidiale e sembra l'ululato del cane alla luna. Alla fine Alessio fa la doccia e si è appena calmato quando si accorge che Gabriele è rimasto e si sta allacciando le scarpe. Lui è vestito, anche se ha ancora i capelli umidi.*

Si inganna, o è da tempo che si scambiano sguardi strani, sorrisi strani? E se anche Gabriele fosse come lui, ma avesse la sua stessa identica paura di rivelarsi?

Una voce dentro Alessio urla: « Faglielo capire! »

E se lui contraccambia, lo capirai anche tu.

Ma come si fa? Certe cose si possono fare solo in due, o non hanno senso.

Alessio fa qualcosa, la prima che gli viene in mente, una di quelle che più desidera. Sfiora un altro ragazzo con le sue dita da ragazzo.

Gabriele è spiazzato, ma non si ritrae e non lo insulta. Alessio si fa coraggio, gli si avvicina e gli chiede: « Posso? » e Gabriele non riesce a parlare, fa solo un cenno con il capo che sembra di assenso, e Alessio pensa che sia il momento più bello di tutta la sua vita, e poggiare le sue labbra su quelle di Gabriele è la cosa più bella del mondo... E la porta degli spogliatoi si riapre.

Alessio avvampa. Gabriele pure.

La porta si richiude subito e a entrambi resta il dubbio feroce. Chi era, e soprattutto, cosa ha visto?

Gabriele si gratta la nuca e si tira indietro. Diventa di ghiaccio.

Alessio, ancora paonazzo, apre la porta per uscire e vede Manfredi.

« Problemi? » gli chiede.

Manfredi si volta e gli risponde in modo sbrigativo. « Mi sembrava di aver dimenticato qualcosa dentro, ma invece no. »

Li ha visti, Alessio glielo legge in faccia.

« Manfredi, ti prego... » Alessio vorrebbe implorarlo di non dirlo a nessuno. Non lo sa ancora, ma per via dell'accaduto non dormirà per mesi. Adesso non riesce nemmeno a parlare e vorrebbe sprofondare, vorrebbe essere morto. Si appoggia a un'auto parcheggiata davanti agli spogliatoi perché teme di cadere, ma l'antifurto inizia a suonare. Intanto dalla stessa porta esce Gabriele, veloce e a testa bassa, sembra scappare. Non li guarda nemmeno. Alessio va in tilt e si siede su un gradino, poggiando il capo sulle braccia conserte tra le ginocchia.

Il borsone sulla spalla, le guance arrossate, Manfredi si abbassa il cappuccio della felpa e gli si avvicina.

« Io non sono gay » dice Alessio.

Manfredi gli porge una mano per aiutarlo ad alzarsi.

« Non so a cosa ti riferisci. Io non ho visto niente. »

Si può fidare? Non lo sa. Manfredi dice così, ma se poi invece lo sputtana con gli altri?

Quella sera, Alessio diserta la pizza con la squadra. Manda a Gabriele un messaggio generico, poco impegnativo, quasi scherzoso. Gabriele non risponde.

Gabriele non gli risponderà mai.

11 Scegliere per me stessa

Di ritorno dai mondiali di calcio in Qatar, dove ha accompagnato il suo ragazzo che lavora in una redazione sportiva, Arianna ha portato una confezione di datteri semi dry ipercalorici provenienti dall'Arabia Saudita su cui ci avventiamo tutte senza ritegno.

« Hai saputo di Aleksandra? » mi chiede, leggermente in disparte rispetto alle altre colleghe.

« Sì. Me lo ha detto lei mentre tu non c'eri. »

« Porca paletta, non ci si può assentare un giorno. Con chi la rimpiazzano, secondo te? Con una di noi, è possibile? »

« Perché no? Siamo qui da cinque anni, almeno. Sei, ora che ci penso. » Se mai dovessi prendere io il posto di Aleksandra, avere sotto Arianna sarà la cosa più difficile di tutte: si potrebbe generare veramente una dinamica alla *Il diavolo veste Prada*, ma a parti invertite. « Conosciamo la rivista meglio di chiunque altro, la adoriamo più di chiunque altro e sanno che siamo affidabili e che lavoriamo sodo. »

« Bastasse solo questo... A me è giunta voce che potrebbe arrivare Giulia Iaronni. »

Nel cielo si apre uno squarcio da cui una saetta mi centra in pieno. « Se Dio vorrà metterci sulle spalle questa croce, lo farà, che ti devo dire. »

« Ti avviso, piuttosto me ne vado. »

Io addirittura questo no. Per me *Chic&Glam* è una professione di fede e me la accollo nella buona e nella cattiva sorte. « Pensiamo positivo. »

« Il fatto è che, lo sai, lei era vicecaposervizio in quella pattumiera di *McPink*, ma dopo che il gruppo ha chiuso la rivista l'hanno messa come redattrice esperta in *Home and the City*, congelando la sua posizione. Ora si dice che vogliano risolvere il problema piazzandola qui. E io e te restiamo al chiodo.»

«Non bagniamoci prima che piova!»

«Preferirei te» dice, ma lo butta lì come un termine di paragone estremo e iperbolico e in quanto tale possibile da chiamare in causa senza paura che si realizzi.

«E io preferirei te, ovviamente» ribatto soave.

«Rachi, lo sai che ti stimo, ma a te proprio manca il piglio per tenere coesa la redazione.» Arianna è capace di dire cose poco compiacenti, ai limiti della sgradevolezza, però con grande naturalezza. «Sei troppo carina, gentile. È un bene e sei adorabile, ma...»

«Devo darmi una svegliata. Okay.»

«Per esempio, come regalino d'addio Aleksandra si è creata zero problemi a cassarmi un articolo che secondo me era una bomba. Ma secondo lei no.»

«Cioè?»

«Perché dobbiamo declinare le parole che finiscono in -o in -a per renderle femminili ma non il contrario? Perché il pubblico ministero diventa la pubblica ministera ma il camionista non diventa camionisto? Non si sente discriminato? Non sente messa in crisi la sua virilità a vedersi attribuito un nome che finisce in -a? E avrei aggiunto il contributo di un linguista o una linguista. Niente, non le piace. Dice che finiscono in -a ma non sono sostantivi femminili. Sono comunque sostantivi di genere comune, dunque la mia riflessione non solo non tiene, ma è sbagliata e potenzialmente rischiosa, perché la questione di genere passa anche e soprattutto attraverso la questione linguistica.»

«Non volermene, ma ha ragione. È una battaglia che le linguiste fanno da trent'anni. Se non esiste la parola per definirci in una data posizione, allora quella posizione per noi non esiste.»

«Lo so che ha ragione, è ovvio» esordisce con il tono che usa quando è pronta a dare battaglia. «Ma bisogna provocare. E quindi ne ho fatto un contenuto sul mio Instagram e ho avuto commenti e like a pioggia. Peggio per voi. Di quella fiumana di interazioni poteva beneficiare l'account di *Chic&Glam*, che invece languisce un po'... »

« Arianna, io credo sinceramente che tu dovresti inviare il curriculum a un grande giornale d'inchiesta. Hai una vocazione polemica molto interessante che qui non puoi esprimere. » E che infatti usa su Instagram con successo.

« Sì, lo so, ci penso spesso, ma poi mi dico che qui si sta troppo bene e lascio stare. In compenso, non so se l'hai notato ma il mio profilo Instagram va una bomba. »

Il profilo di Arianna, Cruel Winter (dal suo cognome Malinverno), tra satira sentimentale e sociale, in effetti è in crescita costante.

« Direi. Hai ventimila follower o giù di lì, è un numerone. »

« Stamattina sono trentunomila » precisa. « Più sono tranchant più la gente mi riposta. L'importante è scrivere una cosa controcorrente in maniera lapidaria, senza troppe spiegazioni. » E, aggiungo io, farlo con una grande sicumera.

Intanto, in redazione, si inizia a pensare al Natale: non è mai troppo presto. Mi aggiudico un bel pezzo sulla nuova serie su Maria Antonietta, anche se parto prevenuta: per me esiste una sola Maria Antonietta ed è Kirsten Dunst nel film di Sofia Coppola che, si dà il caso, è il mio film preferito di tutti i tempi. Ed esiste un solo conte von Fersen che è Jamie Dornan. E punto.

Ma il mondo corre, dimentica, vuole rimpiazzi e cose vecchie spacciate per nuove anche se le vecchie, ci puoi giurare, sono sempre migliori.

Che sia Sissi l'imperatrice (che a quanto pare nessuno chiamava Sissi) o Maria Antonietta, la ricetta non cambia.

Prendi una figura diventata iconica nella cultura storica di massa, falla vestire niente meno che da Dior, non lesinare scene di nudo, racconta quanto fosse moderna, e il business è servito.

E sto pensando a qualche altro esempio. Ma la concentrazione dura poco.

Hai trovato due testimoni?

È Manfredi. Gli rispondo.

Posso chiamarti?

Ma lo fa lui, subito. Convenevoli? Zero. È come se riprendessimo un unico lungo discorso da dove eravamo rimasti l'ultima volta.

«Dimmi.»

«Be', sai, Manfredi... riguardo ai testimoni... io ci ho pensato: chiamerò la compagna di mio zio. È più semplice. Per me ma, immagino, soprattutto per te, che ti risparmi una serie di incombenze.»

«Forse un punto non è chiaro: in ogni caso io dovrò scrivere a tuo nome alla banca di tuo zio. A me non cambia niente. Ma più che altro mi sembri tu quella restia a trovarti due testimoni.» Assume un tono più duro. «E onestamente sbagli se fai le tue scelte pensando al disturbo che puoi dare a me. O agli altri. La scelta la devi fare tu, nei tuoi interessi, e basta.»

Questa poi. Che debba farmi la lezioncina di empowerment mi fa ribollire il sangue.

«Hai ragione, cercherò di scegliere per me stessa.»

«Te la sei presa?»

«Ma no.»

«Ma sì. *Cercherò di scegliere per me stessa*» ripete, facendomi il verso.

«È che a volte mi sembra che ti faccia piacere che si siano invertite le parti. Un tempo io ero la saputella e tu l'immaturo e adesso sembra quasi il contrario.»

«Be', sì, se la metti così lo confesso, ci godo un po'.»

«Non è che ci sia da confessare. Si vede.»

«E dai. Una piccola rivalsa.»

«Comunque, Manfredi, tornando seri – perché qualcuno tra me e te deve pur esserlo –, se ci pensi un secondo, fare da testimoni per questa scocciatura non è la cosa più simpatica da chiedere, pure ai tuoi amici più stretti.»

« Non ho alternative da offrirti. Senza l'atto notarile la banca non dà notizie, e senza testimoni non c'è l'atto notarile, quindi... Mi dispiace. »

« Ma no. Non devi. Sono io che a complicarmi la vita sono sempre la migliore. Ascolta, penso che la cosa più saggia, in questo momento, sia mettere le cose in stand by. Se accetterò, lo farò rischiando di trovare il conto in rosso e lo farò con il beneficio d'inventario, come mi hai giustamente consigliato tu. Tanto più che per quanto ne sappiamo il patrimonio potrebbe venire bloccato, se per esempio si dovesse scoprire qualcosa di losco sulla morte di mio zio o sui suoi guadagni. »

« Certo. Giusto. Ma considerato che hai dieci anni per farlo, intendi prenderteli tutti? Per capire. »

« Non credo proprio. Lo so che tu non sei d'accordo. »

« Non lo sono, in effetti, ma più che altro per carattere. Sul piano giuridico è nel tuo pieno diritto. Ora, nell'attesa che tu approdi a questa decisione epocale, io e te ci rivediamo? »

Di nuovo quella sensazione, quel trasalire che avevo del tutto dimenticato. « Be', per forza: Manfredi, è ora che io ti paghi, non dico tanto, almeno le marche da bollo. »

« Quello a fine corsa. »

« E se la fine corsa arriverà tra dieci anni? »

« Non importa. »

« Comunque l'occasione si presenterà presto: Alessio vuole organizzare una specie di festa di classe, la settimana prossima, al Bulgakov. »

« E ha trovato posto? »

« Sì, non lo so come fa. Trova sempre l'ultimo buco, l'ultimo pezzo, l'ultima occasione. A volte sembra che le cose aspettino proprio lui. Comunque sia, è un'idea infernale e contavo di inventarmi una scusa. Ma... se ci vai tu... » butto lì, un po' goffa, e subito dopo penso: Ma gli sto dando appuntamento?

« Che giorno? »

« Il 12. »

« Okay. »

« Allora ci vediamo il 12 » gli dico con disinvolta neutralità, ma quanto è vero Dio, mi troverà vestita come una che doveva andare a un festino sadomaso, ma ha sbagliato indirizzo.

Sullo schermo appare un numero che non conosco.

Poiché il più delle volte appena rispondo a chiamate del genere vengo assalita da gestori telefonici che vogliono illustrare offerte concorrenziali, la ignoro, tanto più che sto ancora lavorando, e con qualche difficoltà, al pezzo su Maria Antonietta. Ma a un certo punto l'insistenza mi insospettisce e dunque mi arrendo, e dall'altro capo del telefono c'è Enrico Oddoli, il socio di Massimo Braganza.

C'è da chiarire, e questa è la volta buona, come questa gente sia entrata in possesso del mio numero. Escludo che lo abbiano ottenuto da Manfredi, dato che lui stesso era perplesso.

« È un brutto momento? Posso parlarle? Al funerale poi l'ho persa di vista... »

Lascio l'open space perché vedo qualche sguardo alzarsi verso di me: non sia mai che abbia trovato qualche esclusiva e la cosa sfugga a qualcuno. In questa redazione si potrebbe fare il tirocinio per lavorare ai servizi segreti.

Raggiungo il solito terrazzino fumatori e il freddo oggi si taglia con il coltello; mentre tengo il telefono in mano sento già un principio di congelamento alle estremità.

« Può dirmi, prima, come ha avuto il mio nome e il mio numero? »

« Be', ma lo sa, ci siamo visti al funerale, ci ha presentati Milagros. »

« Sì, sì, chiaro. Ma il mio numero? »

Palesando infinita pazienza, Enrico replica: « Me lo ha dato Milagros ».

« E Milagros come l'ha avuto? »

« Ah, non lo so, deve chiederlo a lei. »

« D'accordo. Ma a questo punto, signor Oddoli, perché mi ha chiamata personalmente se ha già sentito il notaio che si sta occupando di tutta la faccenda? Tra l'altro, sia lui che io le abbiamo già detto che non ho ancora deciso se accetterò l'eredità. »

« Se mi dà il tempo, io le spiego. »

Mi rendo conto di essere partita in quarta, un po' nervosamente. « Mi scusi. »

« Per quanto ne so, Milagros l'ha cercata per questioni relative al conto in banca di Massimo. Io, invece, ho bisogno di lei per un'altra questione, emersa dopo aver sentito il suo legale. » Enrico Oddoli continua a prendere Manfredi per il mio avvocato, al che mi domando: Forse senza volerlo gli sto chiedendo troppo? « E in ogni caso » prosegue lui, « ho anche pensato che provare a parlare direttamente con lei fosse una buona idea. »

« Capisco. Mi dica tutto. »

« Come già avrà saputo, la posizione di suo zio era diventata molto difficile, nell'ultimo anno. »

« Ma perché, secondo lei? »

« Perché Max viveva al di sopra delle sue possibilità. E ciclicamente gli tornava il vizio delle carte, temo, ma non so dirglielo per certo. Comunque, comprava e non pagava, direi che l'estrema sintesi è questa. Poi nell'ultimo anno ha fatto mosse veramente strane... ha venduto casa sua e se n'è andato in affitto. Non aveva senso. O meglio: che altra spiegazione si può trovare, se non che avesse venduto per avere liquidi con cui pagare i debiti? Certo non i debiti con me, in ogni caso. »

« Lo sa che in realtà aveva comprato un terreno con un rudere dalle parti di San Brendano? Magari voleva rimetterlo a posto e ritirarsi a vivere lì? »

« In campagna? Max? » Sembra sul punto di scoppiare a ridere. « Non era proprio il tipo. Per vivere in campagna devi amare la natura, le piante, anche un po' la solitudine. E davvero non so immaginare una persona più lontana da quella roba lì. Lui era già scappato dal paesello. E anzi, diceva che una volta in pensione non avrebbe fatto altro che viaggiare. »

« E tuttavia i fatti sono questi. Lo ha comprato. »

« Quando? »

« Lo scorso febbraio. »

Il suo tono si vena di stizza mentre dice: « Hai capito, il vecchio Max. Io mi sono trovato in grandissime difficoltà perché, sa, nel nostro lavoro a volte bisogna fare investimenti tempestivi ma non sempre si hanno in cassa fondi sufficienti. Così, alcuni acquisti in asta li ho fatti io, con risorse personali. Soldi miei, insomma. Se li chiedevo a lui, alzava le spalle e diceva: Non posso. E poi però si è comprato il maniero per fare il castellano ». Sospira pesantemente. « Ma non è la sede per fare questi pensieri. Visto com'è finita, non posso far altro che perdonarlo. »

E fin qui niente di nuovo rispetto a quanto mi abbia già detto Manfredi.

« Signor Oddoli, può stare tranquillo. Mi è chiaro il punto: non voglio prelevare niente dal negozio né voglio soldi. »

« Ma questo il suo avvocato non me lo ha detto. »

« Non poteva dirglielo prima di avermene parlato. Glielo sto dicendo io adesso. »

« Ma me lo mette per iscritto? »

« Quando avrò deciso, sì. »

« E speriamo che lei accetti! »

« Perché? »

« Perché ho parlato con il mio, di avvocato. Se non accetta – e meno male che lei è tanto comprensiva e onesta – e in assenza di altri eredi, andrà tutto allo Stato. E quindi mi aspetterebbero lunghe cause per far valere i miei diritti. »

« Capisco. »

« In ogni caso, non l'ho chiamata soltanto per questo motivo. C'è un'altra cosa che devo dirle. In un cassetto del nostro ufficio in negozio ho trovato una lettera indirizzata a Rachele Braganza. »

L'informazione mi scuote.

« Da parte di Massimo? »

« Presumibilmente. »

« Lei l'ha aperta? »

« Non mi sono permesso! »

Guardo l'ora. « Enrico, posso richiamarla? Giusto il tempo di verificare una cosa. Okay? »

Lo saluto e chiamo Manfredi sul cellulare, una, due volte e persino tre.

Risponde a voce bassissima, spero non maledicendo il giorno in cui mi ha dato il suo numero.

« Posso richiamarti io? »

« Cavolacci!!! Sappi solo che se non ti dico questa cosa, muoio. Comunque sì, richiamami tu e anzi scusa se ti ho disturbato. »

Lui fa un sospiro. « No, no. Aspetta. » Mette il muto e ritorna in linea un paio di minuti dopo, mentre nel frattempo io mi facevo la ramanzina da sola per essere stata così impaziente.

« Rachele, spero che ne valga veramente la pena. »

« Il socio dello zio *de cuius* ha trovato in un cassetto una lettera indirizzata a me. Posso andare a prendermela, o divento automaticamente erede? »

Lui risponde abbastanza sicuro. « Puoi prenderti questa lettera, certo, e puoi leggerla. Non configura atto da erede. Comunque, Rachele, a me, prima ancora del problema di essere erede o no, viene in mente che essendoci un'indagine aperta sulla morte di tuo zio dovresti segnalarlo. Se neanche vi conoscevate, perché ti ha lasciato una lettera? »

« Difficile rispondere, se non sappiamo nemmeno cosa ci sia scritto. »

« Da notaio ti ripeto che la lettera, se vuoi, la puoi leggere. Non sarai vincolata, non giuridicamente, almeno. Potresti rimanere vincolata da altri tipi di sentimenti, ma su questo io non posso dirti niente. Devi metterlo in conto tu e capire se sei pronta ad ascoltare le parole di una persona a cui eventualmente non potrai mai più chiedere delle spiegazioni. »

Che voce calda e confortante che ha, tipo quella nelle app che la sera ti accompagnano verso il sonno se hai problemi ad addormentarti. « Ma è normale che a un certo punto il notaio diventi una specie di padre spirituale? »

« No. Anche perché, poco ma sicuro, io non ho fatto voto di castità. Rachele, però ora devo proprio lasciarti. »

Io mi scuso a profusione per averlo interrotto. Una volta che ha riattaccato rimango sola con i miei pensieri.

È come se tutta questa storia mi stesse chiamando a sé anche più di quanto vorrei. Erano fatti loro, di mio padre e di mio zio, perché mi ci sono messa in mezzo? E l'istinto, quella cosa che troppo poco ascoltiamo, mi dice che dovrei tirarmene fuori al più presto e rinunciare a tutto. Come del resto mio padre mi aveva avvisato di fare. Ma come faccio a disinteressarmi totalmente delle parole che questo zio, benché sconosciuto, ha formulato per me?

Prima di lanciarmi in mosse precipitose dovrei parlarne con Madre, forse lei è l'unica a potermi fornire un quadro un po' più obiettivo. Ma prima ancora chiamo Milagros Vega con una parziale paresi causata dal novembre milanese, sistemandomi bene la sciarpa per proteggermi il collo.

« Raquele! Io espero che tu mi stai chiamando per dirmi che finalmente hai preso una decisione e possiamo parlare delle spese del funerale, che devo ancora pagarle. »

« Milagros, fosse così semplice. »

« Claro, porque è difficile dire sì a un po' di soldini che arrivano dal cielo. »

« Posso farle un paio di domande? »

C'è un silenzio pieno di imbarazzo, poi Milagros replica: « Non c'è più rispetto nemmeno per il dolor. Io me piango la perdita dell'amore di mia vita y tu mi torturi di domande ».

« Due. Soltanto due domande. Dove ha preso il mio numero? E come sa che sono io, l'erede? »

« Il tuo numero y il tuo nome estavano su un foglio sobre la scrivania di Massimo. Porque? Come lo posso sapere io? C'erano tante cose che ignoravo, evidentemente. Después, io lo sapevo che aveva un fratello tremendo con cui aveva litigato a morte e l'avvocato mi ha detto que era lui l'erede. Ma al tribunale mi hanno informato che lui ha rinunciato all'eredità e, come in Italia, pure al mio paese due più due fa quattro. »

Mi sento stranita dal fatto che mio zio fosse in qualche modo sulle mie tracce, poco prima di morire. A sua volta, da chi lo aveva avuto lui il mio numero? E perché lo voleva? Naturalmente, conscia del fatto che nella vita a un certo punto occorre porsi un freno, limito gli interrogativi da riversare su Milagros. « Volevo sapere solo questo. »

« Servita. »

« Mi farò viva presto. »

« Lo spero, bambina. »

Rimetto in tasca il cellulare e mi sfrego le mani per riscaldarle, ma prima di rientrare in redazione do un'ultima occhiata a Milano: nella foschia che si tinge di sera, iniziano ad accendersi le luci dei grattacieli di piazza Gae Aulenti.

Non ho più richiamato il signor Oddoli.

Ma del resto, cos'ho da dirgli? Che vado domani a prendere la mia lettera?

Non so ancora se lo farò.

Una cosa è certa: poco prima di morire, Massimo Braganza voleva mettersi in contatto con me.

Lo scopo iniziale del mio andare a fondo era scoprire cose che non so, eppure fin qui non ce n'è una che mi sia chiara. Non soltanto le cose che non so continuano a essere di più di quelle che so, ma aumentano di numero, giorno dopo giorno. Sono loro a lastricare la mia strada, in questo preciso momento, accanto al timore – e un po' anche al presentimento – che le nebbie siano ancora ben lontane dal dissolversi.

12 Non ho fatto ordine, ma d'altra parte, l'ordine non fa per me

Il sabato torno a San Brendano per varie ragioni, la prima tra le quali è parlare con Madre delle ultime novità e chiederle un illuminato consiglio.

La casetta con sassi a vista in cima al piccolo poggio mi sembra carina come mai prima, rassicurante come un rifugio in mezzo a un bosco pieno di lupi.

In settimana Madre si è votata al restyling: lei e papà hanno ritinteggiato le pareti, che adesso sono di un bel verde salvia, molto di gusto, anche se la precisione non è il loro forte e c'è qualche sbavatura qui e là. Adesso hanno iniziato a scartavetrare tutti i mobili per convertirli in color panna e appena arrivata apprendo che c'è del lavoro anche per me.

« Vado a comprare la trementina, è finita » annuncia mio padre, che non si è ancora tolto il vecchio Barbour.

« Intanto io e Rachi ci portiamo avanti con la cassettiera. » Mi strizza l'occhio e sembra felice come una bambina mentre mi illustra tutti i suoi progetti e noto che è anche un po' dimagrita, cosa che le faccio notare ben sapendo che ne sarà felice.

« Si vede? »

« Sì, sì! »

« Sto facendo fisting. »

« Fasting, mami. »

« Fasting, sì, il digiuno, insomma. Tutte le mattine fino a pranzo. Visto come sgonfia? »

« Saltare la colazione? Morirei. »

« Ma tu non hai bisogno di farlo. »

« Ma che. Con l'airbag incorporato al torace che mi ritrovo, appena prendo un etto sembro un pianeta. »

« Tesoro mio. Ricorda una cosa che ho imparato: da una certa età in poi, o il viso o il sedere. Passala bene lì, la carta vetrata, se no poi il colore non prende. »

« Mammina, intanto che papà non c'è... ti devo confidare una cosa: a quanto pare lo zio Massimo ha lasciato una lettera per me. »

Lei non è stupita quanto me. Forse perché lo conosceva e il gesto le sembra coerente con la sua personalità.

« E cosa ti ha scritto? »

« Non lo so. Non l'ho ancora letta. Secondo te, dovrei? C'è qualche segreto che dovrei conoscere? Tipo, non so, che sono la sua figlia segreta? »

Madre si irrigidisce, è il ritratto dell'onore offeso. « Faccio finta di non aver sentito. »

« E allora? »

« Allora leggi, leggi la lettera. Ma ti avviso che tuo zio era un tipo molto colorito e melodrammatico. Potresti trovare di tutto. Inclusi rancore e recriminazioni. Lui, per esempio, è stato diseredato, ti ricordi? »

« Vagamente. Ma vorrei capirne di più. »

Si mette in piedi, soddisfatta del lavoro su un cassetto. « Quando è morto tuo nonno, hanno trovato un testamento in cui figurava come unico erede tuo padre. Ma questo non si poteva fare, e nemmeno oggi, perché esiste una quota di eredità che non si può negare al legittimo erede. Quindi Massimo impugnò il testamento e iniziò una causa che durò anni. Anche per questo, in un certo senso, tuo padre è così ostinato nel rifiutare l'eredità di tuo zio e non vuole che la prenda nemmeno tu. »

« Ma alla fine, la causa la vinse o no? Lo zio, intendo. »

« Certo. Come no. Tuo padre ha dovuto restituirgli la sua parte. »

« Ma allora per papà sarebbe una specie di risarcimento. E un modo per rispettare le volontà di suo padre. Avrebbe avuto più senso accettare, anziché rifiutare. »

« Il senso delle cose ognuno lo sente o lo stabilisce a modo proprio » mi corregge mia madre, che prosegue: « Per lui ha più senso chiudere e non avere niente ».

« Perché Massimo era stato diseredato? C'è una ragione specifica? »

« Una brutta storia, Rachi. È finito pure in galera. Poi, anni dopo, si difendeva dicendo che era stata una ragazzata, ma tuo nonno non lo ha mai perdonato. »

« E a te piaceva un tipaccio del genere, mammina? » La sto stuzzicando, lei però la prende sul serio.

« Aveva un qualcosa che non ti so dire. Ma ho avuto vent'anni anche io e non sapevo dare peso alle cose che valgono veramente. Ne davo troppo a quelle che non contano. » A questo punto è così rabbuiata che si chiude a riccio. « Mi aiuti a scegliere la tonalità della vernice? »

« Certo » rispondo, vivace. Mentre mi mostra le varietà di bianco, però, io penso ancora alla lettera e decido che andrò a prenderla. Quando, non lo so. Oscillo tra il dirmi: Mettiti le scarpe e sali su un treno per Como e Chi ti insegue? Ci vai la prossima settimana quando la caporedattrice va in ferie. Un po' come Madame Bovary che voleva morire e allo stesso tempo vivere a Parigi.

Più tardi, quando mi sento le dita consumate peggio del legno di tutti i mobili su cui Madre mi ha messa al lavoro, stabilisco che andrò a Como. Non ha molto senso essere partita da Milano stamattina, essere arrivata fino a San Brendano e ora ripartire per Milano e dopo per Como, in un sabato pomeriggio talmente freddo, deprimente e nebbioso che in giro non ci sono nemmeno gli spacciatori. Ma così ho deciso.

Ai miei dico che devo rientrare per un invito last minute e mia madre mi raccomanda di non gettarmi tra le braccia del primo venuto. In senso stretto e in prospettiva è esattamente quanto intendo fare, ma non stasera – e non tra le braccia di Enrico Oddoli, questo è sicuro.

Arrivo a Como che sono quasi le sette, in tempo per raggiungere il negozio. Il socio dello zio *de cuius* mi sta aspettando con la lettera.

In verità lui si era offerto di spedirmela con corriere, ma io sono entrata in una specie di loop paranoico temendo che potesse essere smarrita e, soprattutto, mi è presa l'impazienza del Leone e la voglio subito.

Il negozio è pieno, e davanti a me Enrico ha appena venduto la bella credenza nera in vetrina a una cifra di tutto rispetto.

« Carissima! » mi dice poi quando mi vede, con una ben addestrata ipocrisia da venditore esperto, mentre osservo con ammirazione il quadro poggiato su una parete rivestita da una carta da parati a righe chiare e bordeaux. È il ritratto ottocentesco (per quanto ne posso capire) di un ufficiale in giubba bianca da ussaro che assomiglia al Vronskij del film *Anna Karenina* con Keira Knightley. Con quei bei ricci biondi, occhi mar dei Caraibi e i baffi che solo in pochi possono portare, il cavaliere attraversa il tempo e mi fissa a sua volta, e io mi ritrovo a controllare il prezzo appeso a un filo con lo scotch sul retro del quadro con la mezza idea di comprarlo, portarmelo a casa e fare di lui il mio nuovo fidanzato.

« Gran bel pezzo, questo » commenta Enrico, alle mie spalle.

« Magnifico » gli rispondo.

Oddoli sembra combattere un'estenuante battaglia interiore prima di dirmi: « Ascolti, questo era di Massimo, lo ha comprato lui, di tasca sua, dopo un viaggio a Vienna due anni fa. È rimasto qui e a questo punto mi toccherebbe svenderlo. Ma forse la cosa più giusta è che vada a lei, dato che siamo già d'accordo che non prenderà nient'altro della merce ».

Per un momento rivedo Manfredi che, con dito inquisitore, mi rintrona con parole in sequenza tipo: « Possesso dei beni! » « Nemmeno uno spillo! » « *Semel heres, semper heres!* » D'altra parte, non intendo scoraggiare la gentilezza di un brav'uomo che forse vuol fare ammenda per la propria taccagneria. Non ultimo, il quadro mi piace moltissimo e resistere all'idea di portarlo via con me è un'impresa.

« Signor Oddoli, le sono grata. Le spiace se rinviamo a dopo l'accettazione o la rinuncia all'eredità? Però magari me lo tenga da parte! »

« Come preferisce. Lo tolgo da qui e lo metto di là, nel nostro ufficio. Se viene con me, le do anche la lettera. »

Lo seguo nel retro, mentre nel frattempo con gli ultimi clienti resta una commessa biondina, grandi occhiali esagonali con la montatura dorata, che mi guarda con malcelata curiosità. Mi ricordo di lei, l'ho già vista al funerale dello zio *de cuius*.

Enrico chiude la porta, si avvicina alla scrivania e apre un cassetto.

« Oh. »

« Che succede? »

« Non la trovo. »

« Come, non la trova? »

« Era qui fino a quando le ho telefonato, due giorni fa. »

Ci manca poco che mi trasformi in Daenerys Targaryen e sibili: Dracarys. Sono fuori di me.

« Chi altri ha avuto accesso alla stanza? »

« A parte me e Iris, nessuno. »

« E Iris... sarebbe? »

« La nostra impiegata, l'ha vista di là. »

« Mi scusi se glielo domando, ma Iris era a conoscenza della lettera di mio zio? »

« Be', sì... »

E dunque, uno dei due l'ha persa o trafugata. Semplice, molto semplice. Il motivo resta del tutto imperscrutabile, ma questa storia è come una matrioska: ne apri una e ne trovi sempre un'altra fino a quando non arrivi all'ultima intera, che è così minuscola che si perde senza la protezione delle altre.

« Possiamo allora chiedere a Iris? » propongo, mirabilmente quieta e abile nel tenere a bada il mio disappunto.

« Certo. Mi aspetti qui. »

Qualche minuto dopo Enrico e Iris tornano.

« Mistero risolto! Iris, per eccesso di scrupolo, l'aveva conservata in cassaforte. »

Rifiato. Non avrei immaginato che l'idea di non poter leggere quelle ultime parole mi avrebbe tanto sconvolta.

Iris, pallida, va dietro un vecchio séparé settecentesco mezzo sfondato, forse anche quello un articolo rimasto invenduto negli anni. È lì che si trova la cassaforte. Sento il rumore di tasti digitali e lo scatto della serratura, e finalmente, poco dopo, la lettera è mia.

Enrico Oddoli sorride: « Bene, cara ragazza. Allora ci teniamo aggiornati? Non appena sarà chiaro se rinuncia o no? »

« Deciderò a breve, non passerà molto tempo prima che ci risentiamo. » E credo proprio che il contenuto di questa lettera potrebbe influenzarmi. « Tornerò a prendere il conte Vronskij. »

« Chi? »

« Il quadro. »

« Ma certo. È suo, gliel'ho detto. Iris, per favore, tira giù dalla parete il cavaliere biondo, è della signorina Braganza. »

Iris sorride composta e dice: « Certo ».

Dopo le cordiali strette di mano che segnano la fine della visita, mi rimetto in cammino verso la stazione con la lettera nella borsetta.

Benché a questo punto io stia fremendo, mi obbligo a leggere il contenuto quando sarò a casa, pronta, nella mia comfort zone.

Sul treno la riprendo tra le mani e girandola sul retro mi rendo conto che è stata aperta e richiusa. Da lui stesso? Da Enrico? Da Iris?

La breve tratta Como-Milano mi appare eterna.

Ciao, Rachele.

Ti ho vista una volta quando eri una ragazzina, ma non pretendo che tu te ne ricordi. Com'è bellina questa mia nipote, ho pensato. Sarà anche buona e brava?

Anche se tu non mi conosci, è proprio a te che dovrò chiedere un piacere personale. Ho pensato di chiamarti, e trovare il tuo numero è stata una gran fatica che non sto qui a dirti, ma alla fine, mi sono detto, scrivere mi riesce meglio.

Sono malato e non ho speranze di guarigione.

Tuo padre dovrebbe ereditare il poco che ho, ma non è con lui che posso parlare, con lui non ho mai potuto parlare di niente. È per questo che mi rivolgo a te, tu forse sarai leale.

C'è, o meglio, ci potrebbe essere un'altra persona. Forse ho avuto un figlio. Dico forse perché non lo so: lascio scritto a te il nome della madre, ho cercato di contattarla tante volte ma di me non vuole sapere niente. Ha le sue buone motivazioni per avermi cancellato dalla sua vita. Le ho scritto, come sto facendo a te.

Si chiama Carolina Marsini, e per quanto ne so adesso vive in Francia, a Nizza.

Per tutto il resto, non ho fatto ordine, ma d'altra parte, l'ordine non fa per me.

Di' a tua madre che mi dispiace, lei sa perché.

Confido che tu sia una persona per bene, dato che porti il nome di tua nonna.

Tuo zio,
Massimo

13 Giovanna d'Arco

Marzo 2007

Rachele si mette le cuffiette e fa partire l'iPod con la musica che le piace, in segno di dissidenza.

Well, I went to school in Olympiaaaaaa
And everyone's the same
We look the same
We talk the same

La terza A è stata in gita a Chiaravalle a visitare l'abbazia. Sul pullman che li riporta indietro a Milano, tra la puzza di sudore di adolescente e di flatulenze, il dibattito in corso è « la top ten dei culi ».

Le altre ragazze stanno tra loro e Rachele, come sempre, si trova a metà, priva di qualunque chance di inserimento ma soprattutto di qualunque voglia. Accanto a lei è seduto Nicola, che soffre di una specie di mutismo selettivo e che per Rachele è il compagno di viaggio ideale.

Alessio si è unito agli altri. Tra lui e lei la situazione continua a non sbloccarsi e Rachele non se lo spiega, perché riceve input contraddittori. Che comunque restano solo input, niente si traduce in realtà tangibile.

Oh, no, « Obbligo o verità » no.

Con che coraggio poi, che c'è la Ciccimarra in prima fila?

Rachele non capirà mai il bisogno di sensualità, confidenza e contatto fisico che attraversa la loro classe come una corrente sotterranea. Fanno quel gioco soltanto per avere la scusa di strusciarsi un altro po', come se comunque non facessero altro dalla mattina alla sera e senza bisogno di scuse.

« Braganzaaa, dai, vieni pure tu. »

Rachele li sente e vede che ci sono tutti, praticamente tutti. E le prende quella cosa che sa riconoscere benché d'istinto se ne vergogni, perché vorrebbe essere al di sopra di certi meccanismi: non vuole sentirsi in disparte e le fa persino un po' piacere che l'abbiano chiamata.

Si alza dal suo sedile anche se il pullman sbanda e va a sedersi accanto a Simona.

È totalmente distratta, in realtà, quando si rende conto che al turno di Manfredi Malacarne, che ha chiesto « Obbligo », uno dei primati dell'infraordine Simiiformes che compongono la sua classe gli ha ordinato di dare un bacio con affondo di lingua a Rachele Braganza. È ovvio che se l'erano studiata prima di chiamarla, si vede da come si danno di gomito e dalla faccia di Manfredi da belloccio abituato a piacere che vuol proprio vedere come va a finire.

Al colmo dell'indignazione, Rachele scatta e risponde: « Piuttosto mi faccio dare fuoco ».

E ovviamente è un buuuuuuuu. *Perché la colpa è di chi non sta al gioco, non di chi nemmeno si chiede se quel gioco piaccia o no.*

« Ma non per te, Manfredi » precisa dunque lei, che dopo averlo guardato bene aggiunge: « In effetti, anche sì. Ma è soprattutto una questione di principio ».

« Giusto! » dice Simona, applaudendo. La segue qualcun'altra, ma timidamente.

Rivolgendosi ai maschi, Rachele prosegue infervorata: « Perché non se lo fa dare uno di voi un bel bacio da Manfredi? Lì sì, sai come ci divertiamo? »

I commenti che raccoglie variano da: « Bleah *» a « Cagacazzo ». Alla fine, il bacio in questione non se lo prende nessuno perché la Ciccimarra si è accorta della controversia e, voltandosi dalla prima fila, dice, come sempre parlando genericamente a qualcuno che non c'è e quindi alla fine rivolgendosi a se stessa: « Io non lo so, questi un giorno saranno professionisti. Chi avvocato, chi medico. Se vi capito in qualche ospedale, pure in punto di morte dico: Riportatemi a casa! Adesso rimettetevi seduti e basta cu 'ste schifezze ».*

Rachele è ben contenta di tornarsene al suo posto e il viaggio fino al punto di ritrovo si rivela breve. Quando si avvicina allo sportello del pullman, sfrega inavvertitamente la spalla con Manfredi.

« Prego, Giovanna d'Arco. Prima tu. »

« Non era personale » ribadisce, tutta sostenuta.

E lui si inclina appena verso di lei. È diventato uno spilungone. « Quindi un limone, no? »

Come se facesse sul serio. Che la debba anche perculare, non lo regge. « Ti piacerebbe. »

« Braganza, domani che tempo fa? »

Rachele pensa che solo i suoi compagni possono essere così stronzi da sfottere il lavoro di suo padre. Non è la prima volta che Manfredi lo fa. E lei gli dà l'unica risposta che si merita, un dito medio bello teso mentre se lo lascia alle spalle e affianca il pullman rosso aspettando Alessio e Simona.

Sua madre darà un passaggio a entrambi con la Yaris verde bosco nuova di concessionaria, perché abitano tutti e tre a Città Studi. Salgono a bordo mentre Bed of Roses *di Bon Jovi, grande passione di sua madre, gira nel lettore in dotazione dell'auto.*

« Com'è andata la gita? » Elena raccoglie risposte stanche. « Io l'abbazia di Chiaravalle non l'ho mai vista » aggiunge, e Alessio replica: « Merita una visita, certo ».

Com'è caro, educato e garbato. « Magari ci torniamo una domenica in primavera » dice allora Rachele, con un sorriso indirizzato a sua madre. A volte la sua semplicità la intenerisce.

Terminato il giro delle strade e consegnati a casa i suoi compagni, rientrano che è sera e all'inizio, varcata la soglia, lei e sua madre pensano che le voci agitate arrivino dalla televisione accesa, ma poi si accorgono che nella piccola sala color giallino crema c'è un ospite indesiderato.

Rachele intercetta subito uno stato di tensione.

« Massimo? » pronuncia sua madre, sbigottita.

« Se ne stava giusto andando » annuncia suo padre.

Intanto, l'ospite ha puntato il suo sguardo penetrante su Rachele.

« Ciao! » le dice, spumeggiante. « Sono il fratello di tuo padre. »

Rachele dice « Ciao » ma intuisce di dover filare nella propria stanza. Lascia la porta socchiusa, poggia lo zainetto sulla scrivania e lo svuota. Gli adulti tengono le voci basse, non riesce a captare niente di interessante, ma si riserva di chiedere più tardi a sua madre.

Intanto i morsi della fame la attanagliano: sono quasi le nove. Ma di là, nella sala, gli animi si sono scaldati e Rachele capisce che si parla di soldi.

Le voci sono sempre più alte e alla fine la porta di casa si chiude con un botto. Rachele si affaccia timidamente, vede la madre e il padre discutere sottovoce e zittirsi non appena la vedono.

« Cucino! » esclama Elena, come per dissipare la tensione.

« Mamma, ho una fame... »

« Sì, amore mio » le risponde, prendendo delle uova in frigo per fare una frittatina veloce.

« Ma il fratello di papà, che sarebbe quindi mio zio... Come mai si è presentato qua? »

« Vuole aprire un negozio e ha ancora da ridire sulla questione della divisione dei beni di tuo nonno. »

« Che peccato che i rapporti tra noi siano così brutti. »

« A volte non ci si può fare nulla. »

« Ha figli? » chiede, perché le nasce la curiosità di sapere se ha cugini.

Elena schiva il suo sguardo e si limita a fare segno di no con la testa mentre sbatte le uova.

Rachele non si trattiene: prende un cucchiaino dal cassetto e lo affonda nella busta del formaggio grattugiato.

Elena la sgrida, Rachele se ne torna in camera e aspetta. Aspetta, nell'ordine:

La cena.

Alessio.

Il futuro.

14 Una linea di fuoco

Marsini. Carolina Marsini.

A San Brendano i Marsini sono una celebrità, ma Carolina è collegata alla nobiltà locale, che peraltro è notoriamente decaduta, o no? I Marsini, quelli del conte Aleardo, per intenderci, possedevano infatti una fantastica dimora poco lontana dal paese. Ben prima che io nascessi era stata venduta ad altri nobili, stavolta inglesi. A San Brendano i nuovi abitanti della villa appartenuta ai Marsini non sono mai stati molto amati perché Lord Beaufoy e la sua discendenza hanno sempre avuto la reputazione di debosciati e i virtuosi abitanti del paese si sono sempre sentiti contaminati dalla loro presenza. Detto ciò, il primo Lord Beaufoy a quanto pare le orge le faceva veramente.

Nel frigo è rimasta una bottiglia di prosecco risalente a un aperitivo fatto con amici qui a casa nostra prima ancora che Alessio partisse per Dubai. Finisco la bottiglia e mi rammarico di non averne comprato dell'altro l'ultima volta che sono andata a fare la spesa.

Poi mi torna in mente anche il vecchio articolo archiviato che riportava la notizia di un brutto incendio in una delle proprietà dell'avvocato Marsini di Massenzio. No. Questa non può essere una casualità: lo zio *de cuius* compra un anno fa una proprietà che a quanto pare apparteneva alla famiglia di Carolina Marsini e adesso riporta il nome nella sua lettera. Non è una casualità, è evidente.

E dunque mi cadono tra capo e collo diverse incombenze.

Punto primo: cercare chiunque abbia aperto un'indagine per fornire questo elemento di prova. Mio zio era malato, e questo magari gli inquirenti lo sanno già, ma se nel ventaglio delle ipotesi figura il suicidio, come diceva la zia Andreina, nella disperazione potrebbe aver deciso di farla finita.

Punto secondo: forse ho un cugino da cercare.

Punto terzo: mi sa che alla fine non sarò più erede di un'emerita cippa.

E figurarsi! Premio di consolazione solo il conte Vronskij, a meno che l'erede non voglia prendersi anche lui.

Che pasticcio che eri, caro zio Massimo. Non pretendevi che io me ne ricordassi, ma sì, io ricordo quel pomeriggio in cui eri a casa nostra e discutevi con mio padre.

Mi viene in mente un'altra considerazione. Se sapeva di essere malato, perché ha venduto casa sua e ha comprato un rudere? Certo non per farne la casa per la vecchiaia, dato che sapeva che non sarebbe vissuto abbastanza per riuscire a ristrutturarlo.

È sera inoltrata, ma vorrei tanto dirlo a Manfredi. Prima ancora che ai miei genitori, eppure se non è vicenda di famiglia questa...

Per quando hai tempo, e
senza fretta

Alla fine gli scrivo allegando una foto della lettera.

E quindi? Il cugino misterioso
si prende la macchina?

Se ho veramente un cugino...

Sei in giro?

Manco se mi pagano. Tu?

Io sì

Tu eri uno che di sabato sera
non sarebbe rimasto in casa
neanche in caso di catastrofe
nucleare

Sono ancora così. Mentre tu
non uscivi di casa come se

appunto fossimo nel pieno di
una catastrofe nucleare

E come vedi anche io non
sono cambiata

Sono allo Champagne
socialist. C'è anche Mercede.
Perché non vieni?

Perché c'è in atto una
catastrofe nucleare

Dai

Ma ora che arrivo passa
mezz'ora minimo

Non importa

Mezz'ora è ottimistico. Anche perché la impiego solo per rendermi presentabile di fronte all'ambiente bauscia della Milano da Saturday night, ma il locale è abbastanza vicino a dove abito e con un taxi arrivo in cinque minuti.

Appena entrata, però, ho la tentazione di girare i tacchi. C'è Giulia Iaronni! E perché orbiti nella sua combriccola non l'ho ancora capito. Anche perché ora che ci penso, quando gli ho chiesto esplicitamente se era una ex, lui ha glissato. Lo ha fatto per non ammetterlo o per dispetto? Conoscendolo, ogni evenienza è possibile.

Mi avvicino con la maggior padronanza possibile, del resto io sono anche la futura caposervizio di *Chic&Glam*, sempre ammesso che la suddetta non si prenda il posto. Non c'è nessuna ragione per sentirmi inadeguata e non all'altezza, questa sensazione da liceale sfigata me la devo lasciare alle spalle. Il liceo è finito da un pezzo, anche se forse non è così vero, considerato che da qualche tempo ho inconfessabili pensierini erotici su Manfredi Malacarne.

« Ma ciao, Rachele! »

Mercede Malacarne, intanto, si è alzata in piedi e mi ingloba in un vaporoso e profumatissimo abbraccio. Non è cambiata affatto:

mantiene forme abbondanti che porta con grande eleganza e ha un sorriso irresistibile. Lei e Manfredi si somigliano come due gocce d'acqua ma, per un curioso effetto della fisionomia, lui è un ragazzo oggettivamente bello, mentre lei no. Credo che questa cosa, ai tempi del liceo, la facesse soffrire molto.

Vengo presentata ad altra gente di cui scordo il nome dopo tre secondi. « Giulia ce l'hai presente, no? » dice poi Manfredi, con un sopracciglio inarcato. Dispettoso.

« Ma certo. Giulia! »

« Ciao, Rachele. Bello vederti. »

Dice così ma o ha un palo nel culo, o ha una voce monocorde di suo, o le ho guastato la festa.

Mercede mi fa spazio. « Siediti qui accanto a me. Adoro i tuoi articoli su *Chic&Glam*. Veramente. Quello di ieri era una bomba... qual era il titolo... » incalza Mercede, dopo un sorso a uno spritz.

Vado in suo soccorso. « *Le tredici cose che non puoi dire senza che tutto il mondo si indigni.* »

« Tipo? » chiede Manfredi, la fronte corrugata, le braccia conserte.

« Tipo che Audrey Hepburn non canta veramente bene. E roba così. »

Lui sembra perplesso. « E perché non lo si può dire? »

Mercede risponde al gemello al posto mio: « Perché Audrey è un mito assoluto. Non si tocca ».

« E perché tredici? »

« Perché la mia caposervizio è convinta che i numeri dispari siano più intriganti. E difatti tu mi stai chiedendo il perché. »

« Gira voce che Aleksandra Liana passerà in *Garbe* » s'infila subdolamente Giulia.

« Già. Sarà una perdita incolmabile. » Tiè.

« Sapete già chi la sostituirà? »

« No. Lì in *Home and the City* si fanno nomi? »

Lo sguardo di Giulia si fa malizioso e risponde con un falsissimo: « Nessuno in particolare ».

« Che ti facciamo portare? » mi chiede Mercede.

« Un prosecco. »

Non si mischiano gli alcolici, mi hanno insegnato. E io prosecco in circolo ne ho già un po'. Mercede intanto prende il cellulare e tenta di avviare Shazam, evidentemente per cercare il nome della canzone in sottofondo. « Non prende » commenta, come se stesse pensando ad alta voce.

« È *Mistaken for Strangers* dei The National » le dico, a bassa voce, per non fare quella che dice la risposta che nessuno sa al preserale di Rai 1 e vince il montepremi. Ma tenere un profilo basso con Mercede, oggi come al liceo, è piuttosto difficile.

« Grande, Rachele! Grazie. È figa. »

« Be', sono strafighi i The National. »

« Mi piacciono le parole » prosegue Mercede.

« Perché hanno ragione: finiamo tutti con il cadere in modo non innocente, ma elegante, nella non magnifica vita degli adulti. »

Silenzio generale. Cosa c'è di più *cringe* di quando ci si accorge di essere *cringe*?

Per fortuna è arrivato il mio prosecco, ma mentre lo porto alle labbra mi accorgo di uno sguardo di Manfredi, uno sguardo talmente limpido nel significare: Qua vogliamo darti una botta, che mi sento trasalire.

Il telefono suona segnalando l'arrivo di un messaggio su WhatsApp. La mia linea, al contrario di quella di Mercede, non molla nemmeno sotto le bombe.

Braganza, ce ne andiamo?

Sgrano gli occhi e cerco lo sguardo di Manfredi, ma lui fa finta di niente e continua a parlare, disinvolto, con il suo drink in una mano e il telefono nell'altra.

Insieme?

Tu prima. Io dopo. I fatti nostri
non li facciamo sapere agli
altri, non credi?

E secondo te gli altri non ci sgamano? Sono arrivata cinque minuti fa!

Quindi è un sì?

A questo punto, quando alzo gli occhi verso di lui, trovo i suoi già su di me. Annuisco continuando a fissarlo. Eccitazione livello pro.

Inventati che eri in zona e sei venuta a darmi una cosa per la pratica che abbiamo in corso

Nella mia borsa c'entra a malapena il telefono, è ovvio che non ti ho portato niente

Un mazzo di chiavi da dare a un cliente. La gente cazzo sa

Ho finito il mio prosecco. Sono su di giri mentre dico, platealmente e porgendogli il mio mazzetto con il portachiavi della Statua della Libertà della LEGO: « Manfredi, ti ho portato quelle chiavi da dare al tuo cliente ».

Fingendo composta professionalità, lui sta al gioco. « Grazie, Rachele. Allora ci aggiorniamo lunedì. »

« Vai già via? » chiede Mercede, delusa.

« Ero solo di passaggio. »

« Che peccato. Magari ci rivediamo? »

« Ne sarei felice! »

« Ti scrivo! »

Un bel salutone collettivo disimpegnato, un salto alla cassa per pagare la mia parte e tre secondi dopo sono dietro l'angolo, ad armeggiare con il cellulare.

E ora?

E ora, decidi tu

Non vale. Hai detto tu di andarcene. Un'idea la dovevi avere

Fai uno sforzo di immaginazione e prova a capire qual è

Il MUDEC aperto di notte?

Se è quello che vuoi, ok. Vengo a prenderti in moto

Ma la ovvia verità è che il MUDEC è la prima cosa che mi è venuta in mente, e già è tanto che abbia elaborato un concetto. Nel frattempo, camminando, sono arrivata davanti a un bar dove fanno musica degli anni Novanta dal vivo. Trovo riparo dai morsi del freddo e prendo posto ordinando una Schweppes, stasera ho già bevuto abbastanza. Gli mando la posizione e mi metto ad aspettare.

What the hell am I doing drinking in LA at twenty-six?

Mi volto verso la porta d'ingresso più spesso di quanto vorrei, mordicchiando le unghie, e mi sento sobbalzare quando lo vedo sfilare il casco dalla testa, ravviarsi dietro le orecchie i capelli appiattiti ed entrare nel locale per venire a sedersi al mio tavolo.

« Ciao. »

« Ciao. »

È solo la mia impressione o adesso, alla resa dei conti, siamo un po' rigidi?

« Ma sei sicura che è aperto il MUDEC? »

« Apertura notturna straordinaria. Una che lavora in una redazione sa sempre tutto. Con che scusa te ne sei andato? »

« Loro volevano andare a ballare e io avevo detto già prima che sarei tornato a casa. Quindi, ne sono uscito pulito. »

« Chiedo il conto, se tu non vuoi altro. »

« Lascia che paghi io. »

E si alza attraversando questo locale spoglio, anche un po'

squallido, infilando la mano nella tasca posteriore dei pantaloni e prendendo una banconota da venti euro.

Io mi metto al volo il lucidalabbra e mi faccio trovare già all'uscita. Lo seguo a piccoli passi fino alla sua moto, dove da un baule estrae un casco in più e me lo porge.

Non salgo su un mezzo a due ruote dal liceo. Mi muovo solo in metro e in auto, quando necessario, e non mi si presenta proprio mai l'occasione di prendere passaggi da motociclisti. Fino a oggi, che in effetti è come un giorno di liceo.

« Andiamo? »

« Andiamo. »

E la notte è luccicante e incantevole, a bordo di una moto, e sembra fatta apposta per poggiare la testa sulla sua schiena, gli piacerà? Non lo so, ma credo di sì...

Arrivati a un semaforo rosso, a metà strada verso il MUDEC, trovo il coraggio di confessargli che non ho nessuna voglia di andarci veramente. Ma non aggiungo che stare poggiata a lui, stare così vicina a lui, è la ragione fondamentale per cui ho cambiato idea.

« Io non l'ho mai avuta. E quindi? »

« Da me? »

È scattato il verde. Faccio appena in tempo a dirgli l'indirizzo che ripartiamo e io mi sento la testa totalmente vuota, e in qualche modo sono felice come davanti a un regalo bellissimo, che di base non è Manfredi o quello che sta per succedere con lui, o comunque non soltanto, ma soprattutto la sensazione di vita che sto provando.

Fermi davanti al portone, gli ricordo che le mie chiavi le ha lui e a Manfredi viene naturale un sorriso delizioso, appena accennato ma da sciogliersi, e mi chiedo come io abbia fatto durante tutte quelle interminabili ore di fisica a non accorgermene.

Le prende dalla tasca del giubbotto e me le porge. Io apro il portone e lo guido verso il mio portoncino al piano terra, ma l'androne insignificante e dalla luce orribile, che renderebbe pallida e brutta anche Gigi Hadid e che ho percorso mille volte da sola o con Alessio, quest'androne mi vede allungare, piano ma con piena consapevolezza e volontà, una mano verso di lui.

E lui la prende, la stringe, mi guarda solo un attimo e infine si avvicina, poggiando le sue labbra sulle mie. Sono così morbide, succose, ed è una tale scossa di eccitazione che vorrei non si staccasse più. Poi però si allontana, negandosi per un attimo e guardandomi come se per la mente gli passassero mille cose, prima di infilare una mano tra i miei capelli e portarsi di nuovo le mie labbra vicine, per leccarle dapprima lentamente, poi per baciarle di nuovo e di nuovo.

« Non qui, però » dice infine. Tenendogli la mano lo conduco al portoncino verde di casa mia, e l'altra mano mi trema al punto che ho difficoltà a girare la chiave nella toppa, così lui lo fa al posto mio. Appena la porta si richiude non accendo neppure le luci. Le uniche che ci guidano nel buio mentre lo trascino nella mia stanza sono le piccole lampadine appese a un filo da un capo all'altro del mio cortile e che ho dimenticato accese.

Infilo le mani sotto la sua maglietta dopo che si è tolto il maglione e lui sembra voler rallentare, ma come la mettiamo? Io sto letteralmente ansimando. Ci sarebbe tutto il tempo del mondo, ma come ci si trattiene, se si è affamati? Manfredi si leva anche la maglietta e gli sfioro la pelle calda dell'addome con la punta delle dita, quasi timida, per familiarizzare con questa nuova intimità, ma lui raggiunge la mia mano e la guida più giù, piano piano, inesorabile e inequivocabile. E mentre lo fa, tiene fissi i suoi occhi nei miei, che si sono abituati a questa luce minima e riescono a distinguere i contorni del suo viso che non mi è mai sembrato tanto bello.

Quando mi sbottona la camicetta e mi sgancia il reggiseno, però, la ritiro di colpo per coprirmi il torace.

« Me le sognavo la notte. »

« Io le odio. »

« Non dire stronzate » risponde mentre mi allontana le braccia con gentilezza, vincendo la mia resistenza con una calma che mi provoca così tanto che il bacio che gli sto dando sul collo si trasforma in un morso di impazienza.

« Ti ho fatto male? »

Scuote il capo per dire no, intrecciando le sue mani alle mie. « Puoi fare quello che vuoi. »

E una voce che è la mia gli risponde che con lui voglio fare tutto.

« Tutto? »

« Sì. »

In maniera quasi dispettosa, come a dire: Vediamo se mi fermi, scende giù, molto giù con le labbra e io credo che morirò di imbarazzo all'istante e serro le cosce. Risale fino all'orecchio e mi sussurra: « Ti puoi fidare, lasciami fare ». Ma non è solo imbarazzo, io proprio non posso più resistere, ho solo bisogno che mi affondi dentro.

Dopo stasera dovrò ricordare che lui prende tutto maledettamente alla lettera, perché niente resta nella sfera delle intenzioni e d'altra parte non sarò io a mettere un freno, non adesso che ho la piena consapevolezza di quanto sia bello aver riavuto indietro il mio corpo, il mio corpo su cui ha tracciato una linea di fuoco, ed essere di nuovo libera di farne quello che voglio.

15 Usami come credi

L'orologio segna le tre di notte. Lui si sta rivestendo. Ha un corpo proprio ben fatto che sotto i vestiti si intuisce soltanto.

« Manfredi, sei un animale bellissimo. »

« Grazie... Credo. Di certo nessuno me l'ha mai detto prima. »

Non vorrei che rimanesse qui a dormire, non ci penso nemmeno, è troppo intimo perché io me la senta. E poi, ho dormito con la stessa persona per tanto di quel tempo che è proprio quello che non vorrei rivivere con Manfredi. Non ho voglia di ripetere gli schemi di una relazione. Al contrario, Manfredi mi ha svelato un mondo intero. Forse sarebbe stato in grado di farlo chiunque altro, ma è stato lui, quanto meno per primo.

« Alla fine, non imbrogliavi su quella storia del sogno proibito. »

Si allaccia la cintura mentre dice, serio: « Io non imbroglio mai ». Ha realizzato la sua crush adolescenziale, dunque finisce qui? A me è appena partita.

« Perché non me lo hai mai fatto capire? »

« Sarebbe cambiato qualcosa? » Oddio, no. Ero innamorata di Alessio, ero innamorata dell'amore. « Ci siamo arrivati adesso che almeno capiamo cosa stiamo facendo. Tu cosa vuoi a questo punto, Rachele? Giusto per essere sulla stessa lunghezza d'onda, così nessuno si fa male. »

Coperta appena dalle lenzuola, scombinata dentro e fuori, rispondo d'istinto. « Io? Ne voglio ancora. » Lui, naturalmente, è compiaciuto. « Ma non ti deve spaventare. Non voglio un rapporto stabile e nemmeno esclusivo. Per me, tu puoi fare quello che vuoi. E non mi devi scrivere domani un messaggino gentile del tipo quanto è stato bello o cose così. Io sono libera, tu sei libero, ci divertiamo e basta ma soprattutto ci diciamo sempre la verità e ci comportiamo bene. Può andare, per te? »

Il suo sollievo è fin troppo esplicito. « A me non sembra vero. Ma tu sei sicura? »

« Mille per mille. E tu? Non è che ci resti male tu, Manfredi Malacarne, a essere trattato come un oggetto sessuale? » Come colui che deve traghettarmi da quindici anni di sesso tiepido con uno che mi prendeva come una minestra riscaldata al mio futuro, che chissà qual è. Ma non glielo dico, questo. Sincerità sì, ma entro certi confini.

« Per me, no prob. Usami come credi. Ma fai attenzione, perché anche io farò lo stesso. »

« Fantastico. »

Mi avvolgo nel lenzuolo per accompagnarlo fino alla porta. Disimpegno reciproco sì, ma non per questo ci si deve dimenticare del minimo sindacale delle buone maniere.

« Ci vediamo » dice, prendendo dalla tasca le chiavi della sua moto, e mi saluta con un rapido bacio sulle labbra.

Quando la porta si chiude alle sue spalle io me ne torno a letto.

Non voglio struccarmi, non voglio neanche lavarmi, voglio sentirlo ancora addosso e comunque sono così stanca, assonnata e sbandata che, alla fine, l'unica cosa che voglio è dormire fino a tardi, beatamente appagata, un po' neonata potrei anche dire, perché se non è una rinascita questa, allora io non so cosa lo sia.

La mattina filtra dalle persiane e io mi sveglio con un livello di disorientamento che basterebbe la metà. Mi trascino verso la cucina per fare colazione e mentre la macchinetta del caffè ronza rumorosamente inizio a essere tempestata da lampi di ricordi della notte appena passata e avvampo d'imbarazzo. Inizio a sperare che il cugino misterioso esista veramente, perché non so più con quale faccia potrei mai presentarmi davanti a Manfredi per fare qualsivoglia atto notarile. Credo che piuttosto cambierei notaio.

Pertanto mi dico che l'unica cosa su cui dovrei concentrarmi adesso, anche solo per non trascorrere la domenica in questo stato di languore lascivo e per evitare di convocare qui a casa mia Manfredi per darci dentro di nuovo, è la ricerca della donna amata da mio zio e di suo figlio.

Lo zio ha trascritto in calce alla lettera per me un indirizzo a Nizza. Scrivo una lettera anche io, molto breve, spiegando che Massimo è mancato ma che prima ha indicato suo figlio come suo possibile erede. La imbucherò domani, ma senza troppe speranze.

Una giornalista oggi è abituata a indagare con ogni mezzo offerto dal web, ma Carolina Marsini appartiene a un'altra epoca. Non è detto che ne troverò traccia.

Parto dalle basi sul motore di ricerca e digito « Carolina Marsini Nizza ».

L'unica traccia è una foto su Facebook di una certa Lucie Bonnieux, risalente al 2017. La didascalia scritta in francese si può tradurre così: « Magnifica serata ieri! » e poi sono taggate tante persone tra cui, appunto, una Carolina Marsini che però non aveva (o non ha più) un profilo Facebook. Nello scatto è presente una combricola di belle signore eleganti, munite di triplo giro di collane di perle, capelli color champagne e vaporosa messa in piega.

Dal mio account morente, che ormai utilizzo solo per ricerche di lavoro, provo a scrivere alla signora Bonnieux: « Sono una parente di Carolina, la sto cercando, ho urgenza di parlarle. È ancora in contatto con lei? »

E per oggi non c'è altro che possa fare, pur con tutta la mia buona volontà.

All'ora di pranzo le verdure che mi sono preparata sanno di *disappointment*. O forse non ho appetito: me lo ha tolto la voluttà.

Esco nel cortiletto ed è la domenica pomeriggio più uggiosa della storia, che toglie qualunque voglia di uscire anche se a Milano c'è sempre qualcosa da fare.

Potrei andarci davvero al MUDEC, oggi, a vedere la mostra di Robert Capa, ma sono così intorpidita che alla fine mi rimetto al computer a lavorare a un pezzo da consegnare martedì. Si tratta di un'intervista a una scrittrice che svetta nella classifica dei libri più venduti da qualcosa come sei mesi.

Intanto, su un'icona della schermata di Facebook appare un numerino rosso. Considerato il magro uso che ne faccio, non può che trattarsi della risposta di Lucie Bonnieux. E in effetti lo è. Ma non è quello che mi aspetto, anzi.

Ho studiato francese alle medie e mi basta per cogliere il senso delle sue parole, ma per esserne sicura le traduco con Google.

> Cara Rachele, mi dispiace ma Carolina, che in effetti era italiana, è morta. Non vorrei essere io a doverti dare la notizia ma purtroppo è così e ti consiglio quindi di non perdere altro tempo a cercarla.

Oddio. Che cosa triste. Massimo se n'è andato convinto che lei non volesse rispondergli, ma alla fine la realtà è ancora più tragica.

Su Messenger Lucie risulta online, dunque colgo l'attimo e scrivo, in italiano tradotto in francese: «Conosce suo figlio?»

Quindici minuti dopo – ma sono stati minuti interminabili – ricevo una risposta che non avevo messo in conto.

«Ci dev'essere un errore, ci riferiamo forse a due persone diverse: Carolina Marsini non aveva figli.»

A questo punto, prima di rivolgermi a un investigatore privato, forse potrei chiedere ai miei. Magari mia madre conosce qualche dettaglio: sappiamo sempre per chi hanno perso la testa i nostri ex, sia prima che dopo di noi. Certo, in base ai fatti non dovrei essere io a inserirmi in questo generico plurale, ma insomma, chiamo Madre e le chiedo se ha mai sentito nominare Carolina Marsini.

«Certo, era la figlia del conte.»

«Che conte?»

«Come che conte? Marsini di Massenzio.»

«Quello che ha venduto la villa agli inglesi?»

«No. Quello è stato il padre del conte.»

«Dunque, il nonno di questa Carolina.»

«Esatto. Ma perché quest'interesse?»

«Ti risulta che Carolina avesse una storia con... Massimo?»

Un po' inacidita, Madre replica: « Con chi non aveva storie, lui... »

Hai capito lo zio *de cuius*.

« Ma tu lo sapevi sì o no? »

Lapidaria replica: « Sì ».

« E ti risulta che questa Carolina si sia trasferita in Francia? »

« A me sì. Ma poi non ne ho mai più sentito parlare. »

« Comunque, adesso Carolina è morta. E Massimo pensava di aver avuto un figlio da lei, ma di fatto un'amica di Carolina dice che è impossibile. »

« Rachelina, tuo zio e la verità non andavano d'accordo. »

« Ma non può essersela inventata una cosa del genere. E magari la fuga in Francia di Carolina potrebbe essere dovuta proprio allo zio. Che ne sappiamo. »

« Se ne sono andati tutti dopo... dopo l'incendio. »

« È successo negli anni Ottanta, vero? » chiedo, sorpresa solo in parte, perché ricordo bene quel vecchio articolo che ho cercato più volte e che ormai so a memoria.

« Sì, sì, anche se non mi ricordo bene in che anno. » Lo so io: 1983.

« Un'ultima cosa. Nella lettera che ha scritto a me, lo zio mi chiede di dirti che gli dispiace, tu sai di cosa. »

Avverto la sua meraviglia anche a distanza.

« Gli dispiace » ripete, atona.

« Di cosa? »

« Te l'ho detto. Ci siamo frequentati per un po'. »

« Ma se tu poi hai preferito papà a lui, è a te che dovrebbe dispiacere. No? »

« Be'. Non è stato un bravo fidanzato. Ma non ho rimpianti. E non avevo bisogno delle sue scuse. » Sento poi in sottofondo il vocione impostato di mio padre, che parla ancora oggi come quando annunciava piovaschi e temporali. « Mi chiama papà, aspetta un attimo... »

« Tranquilla, mami. Ci sentiamo dopo. »

E riaggancio, con il cervello iperattivo.

Sarebbe brutto se chiedessi a Manfredi cosa devo fare a questo punto? Se la persona indicata da mio zio è morta e non ha mai avuto figli, e lo accertassimo non limitandoci a quanto detto da Lucie Bonnieux, chi eredita? Torno io in pole position e quindi me ne devo occupare?

Prima di ieri notte forse l'avrei chiamato subito, oggi ci penso due volte.

Ecco. Ho perso un notaio di fiducia e Dio solo sa quanto mi serviva.

Ma cosa ci ho guadagnato...

16 Sabato poi siamo stati presi da altre cose

C'è un'altra cosa da fare, piuttosto importante a mio parere, e cioè mettermi in contatto con chi si occupa del caso di mio zio. Leggendo un articolo apparso su un giornale locale apprendo il nome della pm di turno il giorno in cui Massimo è stato trovato morto e il lunedì mattina, di buon'ora, girando in tondo in casa perché ho questa brutta abitudine quando parlo al telefono, chiamo in procura cercando la dottoressa Viviana Valle.

La prima volta cade la linea e la seconda, dopo una cosa molto simile a un interrogatorio, finalmente mi viene passata la pm in persona che ha un tono formale ma estremamente cordiale. Le riferisco quello che so e che ho scoperto.

« La ringrazio, signorina Braganza, per la sua collaborazione preziosa. Se mi fornisce il suo indirizzo le mando in mattinata il commissario Novella per ritirare la lettera. »

Dopo di che, con modi forse un po' più spicci, mi liquida dicendo di tenermi a disposizione.

E, lo ammetto, mi scatta un po' d'ansia: a disposizione per cosa? Io il mio dovere l'ho fatto. Non molto tempo dopo, il citofono suona di un colpo breve e secco che annuncia l'arrivo della polizia.

Mi faccio trovare già sulla soglia e quando il commissario si leva il cappello in segno di saluto io lo accolgo compita, chiedendogli se gradisce un caffè.

« No, la ringrazio. »

Tira fuori dei fogli da farmi firmare e aspetta che io gli consegni la lettera, che legge in silenzio e con attenzione.

« Commissario, vorrei dirle che io per vie traverse avrei già appurato che Carolina Marsini è morta. Non so né come né quando. L'altra cosa che vorrei dire, per quel che può servire, è che non risulta che abbia figli.»

Solleva lo sguardo e, con occhi a fessura, sibila: «Chi abbiamo qua, un'investigatrice dilettante?»

«Direi proprio di no. Ho solo fatto lo sforzo di cercare queste persone, dato che come avrà letto questo era un desiderio di mio zio.» E anche per capire, una volta per tutte, se sono io l'erede oppure no. «Non potevo?» domando, trasalendo.

«No, no, ci mancherebbe. Può fare quello che vuole, è una libera cittadina.»

E per l'appunto.

«Firmi anche qui, per cortesia.»

Intanto il telefono si riempie di notifiche di Aleksandra, e da quello che scorgo sull'anteprima, mi chiede un pezzo lampo sul totoabiti della Ferragni a Sanremo. Chi sceglierà? Dior?

«Commissario, è inopportuno se le faccio una domanda?»

«Lei la faccia, e io poi decido.»

«Le indagini sulla morte di mio zio sono ancora aperte all'ipotesi dell'omicidio?»

«Signorina, non solo sono aperte, ma diciamo che consideriamo l'ipotesi. E non posso dirle altro. Piuttosto, sono io che devo fare due domande a lei.»

«Prego.»

«Sediamoci» dice lui, indicando il tavolino rotondo che sono contenta di aver pulito dai resti della colazione.

Lo sguardo del commissario cade sul mio cortile e poi va a comprendere il mio bilocale di 46 metri quadri in affitto ma che vorrei poter comprare, tanto lo amo. Con il suo parquet color grano, gli infissi bianchi, una luce calda piena di bei sogni a occhi aperti che mi ha colpito dalla volta che ci ho messo piede con l'agente immobiliare. È stata la prima casa in cui ho vissuto quando sono uscita dal bozzolo della convivenza in famiglia, e dopo qualche mese ha accolto anche Alessio.

È una casa buona ed è una buona casa, sembra che nell'aria vibri di suo musica rétro tipo *Zou bisou bisou*. D'un tratto penso anche che con l'eredità dello zio potrei versare l'anticipo, d'altra parte un bilocale a Milano in zona Porta Venezia è qualcosa di prezioso, per non dire preziosissimo. E comunque, al netto del suo valore oggettivo, questa casa è il mio nido.

Sempre se è vero che non ho il cugino misterioso.

« Mi parli dei rapporti tra suo padre e suo zio. » Il commissario mi strappa ai miei pensieri.

« Non c'è molto che io possa dirle, in realtà. La lettera che vi ho consegnato la dice lunga: io l'ho visto un'unica volta. »

« E a quanto scrive suo zio, con suo padre non si può parlare. Perché? E di cosa? »

« Le sembrerà strano ma purtroppo non conosco bene i dettagli. Ha provato a chiederli a mio padre? »

« Certo, certo. Volevo solo un'altra opinione. »

« Mi dispiace, ma non ne ho una. »

« Sarà lei a ereditare i beni di Massimo Braganza, è corretto? »

Mi sento spazientita. Una fa il proprio dovere di cittadina e il risultato è un nuovo interrogatorio che mi smuove le viscere come se avessi qualcosa da nascondere o, peggio ancora, qualcosa a che fare con la dipartita dello zio *de cuius*.

« In teoria, per quel che è noto, sì. A meno che questo presunto figlio di Massimo non esista veramente. »

« Secondo lei, perché suo padre ha rifiutato con tanta rapidità quanto gli spettava? »

Queste luci puntate su mio padre mi generano un filo d'apprensione.

« Posto che certe decisioni sono molto personali, immagino che quella di mio padre si possa intendere come una scelta di principio. »

Il commissario arriccia le labbra e poi fa un bel sorriso pacioso.

« Capisco. È tutto. La ringrazio, signorina. Le posso chiedere un bicchiere d'acqua, prima di andare? »

« Ma certo! » rispondo, scattando come se avessi una molla sulla sedia.

Glielo porgo su un vassoietto di porcellana e con un tovagliolino color latte e menta. Basta così poco per trasformare le cose ordinarie in straordinarie; almeno alcune...

Il commissario beve, poi poggia tutto sul tavolo e ringrazia di nuovo.

Si accomiata con il suo agente e poco dopo lo sento partire con le sirene a palla come se si dovesse lanciare all'inseguimento di Omar Sy nei panni di Lupin. Quando resto sola nel silenzio dell'appartamento mi accorgo che la visita della polizia mi ha lasciato un sapore aspro, come di contaminazione del mio piccolo mondo dorato.

Prendo il telefono e chiamo mio padre.

« Papà, ma così, giusto per sapere e non sia mai che la cosa ti agiti, per caso ti hanno mai fatto domande sulla morte di Massimo? »

« Chi mi dovrebbe aver fatto domande? » replica lui, un po' guardingo.

« Gli inquirenti... »

« Ah, be', sì, certo. Qualcosa me l'hanno chiesto. Ma è routine, credo. Muore uno in circostanze sospette, vuoi che non interroghino amici, nemici e parenti? »

« Specie se nemici e parenti coincidono. »

Papà fa una risatina, ma io per prima mi chiedo se ci sia davvero da sorridere: mi sento in apprensione e non so perché.

Mi scaldo un cornetto all'albicocca nel forno e la sua fragranza si addensa dolcemente in tutta la casa mentre continuo a lavorare all'intervista alla scrittrice che ha spopolato su TikTok.

Mentre scrivi, tieni conto del fatto che su TikTok funzionano particolarmente i libri che scatenano emozioni forti nei lettori, i quali fanno poi contenuti centrati sulle reazioni che hanno mentre leggono i tuoi libri?

A un certo punto squilla il mio telefono. È il numero dello studio di Manfredi e la solita segretaria annuncia: « Le passo il notaio ». Come se non fosse cambiato niente, mentre invece tutto è cambiato. Ma a me non dispiace e anzi, quando all'altro capo del filo sento il suo « Ciao, Rachele », rispondo con un tono da femme fatale: « Buongiorno, signor notaio ».

Lui ridacchia. « Scusa se ti ho fatta chiamare, ma ho dimenticato il cellulare a casa. Come stai? »

« Molto bene. E tu? »

« Molto molto bene. Ascolta, sabato poi siamo stati presi da altre cose... » *Altre cose*, che naturalezza. « Ma c'è qualcosa che devo dirti sulla lettera di tuo zio. »

« Oh. È grave? »

« Nient'affatto. »

« E cioè? »

« Se in pausa pranzo vengo fino a dove sei tu e te lo dico? »

« Io oggi lavoro da casa » ribatto, estasiata all'idea di ripetere anche le *altre cose*.

« Allora io arrivo all'una e mezzo con il pranzo. »

« Volentieri. A che ora hai poi il primo atto? »

« C'è il tempo per una sveltina, se è questo che vuoi sapere. »

« Manfredi! »

« Non ci avevi pensato? »

« Ma no, ovvio... »

Arriva quando ho appena cliccato « invia » per spedire ad Aleksandra l'articolo rivisto. Zompetto fino alla porta e quando la apro lo trovo con due sacchetti del ristorante giapponese tra le mani.

« Ho una consegna per lei. »

« Anche io ho qualcosa per lei, però gliela do dopo. »

Lui appare sconcertato. « C'era una volta figa di legno. »

« Quella era una tua supposizione di cui, tra l'altro, avevi detto di vergognarti. »

« Soprattutto perché palesemente errata. »

Mette la giacca sul divano e mi prende il viso tra le mani, dandomi un bel bacio alla liquirizia sulla bocca mentre lascia vagare le dita tra i miei capelli.

Mi allontano solo per l'urgenza di chiudere gli scuri, c'è troppa luce per fare *altre cose*, e provo a spiegarglielo, ma lui mi ferma prima, tenendomi per un polso.

« Ma io voglio guardarti. »

« La prossima volta. »

Inclina appena la testa, quasi fosse dispiaciuto perché non riesco a vincere la timidezza e l'imbarazzo. Proprio con lui. Ne fa quasi una questione personale. « Lasciati andare. » La sua voce un po' esorta, un po' chiede e molto mi eccita.

Nel frattempo si sbottona i jeans e fa un movimento con il capo per indicare i miei. Obbedisco e scivolo sul divano, sotto di lui, che deve esercitare una pressione minima, ma veramente minima, sulle mie ginocchia per farmele aprire. Quando gli occhi si abituano al buio, il viso che mi sembra di vedere è quello di Manfredi a scuola, durante quelle infinite ore condivise senza capire niente di lui e senza neanche immaginare quello che sarebbe stato in grado di accendermi dentro. Non si capisce niente, a diciassette anni.

17 Rachele, sei la perfezione

« Stavo dicendo che, dal punto di vista strettamente giuridico, non sei tenuta a rintracciare quella donna e tanto meno suo figlio. Questa lettera non è come un testamento. C'è differenza. »

« Giuridicamente no, ma moralmente sì. »

« Va bene, ma per la legge tu sei ancora l'erede. L'onere della prova spetta al presunto cugino che, se ho capito bene, potrebbe essere un figlio illegittimo. Se esiste davvero, dovrà innanzitutto procedere a ottenere il riconoscimento e soltanto dopo reclamare la sua parte di eredità. Vuoi un po' di wasabi? »

« No, grazie » dico, così sottosopra che barcollo cercando di raggiungere la sedia, cosa che gli strappa un certo divertimento. Ma poi si blocca e mi domanda: « Ci sono andato troppo pesante? » Nello specchio vedo riflessa una me un po' diversa, con le guance arrossate e con l'espressione dell'emoji con gli occhi a spirale.

« Ma non ti senti totalmente sfasato a farlo a quest'ora del pomeriggio? »

La sua espressione sopperisce a una vera risposta, che comunque mi elargisce senza mezzi termini. « Ma figurati. »

E comunque la risposta sarebbe che sì, ci va pesante, ma il fatto è che mi piace.

Meglio cambiare argomento.

« Tornando al riconoscimento... però, Manfredi, ma non è che se io accetto adesso, poi mi sputtano tutta l'eredità in borse e viaggi, e a un certo punto arriva il cugino fantasma e devo restituirgli tutto? »

« Questo è da considerare, certo. Ma tu, Rachele, mi sembri tanto una formichina e non una cicala. »

« Però, la prima cosa che farei, saldati tutti i debiti, è usare la rimanenza della mia eredità per comprare questo appartamento. »

Manfredi aggrotta la fronte e si guarda attorno. Vedo il mio nido con i suoi occhi e noto le stampe a buon mercato e il tappeto in poliestere finto persiano, eppure non riesce ad apparirmi squallido, anzi.

« Questo? »

« Questo. È un lusso una casa così. Milano sta diventando carissima. »

« Ma è in vendita? »

« L'anno scorso, quando abbiamo rinnovato il contratto d'affitto, il padrone di casa mi ha detto che prima o poi vuole vendere. E quindi il cugino o chi per lui non troverebbe la sua eredità integra, questo è sicuro. »

« Allora: in quel caso tu agiresti come erede apparente. Tuttavia, il vero erede potrebbe recuperare la sua eredità, non dico facilmente, ma legalmente, e sì, in via ipotetica potrebbe essere un problema per te. »

Mi si gela il sangue al solo pensiero.

« Comunque io, in realtà, la donna nominata da mio zio l'ho trovata ieri. Con i mezzi dei poveri, cioè i social, ma ho scoperto che è morta e che non aveva figli. »

Mi guarda. « Certo che cerchi ogni scusa possibile pur di non accettare. »

Lo dice come una mera constatazione, che in effetti ha in sé un sospetto legittimo. Mi sto facendo troppi scrupoli?

« Io voglio accettare. Ti ho anche detto cosa comprerei con i soldi... e lo desidero moltissimo. Ma voglio farlo con consapevolezza. »

« Su questo sono pienamente d'accordo. »

« Magari un bambino c'era » replico dando voce per la prima volta a un sospetto che ho avuto sin da subito. « E non è mai nato, o magari è morto... o magari chi lo sa... Mi sembra assurdo che mio zio si sia inventato di sana pianta una cosa del genere. »

« Il risultato non cambia. Sei tu l'erede, fino a prova contraria. »

« Quella prova contraria è proprio ciò che temo. »

Guarda l'ora sull'orologio che si è sfilato dal polso e ha lasciato sul tavolo, come un timer per non perdere la cognizione del tempo.

« Devo andare » dice mettendosi in piedi. « Ma la famosa rimpatriata di classe? » chiede poi, come se si fosse ricordato all'improvviso.

« Per fortuna Alessio ha accantonato l'idea, avevo i brividi al solo pensiero. Perché dovevamo obbligarci a fare una cosa tipo film dramedy americano, in cui all'inizio fingiamo di essere tutti contenti di rivederci e poi pian piano vengono fuori i vecchi rancori? »

Corruccia la fronte e non mi guarda negli occhi mentre mi chiede: « Hai ricordi così brutti? »

« Non so, è che a parte Alessio e Simona non ho legato con nessuno. Non sono mai riuscita a inserirmi, ecco. »

« Perché te la tiravi. »

« Tu, invece... »

« Comunque, io li avrei rivisti. E non così malvolentieri. »

« Con indifferenza? »

« Ma nemmeno. »

« Ora che ci penso, tu non sei mai venuto alla messa che fanno dire ogni anno per il compleanno di Simona. In genere vengono quasi tutti... »

« Mi sarà mancato il tempo » risponde, e sembra un po' sulla difensiva. « In ogni caso, per la rimpatriata, pazienza se è saltata » conclude un istante prima di abbassare la maniglia della porta. « La persona che volevo davvero rivedere l'ho già rivista. »

Oggi è giorno di redazione e di distribuzione degli articoli del numero di gennaio, quando Aleksandra, in teoria, non sarà più la nostra caposervizio. Il clima è già di simpatica anarchia anche perché Aleksandra è strategicamente in ferie e la caporedattrice da sola assegna i pezzi come una bambina lancia le briciole di pane ai piccioni in piazza.

« Seriamente??? » mi trovo a dire d'impulso, dopo che Irene mi ha appena comunicato di cosa mi occuperò nei prossimi giorni.

«Ci hanno fatto anche un pezzo sul *Tatler*» ribatte lei, senza fare una piega, aggiustandosi sul naso gli occhiali dalla montatura bordeaux. «E se lo fa il *Tatler*, possiamo farlo anche noi.»

«Ma in Italia il fenomeno non è imponente come all'estero» obietto.

«Perché non lo sanno! E noi glielo diciamo.» Certo. Glielo diciamo noi alle italiane che si può fare la plastica alle piccole labbra per farle tornare come quelle di una ventenne. Vedrai come si fionderanno in massa. «E, ancora, ti metti in contatto con un chirurgo plastico italiano e aggiungi al pezzo un paio di virgolettati. Si deve capire che non è un lusso, né un intervento finalizzato al piacere sessuale, ma che è importante per risolvere un disagio con la propria fisicità. Né più né meno della rinoplastica, e via dicendo. È proprio il pezzo per te, Rachele. Nessun'altra sarebbe capace di scriverlo con il tuo tatto. E sempre tu, Rachele, ti prendi anche due pagine sugli outfit sorprendenti di Mrs Mapelli Mozzi alias Beatrice di York. Quel cappottino carta da zucchero del Giubileo era spaziale, recuperiamo i diritti di una foto su Getty e facciamo un paginone. Nessuna allusione al fatto che sia dimagrita: su *Chic&Glam* questo aspetto NON è importante.»

«Per carità.»

«Ultima cosa: inventati un test simpaticamente snob come quello del mese scorso.»

A dirla tutta, per quel test dal titolo: *Che tipo di arrampicatrice sociale sei?* me ne hanno scritte di ogni sulla pagina Instagram di *Chic&Glam*. Non a me, Rachele Braganza, perché non era specificato l'autore, ma lo sapevo io e tanto mi bastava, e per calmare la botta di agitazione che mi è presa ho dovuto stordirmi il cervello con video in loop di balletti di Fred Astaire e Ginger Rogers.

Al termine della riunione, ci disperdiamo tornando alle nostre postazioni, e io mi metto subito in moto per trovare il chirurgo esperto in chirurgia plastica ginecologica, fino a quando mi ritrovo convocata da Irene con un messaggio privato su WhatsApp.

La raggiungo non senza trepidazione.

Chiudo la porta del suo ufficio e lei fa un cenno con il capo, mentre finisce di digitare febbrilmente sulla tastiera del computer.

Mi siedo davanti alla sua scrivania approfittandone per guardare le stampe appese alle pareti. Non le migliori cover di *Chic&Glam*, qui, ma alcune foto in eleganti cornici nere, Audrey Hepburn in bicicletta con un fazzoletto azzurro in testa e uno yorkshire nel cestino, e Cecil Beaton che fuma una sigaretta con flemma tutta inglese.

« Allora, Rachele. Eccoti qui » dice scrutandomi con attenzione. Spero che la caporedattrice veda in me quello che io stessa sento: una giovane donna risoluta e risolta, perfettamente a proprio agio davanti al mazzo di carte che la vita le offre e pronta a giocare. « Ti sei schiarita i capelli? »

« In realtà no. »

« È un bel biondo. »

« Grazie. »

« Andiamo al sodo. Rachele, Aleksandra ti avrà forse anticipato qualcosa, ma sappi che io ho proposto al direttore responsabile il tuo nome come nuova caposervizio, e la cosa è seriamente presa in considerazione. »

La tachicardia può essere un'emozione fantastica. Non so quante altre volte mi sono sentita ugualmente felice in tutta la mia vita.

« Grazie, Irene, grazie di vero cuore. Non so come ringraziarti. »

« Quel che è giusto, è giusto. Sei brillante e affidabile. »

E invece di ringraziare ancora decido – ovviamente – di sciupare la bellezza del momento. « So che circola anche il nome di Giulia Iaronni, che per carità, sarebbe anche corretto e qualificato... »

« È la prima cosa che mi ha obiettato il direttore responsabile e infatti costituisce l'unico ostacolo tra te e una bottiglia di champagne con cui festeggiare. »

Pur sapendo che a volte certe scelte non dipendono da noi, non posso non chiederle: « C'è qualcosa che io posso fare per segnare un punto in mio favore? »

« Sarò sincera: no. La cosa, adesso, è al di sopra di noi. »

« Capisco. »

« Pensa a scrivere una meraviglia sulla vulvoplastica e incrocia le dita. »

Ma in tutta franchezza, la vulvoplastica non è un argomento che conquista la mia attenzione e così mi ritrovo a lottare contro la distrazione, ma alla fine cedo al vizio di cercare i quotidiani online del Comasco e setacciarli per trovare notizie sull'inchiesta a proposito dello zio *de cuius*.

In effetti, una novità c'è: trovo un trafiletto che riporta la chiusura delle indagini preliminari sulla morte di Massimo Braganza.

Ma così, all'improvviso?

Per un attimo mi chiedo quanto sarebbe opportuno chiamare Milagros Vega e chiedere notizie a lei. Inopportuno, mi rispondo io stessa due minuti dopo. Posso invece rivolgermi al cordialissimo signor Oddoli.

Lo chiamo sul cellulare e lui risponde con un sottofondo che mi è familiare: è la frenesia della città e non l'irreprensibile candore della stradina del suo negozio a Como.

« Signorina, sa che mi trovo a Milano? »

« Per lavoro? »

« Sì. »

« Mi scusi se la disturbo. »

« Ma s'immagini! »

« Lo sa che hanno chiuso le indagini preliminari sulla morte di mio zio? »

« Sì, sì. Ho saputo. »

« E com'è possibile, così rapidamente? Da che si pensava a un omicidio... »

« Se vuole le offro un caffè. Milano è grande, ma ci si trova. E le racconto bene. »

« Volentieri! »

Concordiamo un posto comodo per entrambi ed esco dall'open space della redazione senza fornire grandi dettagli, sorvolando quando Arianna mi dice dietro: « Vai a incontrare il ginecologo? »

Trovo Enrico Oddoli già seduto al bar, il parka beige poggiato sulla spalliera della sedia, lui che fa scorrere il pollice sul display del cellulare.

« Eccomi! »

« Buongiorno, cara ragazza! »

Ordiniamo un cappuccino entrambi e ci perdiamo in un po' di convenevoli che riguardano il modo in cui scova e seleziona gli oggetti per Antiques, e dice che sì, lui se la cava, ma nessuno era bravo come mio zio Massimo.

« Trovava sempre il modo di rendere desiderabili le cose. Ma era anche un gran bugiardo e si inventava storie cui la gente credeva sempre. 'Questa bottigliona di profumo mezza vuota di Guerlain apparteneva a una famosa modella tedesca degli anni Settanta.' Venduta in cinque minuti. »

Lui sorride nostalgico, io rispondo con un sorriso di maniera, non potendo contribuire alla conversazione. Purtroppo. Lo zio Max doveva essere il classico tipo che animava le soporifere cene di famiglia. Padre è una cara persona ma proprio gli manca il carisma, la capacità di affabulazione. E chissà quanto deve aver desiderato la dote del fratello minore, dato che lui per primo avrebbe voluto lavorare in televisione, e il meteo non è stato che un ripiego in attesa di un'occasione migliore che non è mai arrivata.

« Chi l'avrebbe immaginato che sarebbe finito così. »

Ebbene. La resa dei conti. « Così... come? »

« Overdose da Fentanest. È la cosa più triste che posso immaginare. »

« Cos'è il Fentanest? Una droga? » mormoro, perplessa.

« È un farmaco, più potente della morfina. Si usa per il controllo del dolore e a quanto pare Max ne era diventato dipendente e se lo procurava al di fuori del protocollo ospedaliero. »

Il signor Oddoli abbassa lo sguardo, in stato di sincera contrizione.

« Andava avanti da tanto? »

« A quanto è emerso dalle indagini, la diagnosi di tumore è arrivata a gennaio, quando ormai era inoperabile. Era una condanna a morte, insomma. Con il tempo Max deve aver iniziato a soffrire molto e in effetti, anche se a me non aveva detto niente, mi accorgevo che sempre più spesso non veniva al lavoro. E lì per lì ho pensato che fosse semplicemente più indisciplinato del solito perché, parliamoci chiaro, è sempre stato un po'... »

Non trova le parole e io gli vado in soccorso. « Fancazzista. »

Enrico sorride. « Non avrei saputo dirlo meglio. »

« Ma secondo lei, che lo conosceva bene, perché non voleva dirlo a nessuno? Della malattia, intendo. »

Enrico sembra essere sicuro della risposta. « Non voleva la pietà. Non voleva che si sapesse che aveva i giorni contati. Credo che davanti a certe cose ognuno reagisca a modo proprio. Lui probabilmente preferiva essere trattato come al solito fino alla fine. Come se il problema non esistesse. Da quello che ho capito, il Fentanest è una sostanza molto potente e conoscendolo, quando ha iniziato a prenderne sempre di più, potrebbe aver ponderato che potesse finire male. Ma lui era così: in continua sfida dei rischi. Ogni tipo di rischio. »

« Quindi... »

« Quindi, stanno cercando lo spacciatore, come si fa in questi casi. Anche perché è un farmaco che gira negli ospedali e bisogna affrontare il traffico illecito con molta attenzione, dicono. Ma non c'è nessun giallo, ecco, intorno alla sua morte. Solo un'immensa tristezza. » Che a modo mio condivido. « E senta, mia cara... non vorrei essere invadente, ma non è che per caso lei l'ha presa la sua decisione? »

È evidente che il pover'uomo a causa di questa storia non dorme la notte. L'idea di doversi imbarcare in controversie economiche per dimostrare come stanno le cose lo logora. Io rappresento evidentemente un ostacolo sormontabile o meglio, nemmeno un vero ostacolo.

E se io posso sollevarlo, perché non farlo. Visto che alla mia decisione ci sono arrivata. Piano, con i miei tempi da tartarughina.

« Sì, signor Oddoli. L'ho presa. »

Scrivo a Manfredi di sera, dopo una giornata in redazione, mentre sono in ascensore e il cellulare non prende bene, tant'è che il messaggio parte mentre esco dal portone e mi ritrovo sotto una pioggerellina puzzolente di smog.

Lui mi richiama quando sono già sul divano avvolta nel plaid. In casa c'è ancora l'odore antico e confortante di legno bruciato dei fiammiferi che ho usato per accendere un paio di candele, mentre guardo *The Tonight Show* di Jimmy Fallon su CNBC Europe.

« Ti sei sbloccata? »

« A quanto pare. Chiamiamolo attacco di autodeterminazione. »

« Sei consapevole che potrebbe essere potenzialmente rognoso entrare in contatto con i creditori di tuo zio? »

« Consapevole. »

« E che ti rimarrà in tasca meno del valore complessivo dell'eredità? »

« Ne vale comunque la pena, me l'hai detto tu... »

« Quello che dico io è una cosa, quello che sei libera di scegliere tu, un'altra. »

« Tranquillo. Non mi stai influenzando, se è di questo che hai paura: sto scegliendo con la mia testa. Anche se dovesse restarmi meno della metà, è sempre più di quello che avevo prima e sarà l'anticipo per il mio appartamento. »

« Bene. Domani mi attivo per capire se è stato nominato un curatore dell'eredità. »

« Quello, credo proprio di no. Mio zio è morto per overdose da Fentanest. È una specie di morfina. Lui era molto malato e lo sovradosava per non sentire il dolore. Quindi, a quanto pare, è stato un incidente. »

« Dimmele sempre a scoppio ritardato le cose. »

« Ti pare che il magistrato si premura di chiamare me per dirmi: Sa, signorina Braganza, sono lieta di informarla che abbiamo deciso di chiudere le indagini preliminari sul decesso di suo zio? L'ho letto solo oggi sul giornale. »

« Va bene. Meglio così, una scocciatura in meno. Allora la prossima settimana lo facciamo. »

« Manfredi, però è l'ultima cosa che ti chiedo. Ovviamente, intendo in qualità di notaio » uso un tono birichino ma lui non sembra cogliere.

« Nel senso che non vuoi che faccia io l'inventario? »

Rispondo seria e risoluta. « Esatto. Mi sembrerebbe di chiederti troppo. »

« Poi ci si pensa. Per quanto sono stanco stasera, potrei dirti sì, grazie, incarica qualcun altro, ma poi in realtà le cose voglio sempre farle fino in fondo. »

« Buono a sapersi... »

« Braganza, ma può essere che oggi cammini sul filo del doppio senso? »

« Può essere. »

« E allora non ti posso lasciare così... »

« No, infatti. È una questione di responsabilità. »

« Sì. Di etica. Hai programmi per stasera? »

« No. »

« Allora vengo a svolgere le mie funzioni. »

« Manfredi, sei un ragazzo d'oro. »

« Solo fino a quando non divento il ragazzo di qualcuna » ribatte lui, d'impulso e piuttosto incisivo, senza però che la sua sincerità mi sembri sgraziata. È esattamente quello che mi aspetto da lui.

« Tranquillo. Easy. I patti tra noi sono chiari. Con te solo due atti: notarili e osceni. »

« Rachele, sei la perfezione. »

18 Lady, shall I lie in your lap?

Marzo 2007

C'è un modo semplice per racimolare un paio di crediti in più e presentarsi alla maturità con un punteggio un po' più alto: il laboratorio di letteratura inglese, cosa che peraltro uno come Manfredi fa a occhi chiusi dato che i suoi gli fanno studiare inglese da quando ha due anni. Il corso è iniziato a gennaio e lo annoia drammaticamente, ma lo annoiano di più le lamentele a casa.

*« Oggi ci concentriamo su una selezione di scene dall'*Amleto *» annuncia la professoressa d'inglese, Annamaria Santoriello.*

Manfredi si sparerebbe.

Prima tocca sorbirsi riassunto, contesto e interrogazione. Infine ognuno di loro legge una parte, alternandosi con i compagni perché non sia mai che a qualcuno tocchi una strofa in meno. La solfa si sorbisce prima in inglese poi in italiano.

« Atto terzo, prima scena. Il famoso Essere o non essere. To be or not to be. *»*

E lo assegna a Gabriele Martinez, che rischia di non essere nemmeno ammesso agli esami di Stato. Manfredi alza lo sguardo e lo posa sul compagno, su cui converge anche un'occhiata di Alessio Montalto che lascia poco spazio alle interpretazioni.

To be, or not to be – that is the question.
Whether 'tis nobler in the mind to suffer
The slings and arrows of outrageous fortune,
Or to take arms against a sea of troubles
And, by opposing, end them. To die, to sleep,
No more.

Il laboratorio è un'attività interclasse e raccoglie alunni di ogni sezione, tutti accomunati più dal bisogno di aggiungere un punto al curriculum che dall'interesse verso Shakespeare. Con qualche piccola eccezione, come Alessio e Rachele. Sicuro che a due come loro interessa solo Shakespeare.

«Atto terzo, seconda scena. Qui ci sono parti per tutti.» E la professoressa inizia ad assegnarle.

«Alessio, tu leggi le parti di Amleto. Rachele, tu fai Ofelia. Simona, la regina Gertrude. Manfredi, tu leggi Polonio.»

«Professoressa» la chiama Manfredi, dopo aver sfogliato rapidamente il libro, «posso fare Rosencrantz?»

«Fammi vedere.» La prof inforca gli occhiali e dà uno sguardo alle pagine. «Ha una sola battuta: no. Sempre sfaticato, Malacarne. Anzi, facciamo che le parti di Amleto le leggi tu, che hai una bella pronuncia, e Alessio legge Polonio. Inizia da They are coming to the play.*»*

*Manfredi prende la matita rosicchiata e traccia una crocetta sulle parti di Amleto per evidenziarle. Malgrado la sua cronica disattenzione, che quando era bambino gli era valsa una diagnosi di ADHD, in realtà è sempre pronto quando è il suo turno e sente un brivido attraversargli la colonna vertebrale per intero mentre si rivolge a Rachele, che è dall'altro lato della classe, e le dice: «*Lady, shall I lie in your lap? *Signora, posso sdraiarmi su di te?»*

E gli esce benissimo, perché lui quel desiderio ce l'ha davvero e così forte che, non sapendolo ammettere con la diretta interessata, lo sfoga su chiunque altra.

«No, my lord!» *ribatte Rachele, da lontano. O è una brava attrice o quel diniego appartiene a Ofelia quanto a lei.*

«Fermiamoci a riflettere su questo passaggio» li interrompe la professoressa. «Manfredi, apprezzo la tua traduzione libera e il senso è quello, ma per l'esattezza il principe Amleto ha chiesto a Ofelia: Signora, posso giacere sul tuo grembo? Era una richiesta volgare e inappropriata tanto nel Cinquecento quanto oggi. E difatti lei, secca, risponde: No, my lord. *Rachele, ci voleva più intensità. Se mai Shakespeare si è meritato le accuse di ribalderia, è per questo passaggio qui. E si sbaglia se si pensa che Ofelia sia un personaggio vuoto, o*

naïf. È tutto il contrario: Ofelia sta cercando di evitare di finire coinvolta sentimentalmente o sessualmente con Amleto. Continuiamo, Manfredi.»

«I mean, my head upon your lap. *Volevo dire, la mia testa sul tuo grembo.*»

«Ay, my lord. *Sì, milord.*»

«Do you think I meant country matters?»

La professoressa lo ferma prima ancora che lui possa provare a tradurre e si infervora. «Qui Amleto cerca di girare la frittata e, pur avendo fatto evidentemente una battutaccia, si comporta come se fosse stata lei a voler fraintendere. Dunque le dice: 'Mi avete attribuito un pensiero da bassoporto'. Quando invece è evidente che era, da parte di lui, né più né meno quella che in inglese definirei 'a sly innuendo'*: un'allusione obliqua e furbetta. E cosa gli risponde, Ofelia, confusa?»*

«I think nothing. *Io non penso niente.*»

«E nonostante questo Amleto continua a torturarla. Manfredi?»

«That's a fair thought to lie between maids' legs.»

«Traduci.»

«Professoressa, tanta poesia è intraducibile.»

«Tu provaci.» Una smorfia di ilarità gli si dipinge sul viso mentre recita: «È un bel pensiero, sdraiarsi tra gambe di ragazze».

Amleto, quanto cazzo hai ragione.

«What is, my lord? *Cosa, milord?*»

«Nothing. *Niente.*»

La Santoriello alza entrambe le mani e li richiama. «Dunque, in bocca a un cervellotico come Amleto anche 'nothing'*, niente, diventa un gioco di parole osceno.»*

In un gruppo di dieci teenager dall'attenzione morente, Rachele è l'unica a tenerle bordone: «Perché Amleto è l'archetipo del maschio contorto».

Finalmente compresa, la professoressa ribatte: «È vero. Giusta osservazione, Rachele. È evidente che Amleto ha un complesso d'Edipo irrisolto. Bloom dice che, dopo Gesù, Amleto è la figura più citata nella coscienza occidentale. E io dico: NO! È proprio il modello peggiore di coscienza».

Manfredi si sente confuso. Quando si deraglia dal binario lui sbanda. È un laboratorio di inglese o di psicologia? Tutte queste storie perché Amleto ha detto una porcata?

« Torniamo alla prima scena del terzo atto. Manfredi, leggi e traduci da: 'I did love you once'. »

Manfredi esegue, ma stavolta in enorme imbarazzo. È più a suo agio con il fancy dirty talk, *anziché con l'amore.*

« I did love you once. *Ti amavo, una volta.* »

Pronta, arriva la risposta dall'altro lato della classe. « Indeed, my lord, you made me believe so. *Invero, mio signore, me l'hai fatto credere.* »

« You should not have believed me. I loved you not. *Non avresti dovuto credermi. Io non ti amavo.* »

Stavolta la battuta di Rachele tarda ad arrivare, come se fosse rimasta indietro o si fosse distratta. Manfredi si sporge sul banco per riuscire a guardarla. La testolina bionda china sul libro, le sopracciglia castane, folte, l'orecchio dal contorno perfetto intrecciato da piccoli cerchietti d'oro in tutto il suo profilo, le labbra su cui lei ha appena passato il burro cacao che sembrano la cosa più morbida di questo mondo.

« I was the more deceived. *Tanto più fui ingannata.* »

Io invece non ti ingannerei mai. Lo pensa subito, Manfredi, e subito dopo si dice: Ma sono diventato deficiente totale? Quella lo fa sempre sentire un coglione.

La Santoriello si toglie gli occhiali e assume un'aria teatrale e terribile. « Diciamo no agli Amleto. A questi maschi egocentrici, vendicativi e incuranti delle conseguenze. Amleto offende Ofelia nel peggior modo possibile, si prende gioco di lei dall'inizio alla fine, per poi rimpiangerla amaramente quando sarà morta. Ma non finiremo impazzite e annegate come Ofelia. Siamo d'accordo, ragazze? »

Manfredi, che per conto suo non vorrebbe veder impazzita e annegata nessuna, accoglie il proclama con indifferenza e si distrae tragicamente anche perché subito dopo gli viene tolta la parte di Amleto, per par condicio, e ora, grazie a Dio, è Rosencrantz.

Il laboratorio finisce e i ragazzi raccolgono le loro cose per incamminarsi verso l'uscita. Manfredi prende lo zaino e sfreccia dietro Ra-

chele, non che lo faccia di proposito o quanto meno non a livello consapevole, ma le si ritrova sempre appresso, un po' la sniffa perché odora di buono e resta di pietra quando lei gli afferra la mano e gli disegna sul palmo un piccolo ghirigoro che gli causa un'immediata reazione laddove sarebbe meglio non ce ne fossero durante l'orario scolastico, ma poi lei si gira e ritira la sua mano come se fosse incandescente – cosa che in effetti è.

« Oddio, scusami!!! »

Arrossisce di botto e Manfredi, che si pregia di essere capace quando vuole di una certa galanteria, le dice: « E di cosa, a me piaceva ».

Lei è nel panico. « No, è che... »

Lui l'ha capito che ha sbagliato persona. « Tranquilla. »

Ma poiché dietro di lui c'è Alessio, l'unica associazione che gli resta da fare è che Rachele intendesse prendere la sua, di mano.

Interessante.

Dunque tra loro c'è qualcosa. E si chiede cosa possa esserci, dal momento che a lui sembra che l'orientamento di Alessio lo porti in tutt'altra direzione. Ma non sono cazzi suoi, quindi ciao.

Raggiunge il laboratorio di tedesco in terza C dove c'è sua sorella. Mercede non se la passa bene. In un mese avrà messo su altri cinque chili.

Manfredi sa che nella sua stanza c'è una specie di cassettino segreto pieno di porcherie di ogni tipo. La loro madre non più tardi del giorno prima lo ha chiamato in disparte e gli ha detto: « Qualcuno dovrebbe occuparsi di Mercede. Io non ce la faccio, non ho la forza ». Hanno una madre ma in effetti non ce l'hanno.

E allora chi?, si è chiesto lui, e poi ha pensato di parlarci seriamente lui, con sua sorella, ma la sera stessa se lo era già dimenticato ed era andato a vedere la partita dell'Inter a casa di Marco.

19 Persona della cui identità personale io notaio sono certo

L'appuntamento allo studio di Manfredi per l'accettazione è fissato oggi alle 18.30.

Non lo anticipo ai miei: mi attirerei la riprovazione di mio padre, cosa che accadrà comunque, prima o poi, ma se glielo dirò a fatto compiuto non potrà più influenzarmi. E se anche ne parlassi solo con mia madre, non resterebbe mai un segreto tra me e lei. A parte che, in ogni caso, ho la sensazione che lei se lo aspetti.

Manfredi è sempre in ritardo sulla tabella di marcia e quindi vengo parcheggiata nella sala d'attesa concepita da Mercede, mentre la segretaria mi chiede la carta d'identità. Quando me la riporta mi annuncia che il notaio mi aspetta nella sala riunioni, e io lo raggiungo con quel batticuore che ormai mi accompagna ogni volta che lui è nei paraggi.

Do un paio di colpetti con le nocche alla porta socchiusa e sento la sua voce dirmi: « Avanti ».

Lo trovo seduto da solo a un tavolo da dieci posti con l'espressione concentrata su un foglio davanti a sé.

« Buonasera » dice, alzandosi per salutarmi in maniera neutra, come farebbe se non fossimo soli.

« Buonasera. C'è un motivo per cui sono l'ultimo appuntamento della giornata? »

« Due motivi. Uno, perché l'atto in sé è una stronzata e perdiamo cinque minuti. Due, perché usciti da qui andiamo a cena. »

« Ma offro io. Sono una ricca ereditiera, posso permettermelo. »

« Mentre io sono un umile notaio che sta cercando di avviare un'attività nella città più difficile d'Italia. Sono abbastanza sicuro che dopo oggi te la passerai meglio di me. Quindi accetto. »

« Bene. »

« Allora cominciamo. Ti leggerò l'atto, interrompimi per ogni dubbio. »

« Ma Manfredi, dai, non vale la pena... dimmi solo dove devo firmare. »

« Eh no. Il lavoro è lavoro. A parte che, per tua informazione, se non ne do lettura ad alta voce l'atto è nullo. »

« È evidente che io non avrei mai niente da eccepire, su di te. »

« Ma sembrerebbe a me di lavorare male: questo è l'ABC del notaio. Allora. L'anno Duemilaventidue, il giorno venti del mese di novembre, nel mio studio in via... innanzi a me Manfredi Malacarne notaio in Milano iscritto al collegio notarile di Milano, Monza e Brianza... è presente Rachele Maria Anna Braganza nata a Milano il giorno 31 luglio... Compiamo gli anni lo stesso giorno? Non me lo ricordavo. »

« Io sì. E anche bene, perché tu facevi il solito festone da fighetto pieno di soldi mentre io no. »

« Ma che festa, che è una data di merda, tutti sono in vacanza e puoi festeggiare solo con il cane... »

È vero. Ma mi censuro giusto in tempo prima di dirgli chissà, magari il prossimo lo festeggiamo insieme, io e te da soli, ancora in questo segreto tutto nostro, spegnendo le candeline su un'unica fetta di Red Velvet che ci dividiamo fino all'ultima briciola, in una piscina in cui galleggiare senza riflettere sul fatto che la vita non ha senso, ma a volte può essere comunque immensamente piacevole.

« È lo stesso giorno di Harry Potter, però. »

« La vedo già con altri occhi. Dicevo. È presente Rachele Maria Anna Braganza... Persona della cui identità personale io notaio sono certo. »

« Manfredi, ma lo scrivi nell'atto che io e te ci conosciamo anche al di fuori...? »

« ... del letto? »

« Sei pessimo. »

Fa un sorrisetto malizioso prima di spiegare: « È semplicemente una formula standard. L'avrei scritto per chiunque. Sta a significare che ho verificato i tuoi documenti e che se io scrivo che sei tu, sei tu ».

E mentre lo dice alza lo sguardo dal foglio e me ne rivolge uno così carico di significato che forse arrossisco. Della mia identità lui è certo. Mentre io?

« La comparente » prosegue, tornando serio « mi richiede di ricevere il presente atto mediante il quale, ai sensi e per gli effetti degli articoli 484 e seguenti del Codice civile, dichiara di accettare con beneficio d'inventario l'eredità relitta dallo zio Braganza Massimo... eredità ad essa comparente devoluta in forza di legge. »

Mentre prosegue la lettura, io non seguo più. Piuttosto rivedo quel ragazzo sentina di tutte le nequizie di un liceale, svogliato durante l'ora di fisica, o peggio ancora mentre leggeva Amleto nel laboratorio d'inglese femminista della Santoriello, e vedendolo oggi così sicuro di sé, attento e capace, non posso non provare per lui un moto di orgogliosa felicità.

« Scritto il presente atto da me Notaio in parte a macchina, in parte a penna, su un foglio di cui sono occupate due pagine per intero, e viene sottoscritto alle ore diciannove e minuti due. Va tutto bene, per te? »

« Sì. »

« Okay. Firmiamo. » Si alza e quando mi passa accanto mi sfiora il collo con la punta delle dita. Ma poi il tocco, così dolce all'inizio, si trasforma in una presa diversa, decisamente sensuale, e senza allentarla, fissandomi negli occhi mi dice: « Scusami. Non ho resistito ».

Inclino appena il collo per agevolarlo, un calore bruciante in corrispondenza di ogni parte di me, e gli rispondo: « Anche io in tua presenza ho qualche problema di autocontrollo ».

« Pensa se avessimo iniziato a farlo a diciassette anni. »

« Finivamo in consultorio. »

« Sicuro. »

Gli domando sottovoce, molto, molto incautamente: « L'hai mai fatto qui nel tuo studio? »

« Posso non rispondere? »

Ma intanto si è chinato su di me, e un attimo dopo mi dà un bacio, così lento e intimo che il mio corpo reagisce all'istante.

« Abbiamo un problema di autocontrollo, ma bello grosso. »

« E non hai visto niente. » Va a chiudere a chiave la porta e torna a sedersi dov'era prima, ma scomposto, facendo un piccolo cenno delle dita che tradotto sembra voler dire: Vieni a metterti qui a cavalcioni su di me.

« Manfredi... vuoi veramente andare fino in fondo? »

« Io non ho problemi. E tu? »

« Oddio, non lo so. C'è la tua segretaria di là. »

« E non solo lei. Nella stanza accanto ho un tirocinante che non è ancora andato via. Allora? Giochiamo? »

« Non abbiamo neanche finito l'atto. »

« Non c'è nessun articolo del Codice civile che ce lo vieta. Dovrò solo cambiare l'orario. E non entrerà nessuno qui. Ma più che altro sono curioso di vedere fino a dove arriva il tuo problema di autocontrollo. »

Mi copro il viso con le mani, paonazza. « Forse non così in fondo. »

« Rachele, Rachele... » mi richiama, come rassegnato, sporgendosi infine sul tavolo per prendere il timbro vecchio stile, grande e rotondo, che è il suo sigillo. Le penne sono già sul tavolo e lui ne prende una cui toglie il tappo con i denti e me la porge, intimandomi: « Firma leggibile, niente svolazzi ».

« Perché? »

« Perché se no all'ispezione sono sanzionabile io e no, grazie. »

Obbedisco scrivendo il mio nome come avrei fatto alle elementari e gli porgo il foglio, lui imprime il sigillo e firma a sua volta. Mi sento le guance infuocate ma non mi pare che lui sia messo meglio.

« Abbiamo finito. »

« Be', era davvero una cosa breve. »

« Visto? Era solo una piccola formalità. Per quanto riguarda l'inventario... »

« Quello lo chiederemo a qualche tuo collega, non voglio che ti accolli altre scocciature. »

« Ma alla fine gran parte degli elementi li abbiamo già. È per questo che stai accettando, non lo stiamo mica facendo alla cieca. Domani, invece, puoi farti dire il nome della banca e dopo che avrò registrato l'atto potrai scoprire finalmente quanto c'è sul conto. »

« Questa cosa mi angoscia. »

« Vuoi che lo faccia io? »

« Non te lo chiederei mai. »

« Non mi costa niente. »

« Lo faccio io. Dico che mi angoscia solo perché è qualcosa su cui non ho il controllo. A te non capita? »

« Le cose su cui abbiamo un controllo sono la minoranza. Comunque, vorrei ricordarti che sulla carta, tra rustico e auto, stai ereditando circa duecentomila euro. Per quello che era il profilo di tuo zio, pur con tutti i difetti, e pure fosse stato un ludopatico, è impossibile che ci fosse uno scoperto in banca di quest'entità. »

« E dopo che ho fatto l'inventario? »

« Bisognerà aprire la successione e liquidare i creditori. Pagati i debiti che già sappiamo, e pur immaginando che il conto in banca fosse in rosso, resterebbe un'eredità di tutto rispetto. E in ogni caso, se per assurdo ci fosse uno scoperto anche superiore a quanto vai a ereditare, non lo pagherai tu, come ti ho già spiegato. Quindi, nessuna angoscia. Anzi, si festeggia. Se puoi aspettare un momento, io richiamo un paio di clienti che avevano telefonato nel pomeriggio e poi ce ne andiamo. »

Fa scattare la chiave accompagnando il movimento con un'occhiata che sembra dire: Peggio per te che non hai avuto il coraggio, mi dà una screanzata pacca sul sedere e usciamo. Mentre lui si dirige verso il suo studio, io mi fermo dalla segretaria che è già al telefono e annuncia a qualcuno all'altro capo del filo: « Le passo il notaio ».

« Vorrei pagare il mio conto. »

« Il notaio dice che siamo a posto così. »

« Ma ci sono delle spese... »

La segretaria è in imbarazzo. « Eh, ma il notaio mi ha detto che va bene così. Non deve nulla. » Per la piega che hanno preso le cose tra noi in parte era prevedibile ed è il motivo per cui vorrei esaurire del tutto l'aspetto professionale. « Domani il notaio registrerà l'atto e può tornare la prossima settimana a prendere la sua copia. »

Annuisco entrando nella cuccia rosa di Mercede, ma lui fa abbastanza presto con le telefonate e quando riemerge dal suo studio metto via il libro che avevo iniziato a leggere.

« Manfredi, grazie » gli dico, affiancandolo.

« Dovere. »

« Non è dovere, lo sai. »

« È vero. Volevo fare un po' il figo. Andiamo, dai. »

« Dove hai prenotato? »

« In realtà, non ho prenotato. »

« Ci vedo il dolo. Così non troviamo posto da nessuna parte e siamo obbligati a rintanarci in casa con un unico esito possibile. »

« Si chiama dolo eventuale. »

« Qui il giurista sei tu. »

Lui chiude il portoncino alle sue spalle e quando usciamo sulla strada lo sbalzo termico è quasi doloroso, è la settimana più fredda di tutto l'autunno.

« Il dolo eventuale si realizza quando un soggetto non cerca di raggiungere direttamente l'evento criminale ma lo mette in conto, considerandolo molto probabile, e ciononostante va fino in fondo. »

« Il tuo ritratto. Dunque, che proponi? »

« Aperitivo superalcolico e poi cerchiamo dove cenare. Quanto al dopocena siamo abbastanza d'accordo, credo. »

« Totalmente » ribatto, mentre lui mi porge il casco. « Però ho da ridire. » Manfredi corruga la fronte. « Il programma fa un po' coppietta. »

Risponde con una smorfia intrigata. « Quindi? »

« Guarda e impara. »

Prendo il telefono dalla borsa e cerco un numero di telefono su Internet. Faccio partire la chiamata e metto in vivavoce.

Risponde la receptionist di uno dei luxury hotel più fighi della città.

« Buonasera. So che chiamo all'ultimo momento ma chissà, magari avete una stanza disponibile stanotte. »

« Solo una notte? »

« Sì. »

« Una matrimoniale? »

« Esatto. »

Manfredi mi guarda sbalordito. Bene, era quello che volevo.

« Sì, c'è disponibilità. Una superior. Preferisce vista strada o vista città? »

« Vista città. E cena in camera. »

Manfredi sillaba: « Sei pazza ».

« D'accordo, confermo la prenotazione. »

« Bene. Arriviamo. »

Lascio i miei dati e, quando riattacco, Manfredi si sta mettendo il casco.

« Rachele, stai ereditando bene, ma non sei Paris Hilton. »

« Ho risparmiato sul notaio. » Lui abbassa il viso, a volte sembra così timido e in una maniera così sorprendente da farmi tenerezza. « Ma, se lo preferisci, a Natale ti faccio mandare allo studio un cesto con lo spumante e il pandoro. Scegli. »

Lui mi guarda per un istante, poi fa un passo verso di me e infine mi bacia, incurante di essere per strada, con quel tipo di febbre di quando un bacio non basta e si vorrebbe andare oltre, subito, pesantemente.

Ci sono varie spiegazioni alla base di questa condotta che avrei ritenuto impossibile fino a due mesi fa, ma credo che la principale sia che mi sto un po' decentrando da quella impeccabile ragazzina a modo che non ne sbaglia una. Con lui, che conosce il prima e il dopo, posso farlo senza nemmeno prendermi la briga di dirgli il motivo. Né, men che meno, lui deve dare spiegazioni a me. È un arco unico, con una sua coerenza, quindi no, non sono stupita da niente, neanche dal modo in cui riesce a farmi dimenticare le inibizioni e mi trasforma in una me che non ne ha mai abbastanza di lui. E soprattutto mi insegna una grande lezione: la libertà dal condizionamento di un sogno romantico è la vera libertà. O perlomeno, quella di cui avevo bisogno io.

20 Maiale e gentiluomo

L'indomani lavoro da casa con un livello di concentrazione poco soddisfacente e, quando a metà mattina mi trovo a un punto morto, decido di chiamare Milagros Vega.

La voce da contralto dell'ultima donna amata da mio zio non rinuncia a un leggero sarcasmo. « Raquele, pensavo que te eri scappata. »

« No, no. Non si preoccupi, le restituirò tutto quello che lei ha anticipato per pagare i funerali. »

« Y meno mal, porque non ho risparmiato y tuo zio Max ha avuto il funerale di un rey. »

« Parola d'onore. Però prima deve dirmi il nome della banca di mio zio. »

« Ti mando i contatti sul telefono e ti dico anche que devi chiamare la signora Agati, la direttrice della filiale, que aspettava tue notizie. »

« Perfetto. Milagros, ci sono ancora dei tempi da rispettare: prima devo fare l'inventario, poi liquidare i creditori. »

« Y porque, non sono yo un creditore también? »

« Certamente. »

« Y allora mi paghi quando paghi gli altri. »

« Va bene, Milagros. Posso farle una domanda? »

« Claro. »

« Ma lei non sapeva niente della malattia di mio zio? »

Sento un profondo respiro d'afflizione. « Anche tu, como la polizia. No. Può sembrare strano, molto strano, ma solo se tu non conoscevi Max. Lui era di quelle persone che rifiutano di essere meno che al massimo. » E con queste parole, la temperatura della telefonata si abbassa, perché lei, che pare sempre un po' la caricatura di se stessa, sembra lasciar trasparire la luce fredda di un vero dolore.

« Raquele » riprende poi, « si te servono le chiavi, yo posso dartele. »

« Della macchina? »

« Sì. Le chiavi di casa le ho ya date al padrone. »

« La ringrazio, ne tengo conto. »

In effetti, questo è un altro problema da affrontare. Immagino che esista un canale ufficiale attraverso cui ricevere formalmente i miei nuovi beni, canale di cui dovrei chiedere a Manfredi. Ma un passo alla volta: la prima cosa da fare è l'inventario e non posso procedere senza prima conoscere l'ammontare del conto in banca.

Chiamo quindi la filiale della banca indicata da Milagros e chiedo della signora Agati, la quale trova subito il tempo di rispondermi. Mentre le parlo annaffio le piantine, accendo il forno per riscaldare un paio di tortini di verdure per pranzo, raddrizzo le cornici storte alle pareti.

« Sono proprio felice che la questione si possa risolvere. A volte con le successioni ci si impelaga in problemi che durano anni. »

« Be', spero che non sia questo il caso. Io sono l'unica erede, non ho nessuno con cui litigare. »

« Ma sa, per esperienza le dico che non è mai semplice. »

« Ascolti, è in grado di anticiparmi qualcosa sul conto di mio zio? »

« Mi dispiace: prima dovrà inviarmi l'accettazione dell'eredità registrata dal notaio. Le lascio la mia mail. Una volta ricevuto l'atto, avrà libero accesso al conto. »

Fatto questo, chiamo Enrico Oddoli e do la comunicazione anche a lui, ribadendo che non avrò alcuna pretesa sulla merce acquistata dalla società di mio zio, ma che non ho dimenticato il conte Vronskij e che quindi verrò a prendermelo.

« Splendido! Ne sono felice! La aspetto. »

« Già oggi? » propongo, controllando l'agenda.

« Come vuole. Io sono sempre qui, e se non ci sono io, c'è Iris. Il conte in ogni caso non scappa. »

« Bene, allora oggi farò una passeggiata e verrò a ritirarlo. »

Nella mia casetta il conte andrà a rimpiazzare qualche vecchia stampa e farà una magnifica figura in tutta la sua misterica maestà. Sono infervorata dalla voglia di dare una rimodernata a questo appartamento, che mostra ancora i segni della lunga permanenza di Alessio. Non è che io voglia rimuoverlo, è che vorrei che anche queste quattro mura rispecchiassero la nuova fase in cui sono entrata, cominciando dal conte Vronskij e da nuovi colori. Non riesco a non sognare di finire sull'Instagram di Casamenu. Io che apro il portoncino con un cerchietto in testa del genere Kate al battesimo di Archie Mountbatten-Windsor mentre la caption recita: « *Caposervizio presso la redazione di una delle più importanti riviste internazionali di moda e lifestyle, Rachele vive a Milano in uno spettacolare bilocale in corte del Seicento arredato con spirito nordico-pop* ».

Con un ultimo *clic* congedo un pezzo sui sette cappotti che sembrano di alta moda e invece sono di brand convenienti adorati dalle londinesi e mi preparo per andare in stazione e salire sul treno per Como.

Al binario accanto al mio, una romantica locomotiva nera degli anni Trenta che collega Milano, Como e Lecco si accinge a partire con sbuffi e borbottii di un'altra epoca e di un altro mondo e io resto incantata a guardarla finché non è ora di salire sul mio treno. Prendo posto e faccio partire una playlist nelle cuffiette, osservando il paesaggio mutare dolcemente dalle aree suburbane alla campagna. Mi fa compagnia il *Tatler* che ho preso in stazione, sempre stupendamente avulso dalla realtà, e quando scendo alla stazione San Giovanni di Como ho già finito di leggerlo. Faccio a piedi il tragitto fino alla traversa in cui c'è il negozio Antiques, le cui vetrine sono già state rinnovate dal giorno del funerale di Massimo.

Quando apro la porta suona un campanellino e c'è sempre la solita piacevole atmosfera da vecchia soffitta di lusso vagamente steampunk.

La mia attenzione è attirata da un carrello bar stile impero in ottone ossidato su cui gracchia un grammofono che Iris, dopo avermi salutata, si affretta a spegnere. « Lo abbiamo appena preso, ma dobbiamo ancora metterlo a posto. Fa un frastuono... È venuta per il quadro di suo zio? »

« Sì. Il signor Oddoli? »

« È uscito proprio un momento fa, l'ha mancato per un niente. »

Be', è uguale. Anzi, forse mi risparmio un po' di logorrea, cosa che non è amabile a dirsi, ma amen. La commessa mi sembra invece un tipo molto più timido e introverso, anche se ha uno sguardo penetrante che senza volerlo può far sentire osservati.

« Senta, magari poi glielo dirà anche Enrico, ma... ha telefonato una signora, proprio oggi, chiedendo di Massimo. »

Non posso negare che l'informazione mi lascia perplessa. « Non sapeva che è mancato? »

« Eh, no, abbiamo dovuto dirglielo noi... e non è stato facile. » Iris appare ancora provata.

« Ha detto come si chiama? » le domando.

« No, ha riattaccato di corsa, sembrava davvero molto turbata. »

« Aveva un accento italiano? »

Iris conferma, ma non aggiunge altro. Da quello che ho capito, a suo modo il caro estinto era un uomo piuttosto seducente anche superati i sessant'anni ed è morto un po' come ha vissuto, cioè facendo sempre di testa propria senza curarsi delle conseguenze. Non mi sorprenderei se, anche prossimo allo stadio terminale, avesse spinto l'acceleratore sulle sue ultime cartucce.

Poi mi viene in mente un sospetto che non riesco a sopire: Carolina.

Carolina che aleggia come Grecia Colmenares in quella telenovela che piaceva tanto a mia madre, in cui tutti la credono morta ma lei non lo è.

Ma Carolina è morta, santa pace. E non credo che ci siano due Caroline Marsini di Massenzio in Francia. No, quello è solo uno spettro nella mia immaginazione evocato dalla mia ansia di aver accettato un'eredità che continuo a percepire come non del tutto legittima. Benché ovviamente sia una mezza follia: ricordo bene la definizione di Manfredi nell'atto, e me la ricordo perché mi ha colpita per la sua incisività. *In forza di legge.*

Più legittima di così?

Intanto, Iris avvolge il quadro nel pluriball. Non sarà semplice portarlo a mano in treno, ma per fortuna dispongono di borse di carta adatte anche a pezzi di grandi dimensioni ed è lì dentro che trasferisce il conte, pronto per una nuova casa e una nuova vita.

« Ecco qui » dice Iris consegnandomi la borsa.

« Grazie. »

Il conte, o forse più che altro la vecchia cornice tarlata, ha un bel peso. Me ne faccio carico con coraggio, mettendomi in cammino verso la stazione e fermandomi in una caffetteria per un tè e un muffin così da trascorrere in comodità l'attesa del prossimo treno per Milano.

Lo prendo giusto in tempo per lasciare a casa il quadro e poi raggiungere il locale nippobrasiliano preferito di Alessio, dove lui mi aspetta già seduto al tavolo.

Si alza per un composto bacetto sulla guancia e noto che ha cambiato taglio di capelli, qualcosa di non troppo vistoso ma che gli sta bene. Alle dita porta degli anelli sottili, dal mignolo all'indice.

Si rimette a sedere e mentre allarga il tovagliolo sulle gambe, come un bravo bambino beneducato, mi fissa con grande malizia prima di constatare: « Hai un succhiotto sul collo ».

Oddio santissimo. Mi sono tolta la sciarpa che doveva coprirlo. Mi affretto a prenderla dalla borsa per riannodarla e nascondere il marchio dell'infamia. Alessio fa uno sguardo sornione. « No, perché lei non era pronta a esplorare la sua libertà... e un mese dopo spunta con un succhiotto sul collo che nemmeno il conte Dracula. »

« Okay. La sto esplorando. » Eccome.

« Sono felice per te. E questo maiale e gentiluomo l'hai pescato su Tinder? »

« Facciamo che escludiamo questi dettagli dalla nostra amicizia? »

« Va bene. Anche se è un peccato. Voglio il tuo bene e ti sono amico più di chiunque altro. »

Okay, questo è vero. Ma non so se sono del tutto pronta a sentirgli raccontare i suoi approcci con altre persone e del resto non muoio dalla voglia di raccontargli quello che sta succedendo tra me e Manfredi. Cambio argomento più di una volta ma Alessio reitera e, alla fine, mi estorce la confessione e il nome.

« Ecco perché ho insistito, me lo sentivo! Hai presente quando intercetti una cosa perché ti basta fare un paio di associazioni di idee e tutto ti quadra? Chiamalo sesto senso. Ma lo sapevo. »

« Ale, ti prego. È solo un po' di divertimento che ci fa tornare indietro nel tempo. »

« Ma, ripeto, me lo sentivo. »

« Ancora? »

« Sì, perché ti metteva sempre al primo posto nelle classifiche al liceo. »

« Erano classifiche abominevoli. »

« Tu e Simona facevate le vostre. »

« No, noi ci limitavamo a dividere la classe in 'decenti' e 'indecenti'. Capirai. »

E naturalmente Manfredi capitanava gli indecenti.

A un certo punto però si adombra appena. « Ma tu... a lui lo hai mai spiegato perché ci siamo lasciati? »

« No, Ale » replico mentre mi sistemo il tovagliolo. « Io e Manfredi non parliamo granché, a parte la questione dell'eredità. E in ogni caso io ti copro le spalle, non ti vendo a tranci al supermercato. La cosa è già abbastanza delicata. »

« Ah. Grazie. Anche se, tecnicamente, riguarda te quanto me. E non me la prenderei se tu raccontassi la verità alla persona che frequenti. »

« Non lo frequento. È solo sesso. »

Ma quello che non gli dico, e che va ad aggiungersi a tutto quello che già gli ho spiegato, è che mi sentirei in imbarazzo all'idea di raccontare la verità a Manfredi. Non voglio passare con lui per la scema che non aveva capito niente.

Sovrappensiero, prende con le bacchette un maki con le uova

di pesce volante ma poi lo poggia di nuovo sul vassoio. « Rachi... Guarda che lui, di me, lo ha sempre saputo. »

Okay. Resto calma, anche se lo userei volentieri come bersaglio per i maki che ho nel piatto. « Alessio, tu mi stai dicendo che una cosa così fondamentale la sapeva un perfetto estraneo ma non la sapevo io? E chi altri lo sapeva? Che ne so, la Ciccimarra? »

« Aspetta. Ti racconto tutto. »

E mentre in me divampa la rabbia, lui prova a raccontarmi non senza una certa poesia mista a confusione di quando una volta, ai tempi della scuola, dopo una partita a basket, diede un bacio a Gabriele Martinez e Manfredi li sorprese sul più bello. Ma, per quanto ne sa, Manfredi non lo disse mai a nessuno. E se da una parte, a vederla con una certa generosità, questa può considerarsi una prova della sua integrità, dall'altra mi sento scoperta, esposta. Perché Manfredi ha sempre avuto, fin dall'inizio, gli strumenti per immaginare qualcosa su uno spazio così intimo di me che adesso condivido con lui ma non ad armi pari.

« Ma lo capisci quanto è pesante per me una cosa del genere? »

« Rachi. Falla semplice. Avrà pensato che fossi bisessuale. L'ho creduto io, non poteva crederci anche lui? »

« Sicché adesso la questione è così semplice, Ale? Non è che quindi tu mi hai mentito per quasi quindici anni? Cioè. Già al liceo hai baciato Gabriele Martinez e praticamente il giorno dopo ti sei messo con me e vuoi darmi a bere che è normale? »

« Sì. »

Non voglio finire come quelle che perdono la dignità versando il bicchiere in faccia al partner traditore al ristorante, ma ci sono vicina. « Ale! »

« L'attrazione per gli altri ragazzi era qualcosa che tendevo a respingere e a negare. Ma non ti ho ingannata, per te provavo davvero qualcosa. E guarda che gli fa veramente onore, a Manfredi, intendo, non esserselo lasciato scappare neanche adesso che siete entrati in confidenza. »

« Non siamo in confidenza. E credo di non interessargli a sufficienza per impelagarsi in un discorso del genere, anche se poi non è che parlarmi in sincerità significa sposarci domani. Per questo me la prendo. Ma in ogni caso, non voglio parlarne con te, Ale. Perché, davvero, non ti rendi conto di quanto mi ferisce sapere una cosa del genere. Mi sento stupida in una maniera che non riesco nemmeno a dirti. »

Incurante di attirarsi sguardi dagli altri tavoli, Alessio prende il tovagliolo dalle cosce, lo appallottola accanto al piatto, si alza e viene ad abbracciarmi. Stretta stretta.

« Perdonami. »

« Il perdono è una consolazione che non ti meriteresti. Serve a te, non a me. »

Scende davvero il gelo tra di noi. Mangiamo silenziosi, il brio di prima del tutto evaporato. Nessuno dei due prende un dolce e alla fine paga lui per entrambi.

Usciti dal locale, sul marciapiede, insiste per accompagnarmi a casa.

« Ale, mi passerà. Te la perdono. Ma non stasera » gli dico.

Lui annuisce. « Perdonala anche a Manfredi. Veramente, lui non ha colpe. »

A voler vedere le cose dal punto di vista di Alessio, aver mantenuto il riserbo implica sensibilità, cura e rispetto per gli altri. Tutte qualità che io, in tutta sincerità, dal gran sommo cazzone della classe proprio non mi aspettavo. E sì, forse dovrei perdonargliela senza fornire agli eventi un'interpretazione necessariamente tendenziosa. O forse dovrei lasciarmela alle spalle e basta, come tutte le cose di quegli anni, come l'aver già cambiato idea sul fatto che al liceo lo trovavo repellente mentre adesso basta solo pensarlo per sentirmi liquida. Quest'ultima insieme a tutto il resto, dicendomi che il presente continua a valere, appunto, di più di tutto il resto.

21 Nell'apparenza della realtà

Il weekend coincide con la drammatica evidenza che è ora di andare a confessare il fattaccio ai miei.

Non posso tardare oltre, non avrei scuse. Se davvero credo nelle ragioni della mia scelta, esprimerle non sarà un problema. E mio padre, quando gli avrò spiegato tutto nei dettagli, non potrà che essere d'accordo sul fatto che rifiutare una cifra così importante sarebbe stato del tutto privo di senso.

Il conte Vronskij, collocato sulla parete al posto delle vecchie stampe, se potesse ne converrebbe, o così mi piace pensare mentre il mio sguardo si riflette nel suo, volitivo e benevolo insieme. Finisco la mia scodella di yogurt e cereali e ficco nel trolley il beauty e un cambio per domani. C'è sempre un pigiama della mia taglia, a casa dei miei, insieme a un paio di pantofole: come a dire che da loro, per me, c'è sempre riparo. E ne ho bisogno: la serata di ieri mi ha lasciato addosso una sensazione di prostrazione.

Il treno non solo è puntuale, è persino in anticipo. Parcheggiati con le quattro frecce lampeggianti al solito curvone sulla sinistra della stazione di Verona Porta Nuova, Madre ha nientemeno accompagnato Padre, cosa che non succede mai, perché in genere lui fa da autista mentre lei spignatta in cucina in attesa di imbandire una tavola piena di pietanze per celebrare il ritorno della figliola prodiga. La sua presenza è dunque segno del fatto che sono pronti ad affrontare l'argomento non appena poggerò le natiche sul sedile dell'auto, perché io ho fatto la poco furba scelta di accennare un piccolo spoiler su quale sarà il tema del weekend.

E così accade, benché io semplifichi il tutto con un annuncio che non dovrebbe lasciare spazio a dubbi e interpretazioni. « Ho accettato l'eredità perché mi conveniva. Pagati i debiti mi resterà abbastanza per dare l'anticipo per l'appartamento in cui vivo. Mi conveniva » ripeto. « E punto. »

Le mani di mio padre, pelose sulle dita e sul dorso, si stringono sul volante. C'è un silenzio teso e tetro che continua a sembrarmi vagamente insensato, e che pertanto spezzo con una certa animosità. « Ce l'avete con me perché ho fatto di testa mia? Ditelo una volta per tutte e amen. Tanto, mi sembra evidente che su questa storia non mi è mai stato detto niente di chiaro. E così, ho fatto da me. »

È mia madre a rispondere. « Va bene come hai scelto, Rachele. »

A un certo punto mi viene in mente un pensiero, sfacciatamente venale e in quanto tale triste, ma che non posso non esprimere e che rivolgo direttamente a lui.

« Papà, forse pensi che dovrei ridare a te l'eredità? Del resto è tua. Hai rinunciato perché non sapevi la verità. Altrimenti non lo avresti fatto. O no? »

Che poi, ci sarebbe anche da indagare sul motivo per il quale non volesse andare un po' più a fondo, ma lo attribuisco al pessimo rapporto che aveva con il fratello. A volte, quando pensiamo di aver chiuso con qualcuno o qualcosa, dalla porta che ci separa non vogliamo che passi nemmeno un filo di luce.

« Tieniti tutto. Se l'avessi accettato, comunque, alla fine, sarebbe finito a te. Abbiamo saltato un passaggio inutile. »

« Ma magari, se avessi accettato tu, con la mamma avreste fatto altre cose. Non so, un viaggio in Guatemala? Una seconda casa sulla riviera di Ponente? O di Levante? »

Madre interviene: « Un viaggio possiamo serenamente permettercelo. E siamo felici se tu puoi comprare il tuo appartamento. È molto bellino, in effetti. Piccolo e non adatto a una famiglia, ma bellino. E poi a comprare a Milano si fa sempre un buon investimento ».

E la questione sembrerebbe risolta così, se non fosse che io insisto perché continuo ad annusare che qualcosa non va. A stranirmi, più che ciò che dicono, è proprio quello che non dicono.

E per di più è palpabile un'inedita tensione tra loro due, sono reciprocamente elettrici come se fossero reduci da una bella litigata.

Quando mio padre svolta su corso Venezia, io torno a bomba sulla questione irrisolta con lo zio *de cuius*.

« Tanta reticenza mi fa venire strani pensieri, che ne so, che in realtà sono la sua figlia segreta e nessuno me lo dice... »

Voleva essere una battuta per sdrammatizzare ma i coniugi Braganza sbottano esasperati e farfugliano una serie di cose che in estrema sintesi si riassumono con: potevi startene a Milano e dircelo al telefono.

Al che mi domando: ma non è che veramente sono la figlia segreta dello zio *de cuius*?

Scattano troppo come una molla, entrambi. Per me è un'iperbole estrema, tanto per fare l'ipotesi più assurda, ma l'affermazione li scuote e ottiene solo il risultato di farli chiudere ancora di più.

« Ascolta, Rachele » dice infine mio padre, vincendo la tentazione del silenzio offeso, gli occhi fissi sulla strada. « Qui c'è una e una sola ragione per cui non volevo e non voglio niente da mio fratello. Perché era una... personaccia. »

La parola che sceglie, non senza tentennamenti forse tesi a evitare un altro sostantivo di genere femminile ma iniziante con M, è tanto desueta che quasi suona buffa. « Ha fatto morire di dolore nostra madre » aggiunge, con molto pathos.

« Per dirla tutta tua madre, poveretta, è morta di metastasi » obietta Madre, e se non sapessi quanto gli è devota, a volte anche in maniera priva di obiettività, sembrerebbe una precisazione inacidita.

Padre raddrizza la colonna vertebrale che produce un *craaac* e farfuglia: « Lui ha accelerato il processo ».

« Certo » ribatte lei, ma senza quella dolcezza tutta sua.

Arrivati a casa, facciamo tutti un grande sforzo per rischiarare il clima. Seduti in tre a tavola, esposti alla luce ingenerosa di fine novembre, si parla di argomenti d'attualità in maniera poco appassionata. Finiamo di mangiare presto, e io sparecchio e lavo i piatti dovendo insistere perché mia madre reputa sia sempre suo dovere farlo.

Poi loro si ritirano per il sonnellino delle due del sabato pomeriggio, abitudine che portano avanti per quanto ne so già da quando ero piccola, e mentre fuori casa inizia a piovere, io lavoro a un pezzo che devo consegnare lunedì.

Dimenticare e perdonare sono la stessa cosa?

Il dubbio viene, perché è quanto sembrerebbe insegnare la parabola di Camilla Shand, già Parker Bowles, futura regina consorte d'Inghilterra. Tra gli anni Novanta e i primi Duemila è stata senza dubbio una delle donne più vituperate del pianeta, specie dopo il leak di una dirty talk a proposito di Tampax. Oggi, non più tardi di venticinque anni dopo la morte di Lady Diana, gli inglesi o hanno dimenticato o hanno perdonato. È l'oblio l'anticamera del perdono? O, forse, il punto è che non gliene importa più granché?

Dimenticare e perdonare. Forse la stessa cosa un giorno si applicherà a mio zio anche da parte di mio padre. Ma quel giorno sembra ancora lontano.

« Ti faccio un caffè? »

Mia madre è arrivata in cucina a passettini felpati, con indosso un pile adatto a temperature polari, mentre fuori mugghia e fischia quel tipo di vento che di notte spaventa i bambini e li fa correre nel lettone dei genitori.

« Grazie » dico annuendo. Poi, sia perché lo penso, sia per gratificarla, le dico: « Mami, hai fatto un lavoro meraviglioso in questa cucina ». Abbraccio con lo sguardo le pareti verde salvia, i mobili sbiancati, le porcellane bianche, i quadretti botanici vintage. « Mi dai una mano anche a casa mia a Milano, se alla fine la compro davvero? »

« Ma certo. Con piacere. »

Intanto aziona la macchinetta che fa lo stesso rumore di un martello pneumatico e mi porta un espresso profumato e pieno di zucchero.

« Senti... mi dispiace veramente che oggi in casa ci sia tensione per colpa mia. »

Mia madre fa come per guardarsi attorno. « Più tardi, appena tuo padre esce, ti do una cosa. »

La situazione è sempre più sospetta. « Mamma. Mi rendo conto che quando me ne esco con cose tipo 'non è che sono la figlia segreta dello zio?' esagero. Ma è anche un po' un modo per spronarvi, entrambi. È evidente che c'è qualcosa che non mi dite e che oggi tu e papà siete stranissimi. »

A bassa voce e circospetta, lei conferma. « Sì. È vero. E oggi infatti ti dico tutto. Anche io sono stanca di portarmi questo peso. »

E a questo punto le penso tutte. Cose che gli sceneggiatori di *Il segreto* possono solo impallidire.

Intanto, pure mio padre si è presentato in cucina, e mia madre fa un caffè anche per lui. Lei gli parla a monosillabi e lui è ancora più stitico. C'è puzza di bruciato tra i coniugi Braganza.

« Vado a comprare il pane » annuncia, poi indossa un berretto a secchiello e apre il portoncino di casa.

E non appena la porta si chiude, Madre sembra infine pronta a vuotare il sacco.

Prende una busta bianca e ne estrae un foglio, che mi porge tremolante.

Io non lo leggo, lo divoro.

È una cosa grave, talmente grave che mi prende una scarica d'angoscia che mi riduce in cenere dall'interno.

« Mamma, non dirmi che questo testamento c'era già da prima e che tu non me lo hai detto malgrado sapessi che volevo accettare l'eredità. Dammi una versione alternativa, o io non so più chi sei. »

« Io so solo che tuo padre me l'ha fatto vedere stamattina. »

« Ma perché tenerlo nascosto? »

« Non ne ho idea. Non lo capisco più nemmeno io. »

« Una spiegazione te l'avrà data, no? »

Parlo a voce bassa e spenta. In meno di cinque minuti ho perso le coordinate di una vita intera. Che se si assomma all'aver scoperto che Alessio era un criptogay, allora davvero devo pensare di aver vissuto solo nell'apparenza della realtà, e non nella realtà.

Qui, in questa casetta sulla collina di San Brendano di Clonfert, era custodito il testamento di mio zio. Il quale a questo punto, mi viene da dire, avrebbe fatto meglio a rivolgersi a un notaio e a depositarlo lì, anziché disseminare missive a destra e a sinistra sperando che le sue volontà venissero ascoltate. Perché in questo testamento mio zio lascia a Carolina Marsini e suo figlio (di nuovo) la sua proprietà qui a San Brendano e a Milagros Vega quanto presente nel conto in banca. A Enrico Oddoli lascia tutto quello che di suo è attualmente nel negozio – quindi neanche il mio amato conte Vronskij mi toccherebbe di diritto – a eccezione dell'anello con smeraldo catalogato V657 che regala « alla cara Iris ». Lascia poi in eredità a mio padre la Bentley, che gli chiede di rivendere così da saldare i suoi debiti con il ricavato e tenere il resto per sé. E infine, un pensiero per me: una collana di perle che apparteneva a mia nonna Rachele e che lei stessa gli aveva dato prima di morire, quando lui era ancora ragazzo. Atto che non era scontato, che mi commuove e mi fa indignare ancora di più.

« Mi ha solo detto che suo fratello lo ha chiamato quando ha saputo di essere malato e glielo ha consegnato. »

« E a te è bastato questo? Con tutto quello che c'è da chiedere, da capire? »

« Guarda che sono allibita pure io. »

« E continuavate a far finta di niente...! »

« Mi vergogno per lui. »

Sono devastata. Io sono stata cresciuta da due genitori che mi hanno insegnato l'onestà e la correttezza. Dove sono finiti i valori di mio padre? È bravo a predicare e poi? All'atto pratico?

« Ma veramente non ti sei chiesta il perché? »

« Perché... perché... »

« Perché? »

« Avrà avuto i suoi motivi. E forse la verità è che non li voglio sapere. »

« E allora, se lui ha i suoi buoni motivi, perché mi stai dando il testamento? »

« Perché a questo punto, avendo tu accettato, le cose vanno fatte per bene. »

« Troppo tardi, mamma! »

Lei abbassa lo sguardo, mortificata.

« Ed è assurdo » proseguo, « che non ci abbia pensato lui stesso. »

« Devi parlargli » mi dice, piano, ma risoluta.

Non doveva essere che una piccola formalità.

Certo, come no.

22 A Heathcliff, succede

In casa c'è il gelo, e non dipende da un malfunzionamento dei caloriferi.

In attesa di mio padre ho già pensato a varie cose da fare, prima tra tutte informare Manfredi. Me lo ha chiesto mille volte, se ci fosse un testamento. Non so che parole trovare per spiegargli cosa è successo. E poi mettermi sulle tracce del figlio di Carolina, anche a costo di assumere un investigatore privato.

Il foglio vergato dalla mano di mio zio è sul tavolo, accanto al mio computer in cui il pezzo su oblio, perdono e Camilla è rimasto incompiuto. Mia madre si affaccenda in casa, elettrica, ma quando mio padre rientra si interrompe bruscamente.

Il rumore della porta che si chiude ci penetra dentro e ci scuote, mentre puntiamo lo sguardo su colui che in un modo o nell'altro è l'uomo più importante delle nostre vite.

Lui risponde allo sguardo con una certa perplessità, che aumenta quando mia madre gli dice che mi ha dato il testamento.

« L'ho gestita male » è tutto quello che riesce a dire.

Si mette a sedere davanti a me e ci ritroviamo di nuovo tutti e tre al tavolo della cucina, pronti a un pasto di amarezza.

« Papà, basta che tu mi spieghi il perché. »

Ma non dev'essere semplice, specie per uno che con le parole non ci sa fare molto, come mio padre.

« Del testamento non ho detto niente a nessuno perché... »

Non riesce proprio a parlare. Mia madre va in suo soccorso mentre le mani, le grandi mani di mio padre con cui si copre il viso si fanno rosse. Lui la scansa, senza violenza, ma scortese.

« Posso parlarti da solo? » dice indicando me.

« Va bene. Vado via io. » Mia madre mi fa una pena che non posso dire a parole. E anzi, due parole dovrei proprio dirgliele, all'uno e all'altra. Ma vedi tu se una figlia a una certa età deve fare da maestrina ai propri genitori.

Quando infine siamo da soli, lui dice: « Io non volevo che Carolina venisse a sapere che Massimo le aveva lasciato qualcosa ». Non so se riesco ad affrontare questa sua improvvisa fragilità, questo suo aprirsi su un piano così intimo, lui che in certe cose non è mai stato presente e quelle rare volte che mi vedeva cercare conforto sulla spalla di mia madre perché c'erano problemi con Alessio cambiava subito stanza.

« Io non volevo » prosegue, per meglio spiegarsi, « che lei sapesse che in un certo senso, anzi, in tutti i sensi, mio fratello ha pensato a lei fino all'ultimo. »

Ecco perché non vuole mia madre presente: perché non è lei la donna che si sono contesi, lui e il fratello. È Carolina. O meglio, era Carolina. E peraltro dalle parole di mio padre desumo un fatto molto amaro: è evidente che non sa che Carolina è morta.

E lui lo dice, alla fine, lo ammette con parole sue.

« Io con tua madre ci ho provato. Ma... »

Sospende la frase ma credo di capire dove voglia andare a parare. Quindi, proprio come io ho vissuto quindici anni in una storia fittizia, lui avrebbe fatto lo stesso ma per ben più tempo, e io ne sarei il prodotto?

« Ma...? » lo interrogo.

« Io a tua mamma voglio bene e insieme siamo sempre stati felici. È questo che conta. »

« E allora, papà? Perché fare una partaccia del genere? »

« Perché comunque il passato io non l'ho dimenticato. Succede. »

Succede?! A Heathcliff, succede. Che infatti finisce pazzo a vagare per le brughiere dello Yorkshire in tempesta invocando il fantasma di Catherine.

« Papà. Non ho capito. »

« Mi pesa spiegare. »

« Pazienza: ti tocca farlo. »

« Non ci vuole molto a capire che se a me piaceva una ragazza non mi aspettavo che mio fratello se la prendesse lui. E in più, lo sai cosa le ha fatto? » Scuoto il capo, demoralizzata. « Te lo racconto io, allora. La famiglia di Carolina aveva già iniziato a perdere soldi e immobili prima della guerra... e alla fine lei viveva con i genitori in una casa in campagna, qui vicino. Però la contessa aveva ancora dei bei gioielli e c'erano anche dei quadri. Insomma, poveretti, con la dignità dei vecchi nobili si erano tenuti delle cose preziose, e cosa ha fatto tuo zio? È entrato in casa e glieli ha rubati e, come se non bastasse, ha pure causato un incendio. L'ha rovinata, Carolina. Si è trasferita in Francia con i suoi e nessuno l'ha più rivista. »

Sono sconcertata. Il furto e l'incendio li ha dunque causati lo zio Max? E Carolina era forse sua complice? Adesso, finalmente, quel suo testamento nonché tutte le sue scelte dell'ultimo anno assumono un senso.

« E lo zio ha pagato, per questi reati? »

« Vuoi sapere se è finito in galera? Sì. Ci è finito e ci è rimasto tre anni e quando è uscito era più disgraziato di prima. »

« Ma questi erano problemi dello zio Massimo, non tuoi. »

« Erano anche miei » replica, duro e perentorio come raramente l'ho sentito.

« Papà. È evidente che lui, a modo suo, voleva rimediare. Si è indebitato per comprare il terreno e il rudere della vecchia casa di Carolina con una sola motivazione: dargliela indietro. Non potevi e non dovevi metterti in mezzo. »

« Certo. Quando ha scoperto di essere malato gli è venuta paura delle fiamme dell'inferno. »

Non riesco a camuffare la mia indignazione, quindi tanto vale essere diretti. « Papà. Qualcuno te lo deve dire e non so cosa sia peggio. Non so se sei stato più meschino con la mamma per tutta la vita o con Carolina, nascondendole il testamento. »

« A volte nella vita si fanno anche brutte cose. »

« Papà, tuo fratello ti ha dato il suo testamento perché si fidava di te. »

« Anche io mi fidavo di lui, tanto tempo fa. »

Sgrano gli occhi inebetita. Lui nel frattempo si alza dal tavolo e quando gli chiedo dove va, risponde: « Aspetta ». Poco dopo ritorna con in mano un sacchetto di velluto blu.

« Eccole qui. Le perle di tua nonna. Non sono preziose, forse non valgono molto in quel senso... ma valgono molto in un altro. Te le avrei date. Questo te lo posso giurare. »

« E mi avresti detto la verità? »

Il sacchetto è poggiato sul tavolo davanti a me. Lo prendo, lo tocco e al suo interno le perle si strofinano tra loro come sassolini calpestati su una spiaggia.

« Sì. Veramente. »

« Papà... Ma perché? » In questo « perché » esplode tutta la mia sensazione di disfatta e delusione.

« Quando lui mi ha chiamato, mi ha spiegato che stava male e che gli restava poco. Mi ha detto che sarei stato io l'unico erede e che quindi tanto valeva dare a me le ultime volontà. Io, giuro su Dio, il testamento l'ho aperto quando mi hanno detto che l'hanno trovato morto. E mi è presa una rabbia, ma una rabbia... A me le rogne. A tutti gli altri generosità e gentilezza. Con me, non voleva metterle le cose a posto? Una macchina da rivendere, senza nemmeno chiedermi perdono? Per essersi preso la mia ragazza, per aver intentato nei miei confronti una causa durata anni perché diceva che avevo convinto tuo nonno a diseredarlo? Ma per piacere. »

« Ho capito, papà, ma uno la rabbia poi se la fa passare. »

« E a me non è ancora passata. » Ha il tono che sottintende: Che posso farci?

« Ma voglio solo sapere: ferma restando la tua rinuncia, prima o poi l'avresti tirato fuori, il testamento? Onestamente. »

« Ma sei un prete tu? Un confessore? È arrivato il Giudizio Universale e non me ne sono accorto? »

« I figli giudicano. »

« Bella cosa! Ascoltami bene, Rachele. Io sono stato onesto. Non l'ho nascosto per poi prendermi tutto, come invece avrebbe fatto lui. E ti ho implorata di rinunciare. Non avremmo preso niente, nel bene e nel male. Cosa se ne può mai fare Carolina di quella casa bruciata? Se l'avesse voluta, se la sarebbe ricomprata. »

Mi viene una risata amara e nervosa. « Tu non te ne sei curato, ma c'erano un sacco di cose da sistemare... »

« E perché toccava a me sistemarle? »

« Allora perché non glielo hai detto, quando ti ha chiamato? »

« Stava morendo. Non ci volevo litigare. E non pensavo che avrebbe lasciato le sue cose alla rinfusa, né che avrebbe tirato fuori di nuovo la storia di Carolina. Non lo so se l'avrei fatto pubblicare, il suo testamento. Non lo so. Mi sono detto: Poi ci penso. Magari alla fine lo avrei fatto. Mi doveva passare la rabbia e dovevo inghiottire lo scorno. »

« Massimo voleva farsi perdonare. E se veramente ha avuto un figlio? E se hai un nipote? »

Lui non mi guarda mentre risponde: « Non mi interessa. Non volevo che lei lo sapesse ».

Ha un tono così egoista e dispettoso che mi sento a disagio.

A volte pensiamo che la fine dell'infanzia coincida con il momento in cui si è entrati alle scuole medie, o con la morte di quella nonna buona che te le ha fatte passare sempre tutte. Si pensa a una fine cronologica o, molto più spesso, alla fine di un tempo benevolo.

Io, con una certa quota di sarcasmo, mi dico che ho vissuto un'infanzia lunga trentadue anni che finisce oggi, come un carillon che cade a terra e si spacca e la sua dolce musica si trasforma in una litania stonata.

Quindi, in definitiva, mio padre preferiva che gli averi di mio zio finissero allo Stato anziché alla legittima erede e al suo eventuale figlio – e nipote, non dimentichiamolo.

Per gelosia, rancore e dispetto.

Non è un criminale, chiaro. Se si andasse in galera per questi motivi, faremmo prima a contare chi resta fuori.

Non ha nemmeno il coraggio di spiegarlo a mia madre, tenendola alla periferia dei suoi sentimenti come forse fa da più di trent'anni.

Vorrei che lei fosse stata forte a sufficienza da accorgersene e magari rifarsi una vita, anche da sola.

E stasera vorrei dirle: vieni con me, mamma, lascialo con il suo rancore e i suoi sogni infranti.

Perché io non ho nessuna voglia di rimanere a dormire qui. Dico a entrambi che prendo un taxi ed è proprio un modo melodrammatico di andarmene, tanto più che quando arrivo in stazione, dissanguata da una corsa pagata cinquanta euro, li trovo lì. Sicuro che mio padre ha preso un paio di multe con gli autovelox sulla tangenziale Est per bruciarmi sul tempo.

« Vi prego. Ho bisogno di tornare a casa mia. » Forse a questo punto senza un bell'anticipo non potrò nemmeno comprarla, ma è secondario. Non si riduce tutto ai soldi, nella vita. Questo insegnamento, almeno, mio padre me lo ha dato. Lui, che il suo sogno di lavorare in tv l'ha messo sempre prima di tutto. E per continuare a viverlo, di pomeriggio cominciò a insegnare in una scuola guida per portare a casa qualcosa di più. E davanti alle inevitabili penurie entrambi hanno sempre detto: « Non si riduce tutto ai soldi, nella vita ».

Appunto.

E va detto che in questo lui è stato totalmente coerente.

« Ma la nostra *è* casa tua » sottolinea mia madre, stringendomi una mano.

« Certo, certo » dico più calma. « Ma non per stasera. Lasciatemi andare » e già guardo il tabellone delle partenze. Accanto all'ultimo treno per Milano lampeggiano già le due palline arancioni fluo, segno che entro pochi minuti partirà.

Dal finestrino li vedo lì, al binario, due anime del Purgatorio perseguitate da amarezze e fantasmi. E mi dico: Che sto facendo? Sono i miei genitori. Imperfetti. Afflitti, come tutti, da piccole povertà. Ma sono i miei genitori. Mi precipito al portellone per scendere, ma il treno riparte e, insomma, è andata così.

23 Bentornata, contessina

San Brendano di Clonfert, giugno 1983

L'autobus arancione che fa la tratta Verona-San Brendano di Clonfert si ferma davanti a piazza Martiri del Risorgimento e fa scendere una ragazza di vent'anni che ne dimostra un po' di più e che ha appena finito il secondo anno di Lettere Classiche all'Università di Verona.

Ad aspettarla c'è sua madre, con un abitino rosa cipria e un cappello di paglia che giustificano la domanda che tutti fanno come se fosse un complimento e che Carolina Maria Iacobella Marsini di Massenzio non digerirà mai: « Ma davvero siete madre e figlia? Sembrate sorelle! »

La madre la abbraccia come se Carolina di anni ne avesse dieci e le prende la borsetta, mentre lei si carica in spalla il borsone. Insieme attraversano la piazza immerse in una vasca di luce chiara che si riflette sulla pietra lucida con cui è lastricato il pavimento.

A un tavolino rotondo di fronte al bar sono seduti due ragazzi con calzettoni di spugna bianchi davanti a due lattine di Coca-Cola. Sono impresentabili fuori da San Brendano di Clonfert, sono grezzi, ma posseggono un indiscutibile non so che. Carolina li riconosce e fa un cenno con la mano, non tanto eclatante da dare nell'occhio. Sono due fratelli, Roberto, il maggiore, è più alto, porta una polo bordeaux un po' stinta e tiene tra le dita una sigaretta da cui emana del fumo che arriva fino alle narici di Carolina. Massimo, il minore, con una camicia giallo pallido con le maniche corte, non è solo più bello. È anche il suo segreto.

Massimo si mette in piedi e si precipita a prendere lo zaino sfoderando il suo miglior sorriso: « Ossequi, contessa. Bentornata, contessina ».

A Carolina batte fortissimo il cuore mentre il loro sguardo si incrocia e lui le fa l'occhiolino.

Lo scorso Natale, Massimo le ha fatto trovare nella cassetta della posta una musicassetta. Lei è corsa a infilarla nel walkman e a mettersi le cuffie: era incisa Contessa *dei Decibel e, ben lontana dal sentirsi offesa da una certa ambiguità nel testo della canzone, Carolina si è scoperta molto intrigata dal gesto.*

Roberto resta seduto e si limita a fare un cenno.

Anche se non è che l'abbia usato, ricorda a se stessa, le rimorde un po' la coscienza. Lo scorso Natale Roberto le piaceva davvero ma, quando lui le ha detto « ti amo », lei non ha mai risposto « anche io ». È ineccepibile: non ha dato, né promesso, più di quel che aveva.

Che colpa ne ha se poi ha scoperto di voler promettere, e dare, proprio a suo fratello Massimo?

San Brendano è un paese piccolo, ma non si può dire che si conoscano tutti perché, una cosa è certa, i suoi genitori preferiscono di gran lunga che lei non frequenti nessuno.

Sa chi sono i due fratelli Braganza giusto perché la loro madre, Rachele, era l'unica maestra di tutta San Brendano ed era stata anche la sua alle elementari. Carolina aveva poi fatto le medie nel paese più vicino, ma per il liceo i genitori avevano stabilito che la scelta migliore fosse la dimensione della città e l'avevano iscritta a una scuola privata con annesso collegio a Verona. A Carolina andava bene, in città si sentiva viva e si divertiva, mentre a San Brendano languiva e si struggeva di noia. Fino a quando non si era resa conto che anche nel paesino c'era del materiale molto interessante con cui giocare.

Amiche, no.

Non riusciva a farsene.

Lei e le ragazze di San Brendano si scrutavano con reciproca diffidenza. E ciò malgrado fosse una figlia unica, e una figlia unica desidera una sorella per tutta la vita e nel cercarla fa amicizia con chiunque, anche con le pietre, a volte con fin troppa fiducia.

Massimo scorta madre e figlia fino all'auto e scambia due convenevoli con la contessa sul tempo e sui turisti arrivati con i primi fine settimana d'estate.

Alla contessa piacciono le visciole? Sua madre prepara una torta fantastica con le visciole e il cioccolato bianco, può avere il piacere di fargliela assaggiare?

« Che caro. Grazie, sì » concede la contessa, il tono cortese ma distaccato quanto basta da non fargli venire in mente strane idee.

Sono intanto arrivati all'Audi 80 su cui le aspetta un neoassunto che a casa loro deve occuparsi di tutto: dei giardini, delle pulizie, dei cani, dell'auto, dei capricci della contessa.

« Carolina, lui è Washington, è arrivato due settimane fa ma non so come abbiamo vissuto senza, finora. »

C'è sempre un neoassunto, in genere di nazionalità sudamericana (« Sono i più affidabili » dice ogni volta sua madre), perché i rapporti di lavoro a casa loro durano un anno al massimo, nessuno resiste di più alla paga scarsa e alla imponente mole di lavoro offerte dai Marsini. Di tutto il ben di Dio appartenuto alla sua blasonata famiglia, suo padre ha ereditato le briciole. La villa in cui è nato e cresciuto Aleardo Marsini di Massenzio è stata la prima a cambiare nome e a finire sotto lo stendardo di un promiscuo Lord inglese, cosa per cui i sanbrendanesi non li hanno mai perdonati. Ma almeno fosse rimasto qualcosa nelle casse di famiglia dopo la vendita da capogiro... Il nonno ha dissipato tutto. Si racconta che fosse innamorato di una star di Hollywood conosciuta a Roma e che, cercando di stare al passo del suo tenore di vita e delle sue aspettative, sia rimasto senza più niente. In compenso l'attrice, a una cerimonia degli Oscar, indossava un gioiello che le aveva regalato lui e se n'era parlato anche sui giornali di cronaca mondana del tempo. La sua povera nonna intanto piangeva lacrime amare, grata solo del fatto che il marito non avesse venduto la foresteria con anche lei dentro. Ne sarebbe stato capace.

Come risultato, al padre di Carolina era arrivato poco e niente. Alla loro generazione è rimasta una dépendance in un appezzamento di terreno all'estremo confine a sudest della proprietà che oggi è di Lord Beaufoy. La loro casa ha un'esposizione fantastica, discrete dimensioni e un florido giardino, e per loro tre, dice sempre suo padre, basta e avanza. Tre più la contessa madre, amareggiata spettatrice di lontane epoche grandiose, buffa a suo modo se non fosse tragica, acciaccata nello spirito e nel fisico, cui per rispetto e riguardo è andata la stanza migliore della casa. La nonna contessa madre raccomanda sempre a Carolina, in qualunque circostanza: « Quando le cose si mettono male, tu prendi il largo ».

Il conte non ama usare il suo titolo e tutti lo conoscono solo come avvocato Marsini, appellativo che non soddisfa la contessa, benché lei stessa sappia che di quello nobiliare non se n'è mai fatta nulla e mai nulla se ne farà. Ma non ha mai corretto nessuno per averglielo rivolto.

Carolina si avvicina allo sportello anteriore ma la madre schiocca le dita e inclina la testa come a dire: Dietro, con me.

Carolina soffre l'auto e già sull'autobus ha rischiato di vomitare tre volte, ma tant'è.

« Allora più tardi vengo a lasciare la torta. »

« Non c'è fretta. Non strapazzare la tua povera mamma. Come sta, a proposito? »

Massimo si rabbuia. La madre non sta bene, il tumore al seno è tornato e la contessa ha ragione, non la dovrebbe far affaticare nemmeno per sciocchezze. Ma insomma, una torta? Che sarà mai.

« Così così » dice soltanto, che vuol dire tutto e niente.

Carolina intanto lo guarda di sottecchi. Sua madre la intimidisce troppo per permettersi di dire a voce alta che lei ha un bel ricordo della maestra Rachele e che vorrebbe passare a salutarla. Poi pensa che rivedrebbe pure Roberto e dunque meglio evitare. Si dice che dovrà affrontare il discorso con Massimo il quale, quando rubano un incontro perché lei torna dal collegio o quando lei gli telefona dalla cabina della SIP che c'è sul marciapiede di fronte all'università, non fa che dirle: « A Roberto ci penso io ». Ma Carolina ha ragione di credere che non abbia alcuna intenzione di farlo.

Roberto la fissa con rancore.

Lo sta facendo anche adesso, seduto a quel tavolino rotondo, la lattina di Coca-Cola ormai vuota.

24 Lo zero definitivo

Arrivo a casa a Milano moralmente distrutta.

Questo è il sabato sera più brutto di sempre.

Non lo rischiara nemmeno un messaggio di Manfredi.

Sei a casa?

Dovrò dirgli del testamento.

Che figura di merda. Cosa potrò inventarmi per difendere la posizione indifendibile di mio padre?

Tra l'altro, ho trascorso l'intero viaggio di ritorno esplorando il web con la mia domanda da un milione di dollari: Cosa succede se si nasconde un testamento?

E la risposta è che si diventa letteralmente *indegni* a succedere.

Articolo 463 del Codice civile, comma 5: è escluso dalla successione come indegno chi ha soppresso, celato o alterato il testamento dal quale la successione sarebbe stata regolata.

Mio padre è indegno, e non è solo un aggettivo spietato: è quello che lui è di fronte alla legge. E se terrò nascosto il testamento, che ovviamente mi sono portata dietro, sarò indegna anche io.

Sì, ma ho un po' di emicrania

Gli rispondo così perché cos'altro dovrei dire? Ho una depressione che mi sotterra?

Però, una cosa è sicura. È proprio a lui che dovrò raccontare questa bega di famiglia. A meno di non essere capace di inventarmi una scusa credibile per cui questo testamento è apparso misteriosamente proprio dopo che ho accettato l'eredità, senza dover riconoscere che mio padre è stato, sì, ecco, la parola è quella, indegno.

Accantono il cellulare e tolgo dal borsone le poche cose che mi ero portata per star fuori il weekend. Non ho per niente appetito, anzi, avverto una leggera nausea e mi preparo una delle tisane detox di Alessio rimaste in un mobile della cucina. Mi butto sul divano in uno stato psicofisico di premorte quando ricevo un altro messaggio.

Ti serve qualcosa?

Sì. Un padre decente.

Un investigatore privato.

Qualche goccina di Lexotan.

O in alternativa, qualcosa che mi faccia dimenticare di essere viva. Ho sviluppato una lieve dipendenza dal piacere fisico; ma forse è normale e non ero normale io, prima. E in questo momento non mi importa nemmeno di quell'altra questione rimasta in sospeso, quella dell'aver sempre saputo di Alessio e dell'essersi guardato dal dirmelo. In una scala di recriminazioni da lanciare a mezzo mondo, mi sembra davvero il meno. Quindi rispondo come se fossi tranquilla. Serena. La solita.

Grazie del pensiero. Tu che fai?

Soliti giri del sabato

Che si concludono dove e come?

Se è una richiesta specifica, avanzala esplicitamente. Come sai, consegno a domicilio

Hai capito tutto

Ma adesso, come gestisco la questione del testamento? Potrei anche evitare di dirglielo proprio stasera, che tanto, cosa si risolve di sabato sera? D'altra parte, come faccio a non parlargliene?

Ci penso tutto il tempo mentre mi preparo e poi però, quando lui è alla porta anche prima del previsto, non ho ancora deciso nulla.

La verità è che mi sento azzerata, sia nel senso che è come se negli ultimi due mesi il contatore della mia vita si fosse settato sullo zero per ripartire, sia perché stasera non ho forze residue.

Ho bisogno anche io dell'oblio, non meno della futura regina consorte.

E certo, vorrei anche delle risposte, ma cosa potrebbe mai dirmi Manfredi che già non so?

Gliene parlerò quando sarò pronta ad affrontare il problema. Ad ammettere che mio padre è stato scorretto. *Indegno*. Non sarò anche io *indegna*, farò tutto quello che è giusto.

Lunedì. Martedì. Presto, insomma. Ma non stasera.

E per dirla tutta non è che lui me ne lasci il tempo: quando arriva mi trascina a letto prima di dirci ciao.

Ma soprattutto, succede la cosa più tragica: subito dopo mi travolge la sonnolenza, inarrestabile come una marea montante. Per un istante sento il contatto con le sue dita, un contatto timido, esitante, un contatto di estremità, nel senso che non è quel quadretto in cui scivolo tra le sue braccia. Anzi, è proprio la distanza a rassicurarmi e a far rompere gli argini alla brutalità della mia stanchezza.

A svegliarmi, a tirarmi fuori a forza da questa apnea, non è la pacifica inerzia della domenica mattina, né la sazietà del riposo. È Manfredi stesso, senza nessuna gentilezza.

Il testamento, cazzo.

« Cosa devo pensare? »

« Cosa devo pensare io, piuttosto. Frughi tra le mie cose mentre dormo? » Perché è vero che sono sciroccata ma non fino al punto da dimenticare il testamento in bella vista.

« In realtà volevo lasciarti un biglietto prima di andarmene, visto che sei entrata in coma. »

E in effetti io l'avevo riposto in un cassetto della scrivania dove, è vero, istintivamente avrebbe cercato della carta.

« Se ti dicessi che l'ho avuto soltanto oggi? Mi credi, vero? »

« Rachele, comunque non è che in tutto oggi ti sia mancato il tempo di dirmelo. »

« Prima ho dovuto digerire che mio padre l'abbia nascosto a me. Ma te lo avrei detto. »

« Quando? »

« Quando sarei stata pronta. »

Manfredi si siede sul ciglio del letto e a me sembra quasi un buon segno: sta capendo.

Ma, dopo una deprimente eternità, dice: « Qui, la questione è su due piani. Sono settimane che ti aiuto con questa cazzo di storia. Sono coinvolto come notaio prima ancora che come persona che occasionalmente ti scopa. Me lo dovevi dire subito, non appena ho messo piede in casa tua ».

Lo fisso arrabbiatissima. E non so per cosa di più. Perché mi ha rinfacciato di avermi aiutata? Per la screanzata imperiosità del « me lo dovevi dire subito »? Ma credo che la coltellata più ferale sia: « Occasionalmente ti scopa ».

« No che non dovevo. E comunque, signor notaio, che fai, annulli la mia accettazione di sabato sera? »

« Mi duole contraddirti » replica pieno di sarcasmo. « Ma la tua accettazione non si annulla. Sei a tutt'oggi erede di una Bentley e cosa tu debba farne è anche abbastanza chiaro. »

« Quindi dov'è il problema, per te, all'atto pratico? »

« Ti dice niente la parola 'correttezza'? »

« Sì. E so di avere sbagliato. Ma sto cercando di spiegarmi e sei tu che non stai capendo niente. »

Si alza e punta la porta, mentre io mi rivesto con una furia incendiaria, affrettandomi a inseguirlo. Mentalmente mi avrà già archiviata, ma io non ho ancora finito.

« E comunque, 'uno che occasionalmente ti scopa' te lo potevi risparmiare... »

« Ma perché, non è così? Andava bene a te. Andava bene a me. O all'improvviso no? »

Non rispondo.

Ha ragione, non abbiamo fatto altro che dirci questo, ma è vero che non mi aspettavo niente, ma proprio niente di più?

« O no? » incalza lui, fissandomi negli occhi.

« Dio me ne scampi a volere qualcosa di più da te, Manfredi. »

« Appunto. »

« Tanto per fare un esempio, lo sapevi da prima di me che Alessio è gay e hai fatto finta di niente. »

Manfredi sgrana gli occhi. « E questo che c'entra? »

« C'entra. »

« Ma cosa dovevo fare? Che ne potevo sapere se te l'aveva detto, o no? D'altra parte, anche tu te ne sei guardata dal dirlo a me. O sbaglio? » Davanti al mio silenzio, che sciaguratamente gli dà ragione, lui aggiunge: « Non ti volevi sentire umiliata. E io questo ho fatto: non ti ho umiliata ».

« Che ragazzo di cuore. »

« Comunque, Rachele, il concetto mi è chiaro: a te non bisogna fare del bene, tu non lo capisci. »

Inorridisco. Ma per chi mi ha presa? « Guarda che non ho proprio bisogno che tu mi faccia da benefattore! Però sai che c'è? Il problema è mio: io ti conoscevo. L'ho sempre saputo che sei una persona superficiale. Mi sfottevi per tutto e persino per il lavoro di mio padre, Dio santo. 'Che tempo fa domani, Braganza? Hai l'anticiclone delle Azzorre oggi, Braganza?' Me lo ricordo come se fosse ieri. Uno così che adulto può diventare? »

« Hai rotto. Avevo diciassette anni, che pretendevi? » Ma poi, in punta di fioretto, la stoccata finale. « Preferivi che fossi come Alessio? Era perfetto, Alessio, come no. »

« Ecco. Non sei cambiato. Ovvio. »

« Ma se avevi un'opinione così bassa di me allora perché mi hai cercato? Ci sono cinquecentosettanta notai a Milano, che cazzo, pure troppi, perché sei venuta da me? »

« Perché sono una deficiente e mi cerco i guai. »

Manfredi continua a fissarmi tenendomi sul filo dell'angoscia.

« Ho un'ultima cosa da dirti, e te la dico da notaio. Devi far pubblicare il testamento. E velocemente. »

« E chi lo pubblica? » chiedo d'istinto, pentendomene due minuti dopo, perché anziché dargli la soddisfazione di risolvermi un dubbio, piuttosto me lo tenevo.

« Un notaio » risponde e in realtà quasi gli viene da ridere.

« Uno qualunque... O per forza tu? »

« Sarebbe più logico e sensato che lo facessi io. Ma puoi fare quello che vuoi. »

Piena di dignità, per quanto possibile quando mi rendo conto di avere la camicia al contrario e la patta dei jeans aperta, gli rispondo: « Per carità. Non vorrei costringerti a farmi ancora del bene o a fare lo sforzo di capire come mi sono sentita io per prima, quando ho scoperto l'esistenza di un testamento che mi era stato nascosto. Da mio padre, per giunta. E che magari mi vergognavo a dirtelo. Ti ringrazio per la disponibilità » lo blocco, infervorata, mentre sta provando a ribattere. Ci penso un attimo, peso ogni parola che sto per dire e alla fine la scaravento lì, tra di noi. « Ti farò sapere se avrò ancora bisogno di te, per pubblicare il testamento o, *occasionalmente*, per farmi scopare. »

Davanti al portoncino, concentra in sé incazzatura e desolazione. Abbassa la maniglia e dice: « Buonanotte, Rachele ».

Ma mi risuonerà paradossale: mi si spalanca davanti, peggio di una voragine, una terribile, eterna, notte insonne.

Lo zero definitivo che resetta tutto, stavolta davvero tutto.

25 Chi è il vero Manfredi?

Aprile 2007

I genitori di Manfredi e Mercede sono fermi davanti a un semaforo, a bordo della loro Volvo. La madre tira fuori dalla borsa il rossetto e se lo passa sulle labbra, mentre il padre mette la freccia per girare a destra, verso il Liceo Parini.

Sono stati convocati dal preside per ritirare i gemelli. A quanto pare, Manfredi è stato sospeso per un'intera settimana.

« Ci stanno totalmente sfuggendo di mano. »

« Non riusciamo a stargli dietro. »

« Era meglio rimanere a Palermo. Qui, soprattutto Mercede, non riesce ancora ad ambientarsi. » Implicitamente, la madre ne attribuisce la colpa alla figlia: insomma, sono trascorsi già cinque anni da quando si sono trasferiti.

« Bisogna capire cosa gli è passato per la testa » conclude il padre, che tra i due è quello che in genere è più propenso a dare fiducia a Manfredi, riuscendo a scorgere nel figlio le poco visibili qualità. Con una botta di fortuna, si infila in un parcheggio da cui sta uscendo un'altra auto.

« Gloria, ascolta, facciamoglielo pesare il giusto » dice, un istante prima di varcare il portone della scuola. Lodevoli intenzioni, ma riuscirà a mantenere i buoni propositi? Alle loro spalle, due operai stanno lavando gli scalini di marmo su cui il sostituto procuratore Malacarne riesce ancora a leggere una serie di epiteti rivolti a Mercede che gli spezzano il cuore. Non c'è il cognome ma dubita che ci sia un'altra Mercede in tutta Milano: sua figlia porta il nome della Madonna della Mercede, oggetto di grande devozione nella loro città natale che è Palermo. Ed è il nome della nonna, perché entrambi sono stati chiamati in onore dei genitori dell'illustre magistrato.

Li fanno accomodare in una sala d'attesa e lì, dopo qualche minuto, arrivano i gemelli.

Il giubbotto di Mercede le tira sulla pancia e sui fianchi, nota la madre, che però non si accorge dell'espressione di assoluta disperazione che sua figlia ha sul viso.

Il sostituto procuratore si alza e abbraccia la figlia. Manfredi resta in disparte, mortificato, con lo zaino sulle spalle curve, in attesa che qualcuno gli dica qualcosa. E in effetti il rimprovero non tarda ad arrivare. « Con te facciamo i conti dopo » annuncia sua madre, e lui fa un gran sospiro.

« Io non sono pentito. »

La madre lo fulmina con lo sguardo. « Una rissa nei bagni, Manfredi... ci aspettiamo di meglio, da te. »

« Non capisco su che base. »

« Non studi, non lavori... »

« Non vado al cinema, non faccio sport » la interrompe lui, ma la madre non coglie il riferimento alla canzone e gli molla uno scappellotto dal basso, perché ormai lui la supera di venti centimetri buoni, nonostante i tacchi che lei non manca mai di indossare.

Escono da scuola. Alla finestra della terza A sono affacciate Rachele e Simona, gli fanno un saluto con la mano; Simona si arrischia a dirgli qualcosa che però lui non riesce a sentire. Risponde con un cenno e una strizzatina d'occhio, poi si siede in auto e viene investito dalle recriminazioni della madre che gli cadono addosso a pioggia.

« Ma che ti pare che siamo nell'Ottocento, che ci si sfida a duello per l'onore offeso? »

Manfredi non risponde. La questione dell'onore non gli è neppure passata per la testa. A lui semplicemente dispiaceva per sua sorella, che guarda fuori dal finestrino ma gli stringe forte la mano, lì sul sedile posteriore.

Mercede odia dannatamente questo suo maledetto corpo. Lo affama e poi lo ingozza, si abbuffa e subito dopo si sente debole e sporca. Ogni giorno si dice: « Oggi mangerò normalmente ». Ma non mantiene più le promesse, nessuna. Ha provato a infilarsi due dita in gola un paio di volte ma i singulti dello stomaco la spossano, non ha quindi nemmeno l'amnistia del vomito. E, intanto, nessun vestito le sta più.

« Almeno non è un picchiatore fascista » osserva il sostituto procuratore Malacarne.

« Comunque » interviene la madre, che non si cura di quali siano le alternative peggiori, « abbiamo fissato un appuntamento da una psicologa, ci andate tutti e due già domani. »

« E che cazzo, però... » risponde Manfredi. « Quello che dovreste fare voi, ma non lo sapete fare, lo delegate a una psicologa. »

« Su una cosa abbiamo sbagliato di sicuro: l'educazione non abbiamo saputo insegnartela. » È il padre a parlare.

« Posso dire una cosa io? » chiede Mercede, a voce bassa.

« Parla a voce più alta, tesoro » le dice la madre.

Mercede la prende fin troppo in parola e quasi urla. « Le ragazze mi avvicinano solo per arrivare a mio fratello. I maschi mi trattano come usa e getta. »

« Ti hanno presa di mira » dice la madre, con tono lagnoso.

« Non so perché. Non so cosa non va in me. Ma io vengo bullizzata. E alla fine, a essere sospeso è stato mio fratello. A me non quadra. »

Il sostituto procuratore Malacarne considera che, dopo tutto, sua figlia non ha tutti i torti, ma risponde: « Ovvio, se tuo fratello s'infila in risse nei bagni della scuola. Ringraziamo Dio che nessuno si sia fatto male ».

« L'ha fatto per impedire a Riccardo di scrivere da qualche altra parte che sono una troia. O, se per questo, che lo scriva a qualcun'altra. »

« Non è il modo e penso che ve lo abbiamo insegnato. »

Manfredi scuote la testa come a dire alla gemella: Lascia stare. Lo aspetta una sospensione, e ha già deciso che ne approfitterà per alzarsi più tardi, tanto a casa non c'è nessuno tutto il giorno. Sospensione o vacanza? E se un giorno Barbara bigiasse la scuola per andare da lui? Non male come idea, le manderà un messaggio per proporglielo.

Intanto in classe, mentre sono ancora affacciate alla finestra esposta al primo sole primaverile, Simona attira l'attenzione di Manfredi poco prima che salga in auto e gli urla: « Mio eroe! »

Rachele le dà una gomitata. « E su. Ci manca solo che si gasa. »

« Sentiremo la sua mancanza. »

« Una settimana sai come vola? »

« Sai che noia. »

« Parla per te. »

« E comunque Mercede è fortunata. »

Rachele trasecola. « Fortunata? Non la invidio, Simo, proprio no. E non dovresti nemmeno tu. Da un po' Mercede è sfasata. »

Simona arrossisce e abbassa lo sguardo. « Ehi. Simo. Che c'è? »

« Niente. È che Riccardo... se lo merita, ecco. E non solo perché ha scritto 'Mercede troia' sui gradini della scuola. »

Rachele si insospettisce. « C'è qualcosa che non so? » In effetti le viene in mente che il sabato precedente, in discoteca, ha notato che Simona ballava con Riccardo e poi per un po' l'ha persa di vista. Non è che...

« Non te lo voglio dire. »

Rachele si risente a morte. « A me?! Ma perché?! »

« Perché tu non puoi capire, certe cose non le faresti mai. Tu hai Alessio. »

« Oh, voi due alla finestra! Braganza, che sei, Giulietta?! » esclama la Ciccimarra, appena entrata in classe. Le due ragazze si voltano e si dirigono verso il banco, ma Rachele si impone di approfondire l'argomento più tardi. « Romeo non lo vedi per una settimana intera. Che è, ti dispiace? »

Rachele sgrana gli occhi. « Proprio no, prof. »

« E meno male. »

In realtà, cosa che non ammetterebbe mai nemmeno sotto tortura, c'è che si è quasi abituata a Manfredi. Gli insegna un po' di fisica e lui sembra persino grato. Ma poi davanti agli altri ridiventa coglione a un livello tale che lei si rimangia qualunque ipotesi di simpatia. E si chiede, chi è il vero Manfredi? Quello che sa essere persino gentile o il deficiente che la prende in giro?

Rachele intanto spia Simona, china sul libro a pagina 82.

« Simo » le sussurra, « che ti ha fatto Riccardo? »

Simona scuote la testa. Non è poi così importante. Sa solo che, al posto di quello di Mercede, lui avrebbe potuto scrivere il suo, di nome. Ma in quel caso, per l'appunto, non sarebbe importato a nessuno.

26 In ordine di gravità

La domenica mattina recupero le ore perse per l'insonnia e mi metto in piedi a un orario da viveur nullafacente.

Il mio telefono segnala dieci chiamate senza risposta.

Non mi sfiora nemmeno l'ipotesi che tra di esse ce ne sia almeno una di Manfredi: le chiamate infatti provengono tutte da mia madre, che mi affretto a richiamare prima che le venga un infarto.

« Mamma, mi sono semplicemente svegliata tardi. »

« Ma per come te ne sei andata ieri... A tuo padre è venuta una botta di gastrite e ha dovuto prendere il Piromal. Stavamo per metterci in auto e venire a Milano. »

« Mi dispiace... »

« Senti, lo facciamo lo stesso... noi siamo già pronti, se ci aspetti pranziamo insieme... »

Sono la più crudele, egoista e tremenda delle figlie. Uno si riproduce pensando che così non passerà la vecchiaia in solitudine e sarà attorniato da una nidiata di nipotini, e invece si ritrova una figlia come me. Ah, la vita. Ma è pur vero che mio padre me l'ha fatta grossa. Ho bisogno dei miei tempi, anche con lui.

« Mammina, devo lavorare tutto il giorno. E tra l'altro... non è che possiamo fare come se non fosse successo niente. »

« Lo so. Lo capisco. Hai ragione. »

« E tu, mamma... » Non so bene dove e come trovare le parole, ma gastrite di mio padre o no, quel che penso lo devo dire. « Non puoi farti andare bene certe cose. »

« Non pensare a me. »

« E invece ci penso. »

« Non credere che tuo padre mi abbia nascosto... » Resta in silenzio e io non l'aiuto. « Nascosto Carolina. Non mi ha presa in giro, non crederlo così cattivo e falso. »

« Mamma, io mi sento circondata da cose che credevo fossero in un modo e invece sono all'opposto. Sono frastornata. »

« Veniamo. »

« No, ti ho detto. Ci vediamo il prossimo weekend, promesso. »

Non molto convinta, Madre accetta il dato di fatto e riattacca chiaramente amareggiata.

Nel frattempo, io rovisto nel freezer alla ricerca disperata di una busta di fagiolini, di spinaci, di pane surgelato, insomma di qualunque cosa con cui arrangiare un pranzo, ma mi rassegno al deserto e ordino una consegna a domicilio, che rifiutavo per principio perché mi ricorda chi non mi dovrebbe ricordare. E quando penso che sia arrivata in anticipo, benché l'app segnali che l'ordine è ancora in preparazione, in realtà dietro il portoncino trovo...

Alessio?

Gli apro, abbastanza stranita. Un'improvvisata così, senza nemmeno chiamare, non è da lui. A parte la rivelazione inattesa del suo orientamento sessuale, Alessio è la persona più prevedibile mai apparsa sulla faccia della Terra – e mi piaceva anche per questo.

« Sorpresa! » esclama, con una mossa da soubrette. Si percula da solo, ormai.

« Ma che ho fatto di male, io. »

« Tua madre è preoccupatissima. Mi ha chiamato per venire a controllarti. »

Lo precedo e mi vado a tuffare sul divano.

Lui si toglie la giacca e si muove come fosse ancora a casa sua, viene a sedersi accanto a me e mi accarezza dolcemente i capelli. Chiudo gli occhi e mi godo le coccole come se fossi una gattina appena raccolta dalla strada.

« Che succede? »

« In ordine cronologico o sparso? »

« In ordine di gravità. » Ho appena aperto la bocca per rispondere, ma lui mi interrompe. « Per piacere, non includere nemmeno all'ultimo posto che io ti ho lasciata, perché ti ho fatto un favore. »

«Tutti del bene, mi fate.» È un lagnoso sussurro, il mio.

«Eh?»

«Lascia stare.»

«Dai. Apri i rubinetti. Sfogati.»

Gli parlo del testamento, di mio padre e del fatto che ora mi ritrovo erede di un'automobile d'epoca che devo vendere per pagare i debiti. La destinataria della casa potrebbe essere morta e del suo presunto figlio non si sa niente.

«Ma Manfredi non ti può aiutare?»

«Non tocchiamo questo tasto. Sono colpevole di lesa maestà perché pretendeva che gli dicessi del testamento un minuto dopo averlo scoperto.»

«Mentre tu glielo hai detto dopo... quanto?»

Più che dopo *quanto* il problema è dopo *cosa*, ma non sono pronta a entrare nello specifico.

«Non gliel'ho detto, l'ha scoperto lui. E comunque, a modo suo, si è offerto di pubblicarlo, il testamento originale.»

«Vedi. Alla fine è sempre gentile. Che ti frega, faglielo fare.»

«Ho una dignità.»

«Avete avuto la vostra prima scaramuccia? *So cute.* Ma non c'era quella canzone, *Break up to make up*...?»

«Ale, veramente, non è aria.»

«Te ne insegno una, da amico. Coltivare aspettative su un certo tipo di maschio è sciocco ai limiti del perverso.»

Suona il citofono e stavolta è veramente il pranzo.

«Non hai ancora mangiato?»

«Sono totalmente sfasata.»

Alessio si alza dal divano e si fa consegnare il pacchetto, che scarta e versa nel piatto.

«Che facciamo, questo pomeriggio?» mi chiede, mentre io affondo la forchetta nei noodles.

«Vale qualunque cosa?»

«Datti un limite, però.»

«Andiamo al cimitero?»

«Al cimitero? Quindi, tua madre aveva ragione a essere preoccupata.»

« Sono seria. Andiamo a trovare Simona? »

Alessio poggia i gomiti sul tavolo e le mani sotto il mento e mi scruta. Sembra uno psichiatra che decide di arrendersi. « Ma perché vuoi farti del male? »

« L'ho sognata stanotte. Io a queste cose ci credo. Se mi chiedi cosa voglio fare questo pomeriggio, ecco la risposta. »

Nel sogno, Simona mi ha consolato proprio come faceva in vita, nella sua maniera un po' sgangherata ma con tanta partecipata dolcezza. E poi c'era la dimensione surreale dell'onirico, per cui io ero del tutto consapevole che fosse morta e pur tuttavia non mi straniva che, mentre mi parlava, fosse anche intenta a innaffiarmi le piante.

Se lei è venuta a trovare me, il minimo che possa fare è andare a trovare lei.

È un pomeriggio tutt'altro che allegro e il clima natalizio dilagante in anticipo si estende ovunque meno che al cimitero, dove non c'è nessuno a festeggiare l'Avvento e, anzi, è proprio in questo periodo che chi è rimasto sente più forte e bruciante la propria disperazione.

Il sorriso di Simona nella foto scelta dai suoi è il suo più bello e confortante, contagioso come lo ricordo io. Forse per le fossette. Chissà. Come vorrei poterla abbracciare forte, con quella fisicità di quando si è ancora mezzi bambini e che poi un po' si perde, anzi, ora che ci penso lei è l'ultima amica con cui ho dormito o che mi ha tenuto stretta la mano quando ne avevo bisogno. Le dico grazie per averlo fatto così tante volte e in qualche modo anche stanotte, varcando la soglia del mondo dei vivi attraverso la porta del mio inconscio.

Nel vaso di cristallo opaco ci sono già delle rose bianche fresche, provo a fare spazio ai miei fiori senza rovinarle. Ecco fatto, che bel mazzo.

« La vita è veramente una merda » commenta Alessio, come se l'incidente fosse successo ieri. E in fondo non è così? Quando una perdita è tanto inaccettabile e insensata, la sua gravità non si ripete ogni giorno fino all'eternità? « Però, forse » aggiunge, piegandosi sulle ginocchia accanto a me e sfiorando la foto di Simona con le dita, « c'è qualcosa da imparare. »

« Cosa? »

« Boh, varie cose. Non perdere tempo, non dare importanza a cose che non ne hanno... Tutta roba che sappiamo e che troviamo scritta ovunque ma cui poi non pensiamo più fino a quando non arriva lei. La signora Morte. »

« Sì, però non si può nemmeno vivere collezionando errori in funzione della morte. Della serie vabbè oggi faccio 'sta stronzata perché non si sa mai che poi domani muoio. »

« E invece il senso forse è proprio questo. »

Non sono nemmeno le cinque quando il cielo inizia a farsi buio, un ultimo pensiero ed è ora di andare.

« Ti riaccompagno a casa » mi dice Alessio, davanti all'ingresso della metropolitana.

« Ma non ti viene di strada » obietto.

« In realtà poi... mi vedo con uno da Égalité. »

« Ah, allora okay. Bene. Sono contenta per te! » E in effetti, se qualcuno mi avesse detto che sarei riuscita ad accettarlo senza soffrirne, non ci avrei mai creduto.

« Fino a un certo punto: non sai che maschi tremendi ci sono in giro. »

« Benvenuto dall'altro lato della barricata, tesoro. »

Non è che se un problema non lo affronti, quello si risolverà da solo.

Tecnicamente, non sono tenuta a capire cosa ne è stato di un presunto figlio di Carolina Marsini di Massenzio. Se mai avessi l'ardire di chiederlo a Manfredi lui me lo confermerebbe. Come pure non compete a me scoprire se ci sono altri eredi che le succedono.

Però è esattamente quello che faccio quando mi metto a cercare qualche altra notizia sulla famiglia nobile di San Brendano. A parte i soliti gossip sugli inglesi dell'Est Veronese, quello che scopro è che non esistono più conti Marsini di Massenzio, almeno stando al web. La famiglia si è estinta con la morte del padre di Carolina nel 2011 perché la concessione originaria del titolo non prevedeva il passaggio alla linea di sangue femminile – e figurarsi. Ma poiché comunque dal 1948 in Italia i titoli nobiliari non sono più riconosciuti, a quanto pare in linea teorica Carolina può farsi chiamare contessa quanto pure imperatrice. Non vale di più che se lo facessi io, figlia di famiglia proletaria.

C'è quindi da ritenere che la casa e il terreno siano stati venduti dal suddetto padre. Da quali mani sono passati, dopo che il conte se n'è disfatto e fino al momento in cui se n'è appropriato lo zio *de cuius*? E soprattutto, l'unica motivazione era quella di farsi perdonare da Carolina? Cosa è successo davvero la fantomatica notte in cui la casa è andata a fuoco?

Le mie indagini amatoriali girano un po' in tondo e a vuoto e se le cose fossero diverse chiederei a Manfredi se gli atti di compravendita immobiliare sono pubblici, e dove eventualmente cercarli. Ma se il prezzo da pagare è chiedergli un piacere, sarò costretta a tenermi la curiosità.

Quanto rosico.

27 Vorrei salutarti come si conviene

« Era bello il pezzo su Camilla e l'oblio, molto... come dire, di cuore » commenta Irene.

Mi ha convocata nel suo studio e a questo punto sono abbastanza sicura che abbia un responso da darmi, sia esso positivo o negativo.

« Ero ispirata. » Cerco di assumere un tono spumeggiante, ma sono in preda a uno strano stato d'animo.

Suona il suo telefono, e io resto parcheggiata immobile a lasciarmi inebriare le narici da un diffusore con i bastoncini dalla fragranza raffinata ma un po' pungente.

Che poi, in realtà, quando la comunicazione arriva, poco dopo, non provo niente di niente.

La gioia o la delusione erano forse più che altro anticipatorie? Una parte di me sapeva già come sarebbe andata a finire e dunque alla fin fine non provo nessuna sorpresa? E soprattutto, in che caverna emotiva mi trovo, se non sono in grado di gioire per una cosa simile?

« Bisogna che facciamo un passaggio alle Risorse Umane per capire se ti sta bene la nuova posizione economica. »

« Be', non ne farò sicuramente una questione di soldi... »

« E invece sì, devi. Perché il tuo lavoro aumenterà, e di molto. E devi esserne consapevole. » Irene mi porge la mano. « Congratulazioni! »

È solo nel momento in cui stringe la mia che sono pervasa dalla potenza di questa conquista. Il mio primo vero passaggio di carriera, perseguito attraverso qualunque strumento possibile ivi incluso il votarsi alla benevola protezione delle sfere celesti. Ed eccola la felicità, di botto, la gran ritardataria che arriva e mi scioglie.

« La scrivania, almeno per il momento, resta la stessa » mi dice Irene, come a mettermi in guardia che non avrò un ufficio da sola, nemmeno un cubicolo. Resto quindi nell'open space ad attirarmi il malocchio di Arianna. Bene.

« Ho in mente cose bellissime che potremo fare insieme per *Chic&Glam.* »

« E io non vedo l'ora » rispondo. « Pensavo, per esempio – e a questo punto te lo dico – che potremmo lanciare un nuovo contenuto per l'edizione digitale: nove eroine della letteratura che vanno in terapia. Ne potremmo fare anche un podcast letto da attrici vere. »

« Il numero dispari era una fissazione di Aleksandra. Possiamo farne a meno. »

« Come vuoi. Ogni settimana una puntata e si parte da Anna Karenina con l'amore ossessivo. Dev'essere proprio come una specie di seduta di analisi e parla Anna in persona. Poi Madame Bovary, poi Jane Eyre... »

« Oddio, nel caso di Jane Eyre in terapia dovrebbe andarci Mr Rochester. »

« Comunque, lo scriveremmo con una psicologa qualificata, ovviamente. »

« Che idea originale. » In realtà, non proprio: l'ho rubacchiata da Instagram, solo che lì era un video comico, mentre noi faremmo sul serio. « La psicologa vedi di farla collaborare gratis. Scrivi una scaletta e un esempio di articolo. »

« Volentieri. »

E mentre esco dalla sua stanza per andare dritta all'ufficio del personale mi chiedo, un po' perplessa: Cos'è cambiato rispetto a prima? Ogni mia idea è sempre in prova. In questa piramide del potere, quand'è che alla fine decido da sola?

Il rumore di un tappo di bottiglia mi fa saltare.

« Alla nuova caposervizio! »

Le colleghe della redazione l'hanno già saputo, anzi, evidentemente lo sapevano prima di me e mi circondano per darmi un abbraccio e congratularsi. Tra loro anche Arianna, che sa fare buon viso a cattivo gioco e che mi versa personalmente lo spumante nel bicchiere di plastica.

« L'avevamo capito tutte, qui, ma tu negli ultimi giorni sembrava avessi proprio la testa altrove! » È Marta a parlare, poi Nicole aggiunge: « L'abbiamo saputo ieri sera da Aleksandra, ma hai visto, siamo state brave... » e Samira, nel frattempo, tira fuori dei pasticcini.

« Bravissime » commento sorpresa da tanta carineria. Ognuna delle colleghe è gentile, ma in sé non è una redazione tanto unita. Abbiamo una chat in cui ci limitiamo a comunicazioni editoriali, a scambi di contatti e agli auguri di Natale.

Arianna si avvicina con il bicchiere di plastica in mano. « Sarò sincera, è ovvio che sono delusa. Penso sia umano. Come si fa a evitare la competitività? »

« Apprezzo la sincerità, davvero. Preferisco questo a dei complimenti falsi. »

« Ma quelli te li faccio lo stesso. Te li meriti. Non più di me, ma sì. Almeno questo. Per il resto, parliamoci chiaro: chi è che gode per i successi degli altri? Non riuscirò mai a essere felice per gli altri, è inutile che mi ci forzi. Ma, a differenza di tutti, io lo ammetto. Cin » mi dice avanzando il suo bicchiere. « Come festeggi? »

Bella domanda. Come festeggio? « Non abbiamo gli inviti per l'inaugurazione di quel locale fighissimo nella Liberty Tower? »

« Ma io infatti ci vado. »

Ecco, lo avevo accantonato pensando che in un martedì di novembre non sarei uscita di casa nemmeno con le cannonate. E invece.

« Andiamo insieme? » le propongo.

Va detto che in serata sono lì lì per tirarle il bidone, ma poi mi dico: Una ragazza deve pur vivere, no?

Prendo la metro rossa avvolta in un cappotto teddy avanzato dal campionario di due anni fa che mi regala almeno cinque chili in più e, scesa davanti alla Liberty Tower, mi dico che questa città sembra sempre più la sorella minore di Londra o New York. E come tale può anche farti sentire una sfigata, ma in media ti fa sentire eccezionalmente viva.

L'appuntamento con Arianna è all'entrata, dove io staziono in attesa, con l'invito patinato così largo che sporge dalla borsetta troppo piccola. I piedi mi si stanno letteralmente congelando ma non è niente in confronto a quando vedo una motocicletta familiare parcheggiare qui di fronte. Scendono in due: uno è Manfredi, che come prima cosa si toglie il casco integrale e si sistema i bei capelli castani, l'altra è Giulia Iaronni.

Okay, io ho preso il posto, lei si è presa Manfredi. O forse ce l'aveva già da prima. Il karma si è messo in equilibrio con una prontezza tale che, se venisse applicata sempre, il mondo sarebbe un posto parecchio più giusto.

Si avvicinano all'ingresso, quindi a me. Se era prevedibile incontrare lei, lo stesso non posso proprio dire di lui.

« Ma che bello! Ciao, Rachele! » esclama Giulia, tutta amabile.

Io, che ho avuto appena il tempo di digerire l'orrore, sorrido nel modo più falso che posso e saluto entrambi nella maniera più naturale possibile.

C'è un discreto andirivieni tra la torre e l'esterno, e in questo flusso umano quella socialite di Giulia conosce tutti, mentre Manfredi no. E dunque, in mancanza d'altro da fare, lui fissa me.

E io fisso lui. Con odio.

« Ho saputo che hai preso il posto di Aleksandra. È esaltante! » mi dice Giulia. Se non altro, sa abbozzare.

« Che posto? » L'interesse di Manfredi sembra resuscitato.

« Rachele ha avuto una bella promozione che quasi quasi le invidio un po' » risponde a lui ma continuando a guardare me.

« Stupendo » commenta Manfredi. Sorrido e ringrazio con timidezza.

« Sali con noi? » domanda Giulia, persino gentile. Non posso fare a meno di notare che non si tengono per mano. Ma del resto non siamo al liceo. O sì? Sono salita sulla macchina del tempo in tutto e per tutto nel momento in cui mi ha sfiorato il gomito. Ne devo prendere atto.

« Aspetto Arianna Malinverno... ce l'hai presente, no? La mia collega... »

« Sì, sì. Certo che ce l'ho presente. Cruel Winter è una star sui social. »

« Se la sa giocare bene. »

« Eh sì... Molto bene... Allora vi aspettiamo su, okay? » conclude Giulia.

E io lo so che dovrei rimanere ferma, ferma, Dio santo!, ma invece prendo il telefono e prima che possa inviargli un messaggio su WhatsApp scopro che lui ne sta scrivendo uno e mi batte sul tempo.

Vieni su, vorrei salutarti come
si conviene

Non è che qui sotto ti sia
mancato il tempo. Ma quello
vale solo per me e per il
testamento che non ti ho fatto
vedere

Non risponde più. E io inizio già a dirmene di tutti i colori. Nel frattempo è arrivata Arianna in un tripudio di scuse, ma, come dire, il problema del suo ritardo è ormai meramente secondario.

Saliamo fino al piano del locale, e ormai qui a Milano è una sfida alla varietà. Fotografi, giornalisti, digital creator a tonnellate, uno scrittore vanitoso, una poetessa snob, un'astrologa karmica che ti dice chi eri nella tua vita precedente, un comico popolarissimo su TikTok, l'attrice italiana che due anni fa ha fatto una serie inglese e pareva dovesse conquistare il pianeta ma poi è uscita dai radar, e via così.

Perdo di vista Arianna abbastanza presto, e scambio saluti e convenevoli piuttosto rapidi e di circostanza a ogni angolo della sala fino a quando non vengo affiancata da Manfredi. Casualmente, sembra.

« Rachele. »

Fissando tutto e niente replico, solenne: « Manfredi ».

Mi porge un calice di champagne. « C'è da festeggiare, a quanto pare. »

« Cosa? Che ti perdo di vista tre giorni e ti ritrovo accompagnato? »

Soave e quasi divertito risponde: « La tua promozione, ovviamente ».

L'avevo rimossa. Rachele, torna in te. « Grazie. »

Inclina il calice sul mio. « E quindi diventi cosa? »

« Caposervizio del settore beauty e lifestyle. »

« Mentre prima eri...? »

« Redattrice esperta. »

« È una cosa buona, no? »

« Ottima. »

Restiamo in silenzio, un po' a disagio. Io tengo gli occhi fissi sul pavimento di marmo nero. Mi ritrovo a essere contenta dell'avvicinarsi di una donna in abiti gitani con un mazzo di tarocchi tra le mani: almeno non siamo più da soli.

« Una carta, bella signorina? »

« Ma sì. »

Prendo a caso una carta dal mazzo, che porgo alla donna senza neanche averla controllata. La lettrice la studia. Inclina la testa, guarda e riguarda la carta e poi me.

« Non l'avrei detto » commenta.

« Cosa ho pescato? » Domanda inutile perché tanto di arcani non ne so nulla.

« La stella capovolta » sentenzia.

« Ovvero? »

La gitana o pseudotale lancia un'occhiata a Manfredi.

« Rappresenta idee, progetti, ma che restano irrealizzati. Indica la necessità di agire invece di cullarsi in un'idea astratta. E tu, vuoi una carta? » dice poi rivolgendosi a Manfredi.

« No, grazie » risponde lui, con un sorriso gentile ma netto.

La ragazza ci resta un po' male. Io le domando: « Esiste la carta che rappresenta un uomo con un carattere di merda? »

Lei reagisce sorridendo con intesa. « Vi auguro tanta buona fortuna » conclude, prima di andare a proporre la sua abilità altrove, e quando la gitana è già distante lui ripete, sognante: « Progetti e idee irrealizzati ».

« Niente che riguardi te, Manfredi. Questo è poco ma sicuro. »

« Anche perché mi sa che le idee le abbiamo realizzate un po' tutte. Oddio, non c'è limite alla fantasia, eh... »

« Sei veramente tale e quale a quando eravamo a scuola. Ti è solo aumentato l'ego, ma per il resto... »

Lui fa un sorriso e mi domanda: « Con il testamento? Com'è finita? »

« Non è finita e forse non finirà mai. Grazie per l'interessamento. »

Si fa serio. « Rachele, dallo a me. Lo pubblico io. »

« Ed essere ancora in debito con te? No, grazie. »

« Le altre persone presenti nel testamento vanno informate. »

« Me l'hai già detto. Ma, se ti ricordi, trovare Carolina e suo figlio non è proprio una cosa facile dal momento che probabilmente è morta. Che poi, al di là di tutto, forse un modo per rintracciare seriamente i Marsini di Massenzio e un eventuale figlio di Carolina sarebbe ricostruire la trafila di vendite della proprietà di mio zio. Da chi è passata a chi, e quando. »

Lui finisce di bere prima di rispondere: « Niente di più facile ».

Guardinga ma intrigata, non riesco a non chiedergli: « Cioè? »

« Cioè, posso fare una visura catastale della proprietà, scoprire i notai che hanno fatto i vari atti di compravendita e chiedere loro di mandarmeli. E da lì, ricavare gli indirizzi. »

« E la privacy? »

« Non c'è privacy. Sono atti pubblici. Chiunque può richiederlo. Anche tu personalmente. »

« Senza nemmeno dover dare spiegazioni? »

« Zero. »

Faccio spallucce. « Allora ho risolto. »

« Rachele... Io posso farlo a occhi chiusi. Immagina di doverti trovare un nuovo notaio e dovergli spiegare tutta la questione da capo... » Fa una piccola pausa prima di sferrare il colpo di grazia. « ... spiegargli che il testamento c'era ma qualcuno lo ha nascosto... »

« Giuda. »

« Però è vero. Ascolta, abbiamo iniziato insieme questa faccenda? Chiudiamola insieme. Non significa niente di più di questo. »

« Significa rivederci. »

Si avvicina e con la scusa della musica a tutto volume mi bisbiglia all'orecchio, e quel sussurro si tramuta in una scarica elettrica che si propaga per tutta la colonna vertebrale: « E ti peserebbe tanto? »

Non lo guardo in viso mentre gli rispondo, sperando che gli faccia male come un pizzicotto: « Ma figurati ».

Lui sorride furbetto. « Allora qual è il problema? »

« Nessuno. Hai tutta questa voglia di perdere tempo e farlo tu? Va bene. Accomodati. Nei prossimi giorni te lo lascio allo studio. »

Mi potrei sbagliare ma sembra soddisfatto come chi si è appena aggiudicato un match.

28 Un buono o un cattivo segno

Dopo aver firmato il mio nuovo contratto alle Risorse Umane passo dal bagno per risistemarmi per bene il trucco e corro a prendere al volo il vecchio tram con le panche di legno e le lampadine a luce calda sul tetto. Ogni tanto, quando posso fare con comodo, ci salgo solo per sentirmi un po' negli anni Venti (e non di questo secolo). Ma la fermata non è proprio comoda rispetto allo studio di Manfredi e utilizzo il tragitto per chiamare brevemente i miei e raccontare loro l'avvenuta promozione. Comunque stiano le cose, non è giusto – e nemmeno è quello che desidero – tagliarli fuori dalla mia vita.

Madre giubila, ma quando mi passa mio padre, che vuole congratularsi con me, il dialogo ancora arranca incerto.

« Papà, a proposito... io sto andando dal notaio per far pubblicare il testamento. »

« Fai quello che devi. Mi dispiace averti messa in questa situazione. »

« È passato. » Ma solo fino a un certo punto.

Riattacchiamo un po' imbarazzati, lontani dall'agile serenità che c'è o dovrebbe esserci tra genitori e figli. Raggiungo quindi lo studio di Manfredi, suono il campanello e il portone si apre all'istante. Salgo a piedi fino al terzo piano perché l'ascensore è guasto e, trovando anche il portoncino già socchiuso, mi riprendo dal fiatone e raggiungo la stanza della segretaria.

« Devo lasciare questa per il notaio » annuncio, porgendo una cartelletta chiusa. Contiene solo il testamento dello zio *de cuius*, niente lacrimevoli biglietti per lui, per carità.

« Certo, gliela faccio avere. Desidera aspettarlo? » domanda lei. Chissà se ormai mi considera un viso familiare.

« Non occorre, la ringrazio. Gli porga i miei saluti. »

D'altra parte, lui non l'ho nemmeno avvisato. I nostri rapporti telefonici sono estinti e comunque l'accordo non prevedeva che dovessimo riparlarne.

Tuttavia, dopo che ho chiuso il portoncino e sono già al secondo piano, mi sento chiamare per nome. È la voce di Manfredi.

Mi fermo sul pianerottolo, aspettando che anche lui scenda per la rampa di scale che ci separa. Ci ritroviamo davanti alla ringhiera di ferro battuto, l'una di fronte all'altro. Forse è l'unico notaio in Italia sempre in maniche di camicia.

« Ciao » gli dico. « Non dovevi disturbarti. »

« Volevo dirti che ho fatto la visura del rudere. »

« Oh. Di già? »

« Di già. »

« E quindi? »

« Ho chiesto l'atto di compravendita e me lo hanno mandato. Da lì si capisce tutta la trafila che ha subìto la proprietà di tuo zio. » Il palmo sul corrimano di legno, abbassa lo sguardo prima di concludere: « Ti giro la mail. Lì troverai tutto quello che ti serve ».

« Non so come ringraziarti. »

« Non ce n'è bisogno. In un certo senso te lo dovevo. »

« Il risultato non cambia. Grazie... di tutto. »

E dentro di me, a sorpresa, si sciolgono i nodi di tanti altri *grazie*.

Grazie dell'emozione che provavo quando sul telefono appariva l'icona di un tuo messaggio.

Grazie per avermi accompagnata da una me a un'altra me.

Grazie per non avermi mai chiesto niente in cambio.

« Non c'è di che » replica lui.

« Allora ciao, ci si vede » dico io, alzando la mano e ondeggiando le dita in un cenno di saluto.

Aleggia una certa tristezza, come se stessimo mettendo un freno con la consapevolezza che non ne vale davvero la pena. Insomma, stava andando tutto così bene, ci divertivamo così tanto...

« ... Manfredi? »

« Sì? »

« No, niente. »

Lui compie due passi e poggia la sua mano calda dietro la mia nuca. La coda gli sfiora le nocche quando inarco il collo per lasciarmi baciare e lui lo fa nel modo più dolce di cui è capace e, come tale, per me totalmente nuovo.

« Devo rientrare » bisbiglia, staccandosi.

Ancora sottosopra riesco a mettere insieme due parole per rispondergli: « Certo, okay ».

« Ci sentiamo » mi dice mentre è già con un piede sul primo scalino per risalire al terzo piano.

« Ci sentiamo » rispondo io, un piede per scendere giù.

Ma non ci sentiamo affatto.

Non nel senso di sentire la sua voce, o, meglio sarebbe, di sentire qualcosa.

Alle dieci di sera appare però, nella mia casella di posta, la mail con allegato il pdf relativo ai passaggi di proprietà del terreno e del rudere. Una mail che è un vero capolavoro:

Ciao,

M.

Ma d'altra parte, perché sprecare parole?

E dunque mi adeguo rispondendo:

Grazie,

R.

Stasera mi si sta manifestando come un'epifania il presentimento che Manfredi abbia usato la storia del testamento come scusa e alibi per chiudere con me. Per ghostarmi gradualmente. Anche se questo entra in conflitto con il bacio che mi ha stampato sulle labbra oggi, ma insomma, ho smesso di aspettarmi coerenza. In generale. Dall'universo e dagli uomini.

Quando sono già a letto apro il pdf che si è preso la briga di procurarmi e trovo un paio di risposte e qualcosa da fare urgentemente, a scapito delle sacre ore di riposo notturno.

La casa bruciata a San Brendano di Clonfert è stata venduta dal conte in persona nell'aprile del 2007 a un milanese, che poi l'ha rivenduta allo zio esattamente otto mesi fa.

Nel 2007 il conte risultava domiciliato in Francia, a Nizza, e se ben ricordo da quel sito di araldica in cui avevo trovato notizie sui Marsini di Massenzio, è morto nel 2011.

L'indirizzo di Nizza coincide con quello che lo zio ha annotato nella lettera per me e a cui lui stesso a quanto pare aveva scritto più volte senza ricevere nessuna risposta.

Ma continuo a pensare che se Carolina fosse morta davvero, lo zio *de cuius* l'avrebbe saputo. Anche se forse è stata soltanto la sabbia in esaurimento nella sua clessidra a smuoverlo dall'indolenza, queste non sono informazioni difficili da reperire, anche solo andando a scomodare vecchie conoscenze comuni. Se lo zio ha comprato proprio quella casa, che apparteneva a Carolina e che è bruciata per colpa sua, la ragione è una sola.

Dapprima ho pensato che fosse per trascorrerci gli anni da pensionato. Ma lui lo sapeva già quando ha comprato la casa: gli anni da pensionato non li avrebbe mai vissuti né goduti. Enrico Oddoli me l'ha detto: la diagnosi è arrivata lo scorso gennaio, prima dell'atto di compravendita che mi ritrovo davanti. Perché un uomo con i giorni contati dovrebbe vendere casa propria e finire in affitto in un buco per comprarne un'altra che non avrà mai il tempo di ristrutturare? Per quanto potesse essere sconsiderato, non si sarebbe mai messo così nei guai se non avesse avuto la certezza che Carolina fosse viva.

Carolina *è* viva.

Forse è stata proprio lei ad aver chiamato in negozio chiedendo di lui.

Ne sono ormai tanto sicura da decidere di lanciarmi in un giochetto d'azzardo. Cosa in cui non sono mai stata brava, a Monopoly ho sempre perso, tanto per dire. Ma ci provo.

Rientro su Facebook e scrivo a Lucie Bonnieux in francese aiutandomi con il traduttore.

Buonasera, Lucie, mi scusi ancora per il disturbo, ma mi sento un po' confusa: lei mi ha detto che la sua amica Carolina Marsini è morta, ma questa informazione risulta in netta contraddizione con altre ricevute allo scopo di definire una questione di eredità che coinvolge per l'appunto anche la sua amica. Mi è sorto il dubbio di un'omonimia e che ci sia un malinteso tra noi, forse linguistico.

Aspetto per un po' la risposta. Niente.

Di notte mi sveglio con il pensiero di controllare il cellulare e vedo così che Lucie ha visualizzato il mio messaggio, ma continua a non esserci nessuna risposta.

E pure l'indomani mattina.

Non capisco se è un buono o un cattivo segno.

29 Non lo giustifico ma non lo giudico

Vado in redazione. Ora che sono caposervizio, ci passo molto più tempo, cosa che mi va benissimo. Un po' di socialità. Socialità vera, non quella sul telefono. E a proposito...

«Cosa rincorre oggi il palio del drappo verde?» chiedo ad Arianna, seduta alla scrivania accanto alla mia. È il suo modo di dire quando si tratta di trend sui social, dove le sembra che tutti facciano la stessa corsa per lo stesso traguardo, un po' come nel palio del drappo verde che Dante cita nell'*Inferno*.

Lei infatti sta scrollando Instagram, ma con aria annoiata. «Il ballo di Mercoledì Addams. Tutti a fare mosse senza senso con il broncio e la faccia truce.»

«Mi serve un altro caffè. Anche perché voglio chiedere a Irene un pezzo con intervista a Dolly Alderton. È una che mi dà l'impressione di aver capito tutto della vita.»

Arianna sospira. «Non so se la invidio.»

E intanto ricevo vari messaggi da chiunque tranne che da Lucie, che in questo momento sarebbe l'unica a farmi svoltare la giornata. E invece mi scrivono mia madre, mio padre, Alessio e, qualche ora dopo per via del fuso, persino mia zia Agata dall'America, forse messa a parte dalla sorella del fatto che c'è maretta in casa Braganza. E dopo un rapido scambio di messaggi la videochiamo dalla zona caffè, dove sono da sola, perché ho voglia di vederla.

La zia è bardata con uno sciarpone di lana a larghe trecce beige con berretto coordinato e ha la punta del naso tutta rossa, ma ha ugualmente un incarnato stupendo e in generale è una magnifica sessantenne. Secondo me di tanto in tanto si fa qualche punturina, ma lei nega ostinatamente. Dietro di lei, le brownstone di Brooklyn Heights. Come vorrei teletrasportarmi lì.

« Zia, non fare finta di niente. Sei stata imbeccata dai miei. »

« Ti avrei chiamata comunque. Mi manchi. »

« Anche tu manchi a me. Ma non possono essere gli altri a risolvere i problemi nati tra noi tre. »

« No, è vero. Ma gli altri – io, nella fattispecie – possono spiegarti qualcosa che magari loro due, per carattere, non riescono a dirti bene. »

« Che cosa? Che papà è stato innamorato perso tutta la vita di un'altra che non se lo filava? »

« Io penso che la storia sia, insieme, più semplice e più complessa di così. Penso che i tuoi genitori abbiano fatto un buon lavoro di squadra. »

« Okay. Dunque sono il prodotto di un team e non di un grande amore. Bene. »

« C'è di peggio, Rachele. La squadra dura e resiste. »

« No, è una cosa tristissima. Alla fine lui si è sposato mentre aveva in mente un'altra e, forse proprio perché non si è dato il tempo di dimenticarla, il ricordo di Carolina si è incastrato dentro di lui. Bloccandolo, forse. Con la mamma è stato scorretto da ogni punto di vista. »

« A tua madre andava bene così. Anche lei aveva in mente un altro. »

« Lo zio? »

« Sì. E mentre attorno a loro, letteralmente, tutto è andato in fiamme, loro invece si sono uniti e voluti bene e se ne vogliono ancora, cosa che molte coppie innamorate alla follia agli inizi non fanno più l'anno dopo. Figurarsi dopo trent'anni. » E su questo non posso darle torto. Hanno sempre avuto molta sintonia e si divertono a fare insieme anche le piccole cose.

« Ma perché? »

La zia Agata imperterrita mi manda attraverso lo schermo un'espressione di rimprovero. « Non è che una scelta è sbagliata a prescindere solo perché tu non la faresti. Magari tua madre ha dato più peso alla stabilità, anziché alle farfalle nello stomaco. »

« È triste. »

« Cosa doveva fare? Struggersi per Max mentre lui la tradiva con Carolina? » È di questo, dunque, che si scusava lo zio *de cuius* nella lettera. Mentre stava con lei aveva già puntato Carolina. Povera, la mia mamma. Sempre seconda a questa fantomatica femme fatale. « E anche tuo padre ha preso una delusione enorme. Si sono trovati, i tuoi genitori, e si sono consolati. Tu nasci dall'affetto e dalla consolazione. Non è così male. Vorremmo tutti l'amore, quello bruciante. Poi capisci che, appunto, brucia. Cresci e vuoi qualcosa che fiorisca, non che riduca tutto in cenere. Non è da te essere così severa. »

Non posso darle torto. Tanto più che, ne fossi più o meno consapevole e che voglia ammetterlo o no, io con Alessio ho fatto proprio la stessa cosa.

« Però... non posso fare finta di niente. Quello di mio padre è stato un gesto troppo squallido. Non riesco a passarci sopra. »

« Ricordati che se sei una persona in grado di indignarsi è grazie anche a come sei stata educata. Quindi qualcosa di buono i tuoi l'avranno fatto, non credi? »

« E infatti non riesco a conciliare le due cose. »

« Non lo giustifico, chiaro. Ma non lo giudico. E ti esorto a fare lo stesso. »

Faccio un ampio sospiro e le chiedo: « Ma tu la conoscevi, Carolina? »

« La conoscevamo tutti, figurati. »

« Com'era? »

« Una spanna sopra gli altri. »

« Papà era un gran bel ragazzo. » E ne era consapevole, tant'è che voleva fare cinema e dal paesello si era trasferito a Milano a studiare recitazione. Ma non gli è andata bene, gli è stato detto che non aveva il carattere per farlo. Leggi talento.

« Indubbiamente. Ma fidati, non aveva chance con lei. »

« Allora perché credeva di averne? »

« Perché Carolina glielo ha lasciato credere, almeno per un po'. Ma, come si è chiarito poco dopo, il suo obiettivo era un altro... »

« Massimo. »

« Che ti devo dire? Gli opposti si attraggono e molte volte si rovinano la vita. »

Salta la connessione e la chiamata è messa in attesa sul più bello, su questa perla di saggezza della zia che stacca e richiama poco dopo.

« Comunque » riprendo io imperturbabile, « tu per caso sai cos'è andata a fare in Francia? »

« La stessa cosa che sono venuta a fare io qui: scappare. Volare. »

« Ho provato a scriverle. Non so quanto ti abbia già detto la mamma, ma Massimo era convinto di aver avuto un figlio da lei. »

« Tua madre me lo ha detto. Tutto è possibile. Io ho sempre avuto la sensazione che Carolina fosse molto annoiata, discretamente frustrata e anche un po' repressa. I ragazzi del paese erano il suo svago a portata di mano, ma niente più di questo. Almeno fino a quando poi è rimasta fregata da Massimo e suo padre ha scoperto tutto quello che combinava sotto banco. Non le restava che andarsene e non fare più ritorno. » Vedo avvicinarsi Samira e Nicole, è ora di tagliare corto. « Perché non ti organizzi e vieni da me a Natale? Abbiamo tanto, tantissimo di cui parlare. »

New York a Natale! Un sogno. Poter chiacchierare con lei sul suo divano mentre ardono candele di soia vegana ai licheni del Nord e poi andare fino a Battery Park in metro...

« Zia, attenta che ti prendo sul serio. »

« Fallo! »

Ma poi penso a Madre e Padre da soli nella loro casetta. E se non da soli, magari con quegli amici di famiglia con cui fanno le cene tematiche in taverna e la Pasquetta a Lucca in pullman. Si divertono, certo. Ma mancherei a loro e loro mancherebbero a me. Non posso – e non voglio – lasciarli. Anche se poi finirò a sonnecchiare in poltrona davanti al camino con un maglione con le renne dopo un bis di tortellini in brodo. Che non è nemmeno male, alla fin fine.

Esco dalla redazione e decido di tornare verso Porta Venezia a piedi, con le mani ben dentro le tasche del piumino per rallentare il congelamento, ma sono costretta a tirarne una fuori per rispondere al telefono.

È lo studio di Manfredi. Giuro che se dall'altro lato trovo Eliana, la sua segretaria, che mi dice: « Le passo il notaio » lo sfanculamento per direttissima lo si sentirà fino in Svizzera.

E invece.

« Lo sai che sei l'unico al mondo a chiamare da un telefono fisso, sì? »

« Mi distinguo. »

Il coperchio del tombino su cui ho appena messo il piede oscilla con un fastidioso rumore metallico e quasi rischio di cadere, ma trovo lo spirito di chiedergli: « A cosa devo l'onore? »

« La pubblicazione del testamento è stata registrata. Come era mio dovere fare, ho informato il socio e la commessa di tuo zio. E adesso sto chiamando te. »

« Vuoi dirmi che eri tenuto a recuperare gli eredi a uno a uno? »

« Sì, ero tenuto a recuperare gli eredi. A uno a uno. »

« Non lo sapevo! Mi spiace che ci sia stato ancora lavoro da fare per te. »

« Tranquilla. »

Comunque sono un po' gasata da quello che a tutti gli effetti mi sembra un pretesto per chiamarmi. Cioè, mi avvisi formalmente di una cosa che era ovvia? E su.

Magari però così ricomincia a infilare un doppio senso qui, uno là, e io non aspetto altro che una scossa elettrica. Certo, mi pare che stiamo saltando un passaggio reciproco abbastanza cruciale, e cioè scusarci per le cose avvilenti di cui ci siamo incolpati a vicenda. Ma ti scusi con qualcuno che ti interessa. E io con lui mica devo avere un rapporto stabile. Lui non è persona da considerare per una relazione: è un animale da letto al di fuori del quale, come i fatti hanno dimostrato, è una testa calda, è permaloso, e ha un fin troppo elevato concetto di sé. Ed è incapace di ascoltare. Insomma, è come ogni Leone degno di questo segno e io, che lo sono pure, lo so.

E poi, non avrei proprio lo spazio mentale per una relazione.

Ma per il fast love sì. E, una cosa è sicura, Manfredi è stato brevettato per il fast love con la precisione della NASA.

« E quindi mi hai chiamata per una comunicazione formale e anche vagamente inutile? »

« Più o meno. »

« Ti serviva una scusa? »

Come preso in contropiede, vacilla un attimo prima di rispondere: « Mi serve il numero di Milagros Vega. Se puoi girarmelo... »

Sentendomi una scema epocale rispondo con l'arma dell'efficienza: « Ci mancherebbe. Te lo mando non appena chiudiamo. Fatto questo abbiamo finito? »

« Abbiamo finito » risponde con un tono neutro cui è impossibile attribuire alcuna sfumatura. « Sempre se non ci sono altre sorprese » aggiunge però poi, e qui ci mette un po' di malizia.

« Nessuna sorpresa. »

« Ti ho fatto spedire una copia del testamento pubblicato. Ti servirà per la successione. »

La successione, certo. « Okay » dico semplicemente. Tutto quello che so sulle incombenze che mi si prospettano l'ho cercato su Google e non so quanto sia attendibile. Forse rimbomba l'eco della mia ignoranza perché lui mi chiede: « Rachele, sai già cosa devi fare? »

« Sì. Devo aprire la successione. »

« Esatto. Potrei farlo io, ma ho come la sensazione che non ne saresti contenta. »

« Mi sentirei a disagio e credo che tu possa capirlo. »

« Lo capisco » conferma sbrigativamente. « Hai un anno per farla. Poi registri l'auto ed è tua. E ne fai quello che vuoi. »

« Ho giusto pensato di farci un business noleggiandola per matrimoni. »

« Non è una cattiva idea. »

« Stavo scherzando. Ti ricordo che devo ripagare i debiti dello zio *de cuius*. »

« Bisogna ammettere che ha lasciato i suoi beni un po' alla cazzo di cane, ma chi siamo noi per giudicare. Io però adesso devo andare. » Non sembra nemmeno una balla. A quest'ora normalmente la gente lavora. « Ma se ti va, ci sentiamo. E comunque » aggiunge con voce un po' più bassa, « non ho bisogno di una scusa per chiamarti, *io*. »

« Nemmeno io » rispondo d'impulso.

Non c'è rancore tra noi, eppure è come se qualcosa intralciasse ciò che prima era del tutto lineare, facile, accessibile.

« Meglio così. »

« Ancora grazie, Manfredi. »

« Tranquilla. »

Riattacca e io, in mezzo alla confusione di Milano, che sempre di più sembra una metropoli abitata da gente indaffarata in cose serie e inderogabili, mi sento per un momento del tutto priva di una direzione.

Rientrata stancamente a casa controllo di nuovo, peggio di un'ossessione, se ho ricevuto una risposta da Lucie Bonnieux.

Finalmente, sì.

Se mi dà il suo numero di
telefono, le spiego

Non vedo, sinceramente, in che lingua potremo capirci, ma non intendo perdere l'occasione e così digito i numeri in uno stato di febbrile eccitazione, aspettandomi che richiami subito, e quando in effetti non molto tempo dopo sento squillare il telefono e vedo un numero dal prefisso +33 rispondo con un umore *flamboyant* e un perfetto: « *Allô!* »

Ma dall'altro lato mi risponde una voce in italiano.

« Sono Carolina Marsini. »

Tale è la meraviglia che mi scappa un rumoroso e inutile « Oh! »

« Disturbo? »

« No, no. Ci mancherebbe. Sono io che la sto cercando in ogni modo e da un bel pezzo. Quindi forse sono io ad averla disturbata. »

« Lei si chiama Rachele Braganza, vero? »

« Sì. »

« Di chi è figlia? »

« Di Roberto ed Elena. Massimo era mio zio. »

« Okay. Ora mi è chiaro. »

Il suo tono esprime chiusura e disagio, ma non mi resta altro da fare se non andare avanti.

« Signora Marsini, io la sto cercando perché, appunto, Massimo è mancato. » Silenzio. « C'è un testamento, le ha lasciato... »

Ma lei mi interrompe. « So già che aveva ricomprato quella che era casa mia, molti anni fa. Lo so. »

« Signora Marsini... credo che lei non sia ben disposta a riaprire quel capitolo chiuso... se mi ha fatto dire di essere morta pur di non parlarmi... »

Mi interrompe di nuovo. « Le chiedo scusa, mi era parsa la via più comoda per evitare scocciature. Ma non avevo fatto i conti con la sua... »

Non le viene la parola. O forse le viene ma non è gentile. Allora vado in suo soccorso.

« Insistenza. Sì. Perché, vede, lui l'ha nominata nel suo testamento. »

Fa un mugugno di assenso e infine dice: « Ascolti, Rachele, io apprezzo la sua buona volontà. Ma la questione è un po' più complicata di quello che le sembra ».

« Sa, signora, non sono affari miei, però a lei tocca solo il buono.»

La sirena di un camion dei pompieri irrompe così fragorosamente che lei non riesce a sentirmi e dunque sono costretta a ripetere.

« Questo è da vedere » commenta. « Il buono. A proposito, mi dispiace per suo zio. Avevo saputo che stava male e ho provato anche a cercarlo nel suo negozio. Mi ha risposto una ragazza e mi ha detto che è morto. Mi è rimasta una sensazione di non detto. »

« Dev'essere frustrante. »

« Comunque, ripeto, mi dispiace. »

« La ringrazio. Anche se in realtà lo conoscevo appena. »

« Potrei dire lo stesso. Sono passati più di trent'anni... le persone diventano estranee per molto meno. »

« Evidentemente non per lui. Senta, se mi fornisce un indirizzo, il notaio che ha pubblicato il testamento gliene invierà una copia. E lei poi deciderà cosa fare. »

« D'accordo » risponde infine, palesemente ancora incerta, ma forse conviene con me che sia la cosa più sensata da fare. Avrei voluto andare dritto al sodo e chiederle di suo figlio. Se Lucie Bonnieux ha mentito dicendo che era morta, per quanto mi riguarda potrebbe aver mentito su tutto. Ma la sua rigidità mi ha fatto capire che è meglio avventurarsi nel suo passato a piccoli passi e senza correre.

Si è aperto un canale di comunicazione, questa è la cosa più importante.

E ora che ci penso, ho una scusa per sentire Manfredi.

Avevamo detto di non averne bisogno, ma... per me questo è vero solo in parte.

Gli scrivo mentre sono già sdraiata a letto in pigiama, coccolata dal piumone, un libro aperto sulle cosce.

Carolina Marsini si è fatta viva

Non era morta?

Ma qui siamo in Beautiful

L'ho sempre detto che sulle successioni ereditarie ci sarebbero da scrivere romanzi. Ma con il notaio non puoi farci il personaggio figo, non si sa perché

In ogni caso la mia teoria è che se mi ha fatto arrivare la notizia di essere morta è perché non vuole avere a che fare con questa storia

Mi sembra un'interpretazione
attendibile

E adesso che succede?

Aspetto che risponda, ma chiama direttamente.

« Faccio prima a spiegartelo a voce. »

« Ti ringrazio. E il quesito specifico è: se Carolina rifiuta, il rudere e il terreno andrebbero agli eventuali suoi eredi, come è successo con mio padre che ha rinunciato e quindi poi l'eredità è passata a me? »

« No. Tecnicamente Carolina è una legataria, non un'erede. E la sua non è un'eredità bensì un 'legato'. Non è solo una differenza di termini: diversamente da un'eredità, il 'legato' tornerebbe nell'asse ereditario agli eredi legittimi. Ovvero, a te. »

« Oh. Non ci pensavo proprio. Credevo che invece ereditassero i suoi, come è successo a me. »

« No. È diverso. Comunque, fammi avere l'indirizzo esatto così mando alla signora una bella raccomandata. »

« Ed è finita? »

« È finita. »

Aleggia tra noi lo spettro del silenzio, prima di un saluto indegno del fuoco che ci scoppiava dentro fino a poco tempo fa.

30 Le scale di marmo che lei mai salirà

San Brendano di Clonfert, luglio 1983

Squilla il telefono grigio poggiato sul tavolino nell'angolo della sala e Carolina solleva lo sguardo dal libro di filologia romanza.

Non studia mai nella sua stanza: è troppo piccola e non ci è mai entrata nemmeno una scrivania. Si mette sempre sul tavolo in sala, dove l'esposizione è migliore e dove dalle finestre aperte può entrare il profumo agrumato delle rose che sua madre coltiva in giardino. La sua grande passione, le rose inglesi Wollerton Old Hall. L'anno scorso ha vinto il primo premio a un concorso nazionale per giardinieri dilettanti. Ha selezionato una tonalità che è poesia traslata in colore: non è rosa, non è crema, non è gialla, ma è tutte e tre insieme.

La nonna contessa, seduta sulla poltrona, sfoglia Novella 2000.

« Vai tu a rispondere, poussinette? *» È francese – la nonna viene dalla Costa Azzurra – e la chiama così da quando è nata. Significa « pulcina ».*

Carolina si alza e raggiunge l'apparecchio. All'altro lato del filo c'è Massimo.

Lui sa che non deve chiamare. Sa che i genitori di Carolina non gradiscono.

« Ma non resistevo. Ti volevo sentire. Io penso a te tutto il giorno, tutto il tempo. »

« Esco con una scusa. Ti fai trovare al solito posto? »

Il solito posto è una strada parallela a quella che porta a casa di Carolina, quella che va verso la villa che le sarebbe appartenuta se il nonno non l'avesse venduta a Lord Beaufoy.

Massimo ci arriva pedalando in salita, schermando il sole con un paio di Ray-Ban a specchio, il labbro superiore imperlato di sudore e le ascelle chiazzate, motivo per cui ha imparato a portarsi dietro una maglietta di ricambio.

Lei gli va incontro con un cappello a tesa larga e un vestitino leggero. Lui non ha mai conosciuto una ragazza più chiara e più triste.

« Cos'è questa faccina infelice? »

« Niente. »

Ma quel « niente » racchiude troppe verità per poterle dire.

La madre che forse ha un amante. Il padre che beve più di quanto dovrebbe.

Carolina non sopporta quella non vita in quella campagna.

Vorrebbe lasciare l'Italia e Massimo lo sa, perché ne hanno parlato ed è come se tra loro si stesse solidificando un cemento fatto di intesa, di emozioni condivise e di sogni comuni.

Anche lui vorrebbe andarsene, a San Brendano si arrabatta ma si sente soffocare. Suo fratello lo scorso anno se n'è andato a Milano a studiare recitazione, lui è rimasto solo perché non sa cos'altro fare. Studiare? Non vuole. Lavorare? Deve. E gli va bene tutto.

Ma Carolina alza la posta: non si metterebbe mai con uno che si arrabatta.

« Non può essere niente... Ormai un po' ti conosco » insiste Massimo.

La contessina lo guarda. C'è troppo sole, è costretta ad abbassare gli occhi.

Sono assordati da un frinire di insetti e da quel tipo di calura estiva che abbassa la pressione del sangue e fa fischiare le orecchie.

Carolina non ha voglia di parlare, in parte nemmeno la forza.

Camminano all'ombra, con le mani intrecciate, il rumore scricchiolante della strada bianca sterrata sotto i piedi. Proseguono ancora, arrivando ai muri color crema che delimitano la dimora di Lord Beaufoy.

Benché conosca a memoria ogni dettaglio che sia possibile sbirciare, Carolina prova sempre a spiare l'interno, alla ricerca di qualcosa che non conosce, per restare poi inevitabilmente delusa.

Le statue d'ispirazione ellenica sulle colonne, i due alti pinnacoli sul tetto, la voliera in ferro battuto grande quanto una casa, i cespu-

gli di lavanda, le scale di marmo che lei mai salirà. Non vorrebbe e non dovrebbe, ma prova rancore.

Massimo non ha mai perso la testa così per una ragazza. E lo sa, perché lo sa, che a suo fratello ha fatto uno sgarbo. Ma cosa sarebbe cambiato? E comunque gli è presto passata: si è messo con Elena. Che simpatica quadriglia, che hanno combinato.

« Ho visto tuo padre, l'altro giorno. Era al bar. »

Omette che era sbronzo alle quattro del pomeriggio.

« Ubriaco? » gli chiede però lei.

E difatti. « Sì. »

Carolina fa un lungo sospiro affranto.

« Lavora sempre meno. I quadri e gli oggetti preziosi iniziano a sparire da casa. »

E sua madre invece pensa alle rose.

È sparito, per esempio, il bellissimo ritratto della sua antenata Iacobella, morta a sedici anni, sorella di quell'Aleardo Marsini di Massenzio le cui prodezze risorgimentali si studiano in tutte le scuole – e non possono sparire i ritratti di Aleardo perché quelli se li è già venduti il nonno.

« Che significa? »

« Lascia stare. »

« Li rivende? »

« Sono suoi. Può farne quello che vuole. »

Ma è vero solo in parte. Quello che non hanno capito, né suo padre né prima ancora suo nonno, è che di quegli averi loro dovevano essere i custodi, e non gli scialacquatori. E quello che lei ha appena pensato, Massimo lo esprime. Capendola, dunque.

Ed è in quel momento che nasce l'idea.

Nasce nella mente dell'uno e dell'altra ma nessuno, ancora, ha il coraggio di dirla ad alta voce.

31 Qué alivio

Successione?

Fatta.

Dio benedica i commercialisti abilitati e l'era della tecnologia: è bastato un *clic*.

Cambio di proprietario della Bentley al PRA? Fatto. In quarantott'ore sono ufficialmente la detentrice di un bene di lusso di cui avrei fatto volentieri a meno.

Una piccola formalità, come no.

Adesso non mi resta che arrivare in treno fino a Como, raggiungere casa di Milagros e lì recuperare l'auto, che è parcheggiata alla come capita ormai da due mesi (« Yo però l'ho accesa ogni settimana, si no la bateria bye bye » mi ha detto per l'appunto Milagros al telefono; sarà pure pittoresca, ma non si può non riconoscerle che ha un gran senso pratico). Considerato il valore, non è il caso di lasciarla lì ancora a deteriorarsi: da Como tornerò dunque in Bentley fino a Milano (per fortuna lo zio *de cuius* aveva pagato l'assicurazione per un anno intero), dove ho affittato un posto in un garage per un mese. Operazione antieconomica al massimo, ma nel frattempo potrò trovare una concessionaria adatta in cui spostarla senza che si rovini.

A Como ci vado con Alessio: non me la sento di guidare un'auto del genere, mentre lui è quello che senza fare una piega guida a sinistra nel Regno Unito e ha un premio assicurativo più basso adesso di quando ha preso la patente.

Sul treno, Alessio non distoglie lo sguardo dal telefono.

« Ma guarda che bella, la campagna » gli dico, sperando di distrarlo. Niente. « Ancora su Grindr? »

Fa cenno di no con la testa, continuando a guardare lo schermo. « L'ho conosciuto dal vivo, a una cena. Sulle app si perde tempo e basta. »

« Che bello. Ci si conosce ancora di persona. C'è speranza, allora. »

Un ragazzo intanto si è alzato dal suo posto tre file davanti a noi e inizia ad avvicinarsi alle porte del treno. Finalmente Alessio alza lo sguardo e i due si intercettano con una rapidità che mi lascia di stucco. Lo scambio di sguardi e sorrisi più o meno timidi dura fino a che il ragazzo non scende alla sua fermata.

« Hai finito? »

« Scusa. »

« Aveva almeno dieci anni meno di te. »

« Ah-ah, attenta, Rachi bacchettona. » Nemmeno gli rispondo. Ma tanto riprende lui. « Me la presti la Bentley qualche volta? Sai quando si dice 'stupire con gli effetti speciali'? »

« Intanto, vediamo se sei veramente capace di guidarla. »

« Lo sai che ne sono capace. »

Ho davanti a me, finalmente, una persona a suo agio con se stessa. Dio solo sa se non ne ho fatto io le spese, eppure sono felice per lui.

L'appartamento di Milagros è in una palazzina residenziale fuori dal perimetro del centro storico ed è impossibile non notare la Bentley parcheggiata sotto casa.

« Cacchio, è stupenda » dice Alessio, e non resiste alla tentazione di sfiorarla. Io, pur non essendo il tipo che si emoziona per un'auto, anche se sporca e impolverata ammetto di trovarla meravigliosamente senza tempo.

Citofono e Milagros risponde perforandomi il timpano: « Ultimo piano! »

Prendiamo l'ascensore e, una volta uscita, lei è già davanti alla porta.

« Buongiorno, Raquelita. »

« Buongiorno, Milagros. Le presento Alessio, un mio amico. »

Milagros fa un cenno e un bel sorriso. « Posso offrirvi qualcosa? »

Non so se davvero vuole farci entrare, dato che mi aspettava con le chiavi che penzolano dalle dita.

« Signora, se non le è di disturbo, potrei usare il bagno? » chiede Alessio.

Questa poi. Non poteva andare sul treno, il principe?

« Claro, venite. »

L'appartamento odora di casa tenuta pulita e con amore. Su un mobile all'ingresso, accanto a una ciotola svuotatasche, c'è una foto che ritrae Milagros con Massimo, in cui lui sembra un sessantenne vigoroso con ancora molti anni felici davanti.

La padrona di casa mi invita a sedermi su un divano di pelle color panna che quando mi adagio emette tutta una serie di sbuffi, mentre lei indica ad Alessio la porta « in fondo, a la izquierda ». Poi mi raggiunge sul divano e con tono cospiratorio mi dice: « Corazón, perdóname que non voglio essere invadente, ma è il tuo fidanzato? »

« No. Un amico. »

« Oh, qué alivio. Perché sai... »

« Lo so, tranquilla. Lo so. » E per non farle pena le risparmio i pregressi. « Milagros, il notaio l'ha chiamata? »

« Oh sì. Ma io me lo sentivo. Non era possibile que Max non mi aveva pensata. È strano que non si è saputo prima, del testamento, ma Max era così... »

Lasciamo stare, che è meglio. Faccio un sorriso che più che altro sono due labbra tirate piene di costernazione. In realtà continuo a pensare che lo zio *de cuius* avrebbe dovuto dare il testamento a Milagros, sarebbe stato meglio. Ma come spiegarle che voleva lasciare il suo più grande possedimento a un'altra donna? E poi avrebbe anche dovuto spiegarle perché voleva fare testamento, e magari dirle che era malato. Certo, a volte lo si fa senza una ragione specifica; e comunque, è triste pensare che Massimo non volesse condividere con nessuno, nemmeno con la donna che in teoria gli era più vicina, il destino cui stava andando incontro.

Ma non sono affari miei.

Milagros mi porge le chiavi.

« Lo sai come l'ha avuta Max questa auto? »

« Non l'ha comprata...? »

« Claro que no. L'ha vinta alle carte. Più di dieci anni fa. »

« Oddio. »

Milagros trova l'aneddoto molto divertente. « Ma come mai non l'ha rivenduta subito? Anche per pagare i debiti, insomma » le chiedo.

« Perché poi gli è piaciuta. Max era uno che si afisionava alle cose, può sembrare strano... »

« No, a me non sembra strano. Anche io sono fatta così. »

« Ecco. Allora lo capisci. Io non lo capivo perché da dove vengo a malapena si ha considerazione per la gente, figurarse per le cose. »

D'altra parte, credo, se non avesse avuto quel temperamento non avrebbe fatto l'antiquario.

« E si è tenuto un'auto di lusso solo per affetto? »

« Non solo, dai. Perché sai que scenografico girare su una macchina come quella sulla strada del lago fino a Menaggio. Era poco pratico, però era bello, tanto bello. » Su queste ultime parole, si commuove un po'. « Sai, Raquelita, quando a una certa età della vita ti metti con una persona, es decir... non è que ti aspetti l'amore di quando hai vent'anni. Ti aspetti que vi fate compagnia ma ognuno a casa propia. »

Ma intanto, il campo si sgombera dall'eventualità di approfondimenti: Alessio ha finito in bagno e si ripresenta.

Milagros ci chiede allora di nuovo, carinamente, se vogliamo acqua o altro, ma io rispondo per conto di entrambi che no, ripartiamo subito per Milano.

« Bene. È stato un piacere » dice Milagros, mentre porge la mano dall'incarnato scuro, rinunciando ad altre domande.

Alessio ringrazia a sua volta ma poi chiede anche un bicchiere d'acqua.

Niente, non ha ritegno, l'ha presa per l'Autogrill.

Fare Como-Milano su una Bentley d'epoca color borgogna a settanta all'ora è comunque un'esperienza, il cui unico difetto è attirare troppo l'attenzione. Poterla usare d'estate con la capote abbassata dev'essere un piccolo grande lusso che fa sentire vivi.

Illusi dal sole invernale, io e Alessio ci proviamo, a fare un tratto scoperti, ma dopo tre minuti ci viene una paralisi per il freddo. L'auto è in condizioni magnifiche, anche gli interni sono come nuovi. Massimo doveva trattarla come un gioiellino.

Chissà che storia e quante ne ha viste, quest'auto.

E guardando Alessio con le mani sul volante, il suo bel profilo elegante, il modo sicuro con cui guida, che poi è anche il modo con cui si è sempre lanciato in tutto, eccetto la sua sessualità, mi ricordo di tutte le ragioni per cui sono stata legata a lui per così tanto tempo. E di colpo, senza consultarmi, la mia memoria mi spinge a provare un brivido di nostalgia.

« Capisco perché vuoi che te la presti. Sei super sexy mentre la guidi. Acchiappi sicuro. »

« Attenzione, Rachi, *rien ne va plus.* »

« Ma va', lo dicevo come constatazione. Che peccato che debba rivenderla al più presto... »

« Almeno una volta la devi guidare anche tu. »

L'idea mi stuzzica, ma la stronco sul nascere.

« Non me la sento. »

« Che vuoi che succeda? »

« Che la graffio in retromarcia. »

« Ma sei sicura che i debiti devi per forza pagarli solo tu? È legale? Manfredi che dice? »

« Non gliel'ho chiesto, ma me lo avrebbe detto. Se queste sono le ultime volontà del defunto, così si fa e pace e amen. »

« A proposito di Manfredi... »

« Non c'è nessun proposito. »

« Ricevuto. Comunque, Rachi, ci può stare. Due si trovano, fanno un pezzetto di strada, si divertono un po' e poi ciao. È la norma. »

« Va bene così, infatti. Non ho mai voluto che fosse qualcosa di più. »

« A un certo punto uno dei due deve troncare, se no diventa altro. »

«Non mi devi fare l'educazione sentimentale. Mi raccapezzo da sola.»

«Oppure» prosegue, evidentemente senza avermi ascoltata, «magari non tronca in maniera definitiva ma smuove un po' le acque. Molla per un po' e poi torna ma si stacca prima che diventi qualcosa di più. È come quelle aziende che interrompono il rapporto di lavoro a partita IVA se no poi sono obbligate ad assumere a tempo indeterminato. Tale e quale.»

«Ti vedo sul pezzo.»

«Sto facendo i corsi di recupero. Che dici, esco in viale Certosa?»

«Sì, il navigatore dice che lì c'è poca coda.»

«Viale Certosa sia.»

Il garage California in cui ho prenotato il posto per la Bentley non è pratico rispetto a casa mia, ma era il più economico e quindi tant'è. Si occuperanno anche di metterla in moto e farle fare un giretto ogni tanto e alla fine, quando consegno le chiavi, mi sembra di lasciare una cucciola al dog sitter: tutti parlano della Bentley quasi fosse un essere senziente.

Usciti dai sotterranei del garage, io e Alessio ci salutiamo. Lui ha già un altro impegno: il corso di recupero a quanto pare è serale e soprattutto è intensivo.

Vado a prendere la metro per tornare a casa ma non appena entro in un sottopassaggio il telefono squilla ed è Carolina Marsini. Ovviamente qui sotto prende malissimo e mi affretto a riemergere in superficie.

«Eccomi. Adesso la sento bene. Mi scusi.»

«S'immagini. Volevo dirle che ho ricevuto la comunicazione ufficiale del notaio. Ora, io ho avuto un'idea che forse sembrerà assurda. Ma anche no, perché non mi pare poi una richiesta tanto balorda, anzi, la trovo anche lusinghiera.»

«Prego» rispondo abbastanza incuriosita.

«Chiederò al notaio di venire fin qui. Ho varie cose da fare.»

«E ne ha già parlato con il notaio Malacarne?»

«Ho lasciato detto di richiamarmi al più presto.»

«Bene. Spero possa aiutarla.»

« Lo spero. Io abito in Costa Azzurra: si farà una gran bella vacanza. Comunque... a me farebbe piacere parlarti. Posso darti del tu, vero? »

« Ma sì, certo. »

« Bene. Se il notaio accetterà di venire fino a qui, prendi in considerazione l'idea di accompagnarlo. Sarei felice di ospitarvi, c'è posto per tutti. »

« Grazie, è molto gentile. Signora Marsini... » Sto per farle la domanda cruciale, ma mi sembra davvero di essere invadente. Quasi un'analfabeta su come ci si comporta con gli altri. Anche se stavolta, a differenza dell'altra, lei sembra parlarmi con molta più cordialità. Aperta, quasi. Forse non sarà troppo ardito farle la scottante domanda: lei ha avuto un figlio da mio zio Massimo?

Ma niente. Le parole muoiono di nuovo sulle mie labbra.

« Sì? »

« Niente, niente. »

« Allora ci aggiorniamo, va bene? »

« Sì, sì. A presto. »

Mentre metto il cellulare nella borsa ho una certezza: dovrò sentire Manfredi.

Più dell'onor poté... la curiosità.

32 L'impensabile

Gli mando un messaggio in serata, mentre sono seduta da sola all'unico tavolo che c'è in casa.

Ci vai in Costa Azzurra???

Non risponde subito, mi richiama quando ho finito di cenare e sto sciacquando il piatto prima di riporlo nella lavastoviglie.

« Disturbo? »

« No. »

« Hai già mangiato? »

« Sì. Altrimenti mi invitavi a cena? »

« Era un'idea. Comunque, non ci crederai ma sono a un aperitivo qua dalle tue parti. »

« Con la tua amica Giulia? »

« Rachele... »

« Ma com'è che sei sempre in giro la sera? »

« Ho trentadue anni. Dove altro dovrei essere? A casa a letto, a pensare alla morte? »

« Quello magari no. »

« Comunque ti avrei chiamata. Ti devo parlare di Carolina. E visto che sono praticamente dietro casa tua, se non sei già in pigiama ti affacci due minuti e ti spiego. »

« Non sono in pigiama. » È una bugia.

« Allora arrivo. »

E ci mette veramente due minuti, due.

Io ho giusto il tempo di mettermi jeans e stivaletti: sotto il cappotto e la sciarpa sono costretta a tenere il glorioso pile da casa.

« Buonasera » gli dico, senza avvicinarmi nemmeno per un bacio sulla guancia.

« Buonasera. »

Iniziamo a camminare sul marciapiede dell'isolato senza una direzione precisa. La notte è fredda, ma credo che i nostri piedi ci stiano volutamente portando lontano da casa mia.

« Quindi, signor notaio. Va o no in Costa Azzurra? »

Lui quasi scoppia a ridere. « Quella è una matta che vive fuori dalla realtà. »

« È buffo perché lei ha detto proprio la stessa cosa di sé. »

« Almeno ne è consapevole. »

« Be', era un'idea carina. »

« Ma non posso fare nessun atto fuori dall'Italia. Anzi, in realtà non posso farlo nemmeno fuori dal mio distretto di appartenenza, quindi figurati. Ma anche se potessi, che senso avrebbe? »

« Era comodo per lei. In cambio ti offriva vitto e alloggio. »

« Aveva invitato pure te? »

« Sì. »

« Ci stavi facendo un pensierino, confessa. »

« Perché no? E poi lei mi deve spiegare il grande mistero di famiglia: cosa c'era tra lei, mio padre e mio zio? E veramente ho un cugino? E se in realtà fosse mio fratello? »

Uso un tono da podcast di true crime perché la cosa è già abbastanza pietosa, tanto vale che io ci rida sopra. La luce chiara della luna piena di stasera mostra l'accenno di un sorriso sul suo volto.

« Le ho già fatto sapere che è impossibile. Sono a sua disposizione, ma deve venire a Milano. »

« Che noia tutte queste regole. »

« Vacci tu. Mica ci vuole insieme. Nemmeno sa che ci conosciamo, a meno che non gliel'abbia detto tu. »

« Ovvio che non gliel'ho detto. »

« Allora vai. »

« Ora ho pure la macchina... »

Mi vedo già tra i tornanti di Montecarlo, ma senza la soddisfazione di poter arrotolare la capote e guidare con un foulard in testa, dato il freddo cane di dicembre che ormai è alle porte.

« Hai fatto tutto, dunque. » Una constatazione, niente di più.

« Sì » dico. Lui annuisce e non indaga oltre. « Vai a cena, adesso? »

Lui guarda l'ora. « Sì. » Non riesco a non pensare all'azienda che sospende la continuità per non assumere a tempo indeterminato.

« Ma... Carolina non ti ha detto che atti intende fare? »

« No, perché ho stroncato subito le sue speranze. Le ho spiegato che la cosa più comoda è che torni in Italia, qualunque decisione intenda prendere. »

« Okay. Magari nei prossimi giorni proverò a chiamarla di nuovo. »

« I segreti di famiglia... »

« Esatto. Dimenticavo di dirti una cosa. La settimana prossima ci sarà una messa per il compleanno di Simona. Mi ha telefonato sua madre per dirmelo e per chiedermi di farlo sapere anche agli altri della classe che sento ancora. »

Lui mantiene il capo chino, fisso sul marciapiede.

« Quando? »

« Il 3 dicembre. Faceva il compleanno il 3 dicembre. Ne compirebbe trentatré. » Non so perché lo ripeto e indugio nell'ovvio. Manca solo che mi metta a ripetere che invece ne avrà diciotto per sempre. « Alle sei, alla chiesa di Santa Maria Incoronata. Se puoi... e, naturalmente, solo se vuoi. »

« Non credo che riuscirò a venire. » La sua risolutezza sembra dettata più dalla mancanza di volontà che di tempo.

« Sai, sarebbe bello se riuscissimo a esserci non dico tutti... anche solo un po'. La madre di Simona era... titubante. Diceva che forse non è più una buona idea, che a nessuno di noi sarebbe più interessato partecipare al compleanno di una... di una morta. Ma è un modo per ricordarla, ecco. »

« Però, non diventa anche il modo per dannarsi ancora di più per com'è finita? »

« Forse, ma mi sa che non possiamo capire come si senta sua mamma. »

« No. Non possiamo. Senti, ti riaccompagno a casa » dice infine, le mani sempre più conficcate dentro le tasche del suo giubbotto.

« Non ti preoccupare... »

« Ci mancherebbe. »

Ma si tratta solo di svoltare l'angolo, non è chissà quale galanteria, e c'è un impaccio tremendo al momento di salutarci, tipo quando non si sa se dare un bacio sulla guancia destra o sulla sinistra. Impallino in fila « buona cena buona serata buona notte ciao » e mi ritiro in casa sentendo, insieme, caldo dentro e freddo da morire sulla pelle. Appendo il cappotto a uno dei ganci rotondi di velluto che Alessio aveva trapanato alla parete accanto alla porta d'ingresso, scalcio via gli stivaletti e prendo un elastico rimasto in giro per raccogliermi i capelli in una coda quando il telefono vibra sul mobile su cui l'avevo poggiato.

Se torno indietro, mi fai entrare?

Vado su di giri all'istante.

Ci sono altri argomenti che ci sono sfuggiti cinque minuti fa?

Dipende da cosa intendiamo per argomenti

Pensavo proprio un paio di giorni fa che tu sembri nato per il fast love

Ahahahah. Tu non te ne rendi conto, ma lo sei anche tu

Invece lo so

Quindi...?

Quindi...

Ovvio che vorrei che tornasse indietro. Resteremmo nel recinto delimitato dai patti iniziali: nessun impegno, e a me va bene, anzi benissimo.

Ma gli scrivo che non è serata da fast love.

E non è solo perché voglio godermi il vantaggio.

Per stasera mi basta questo: l'elettricità, l'attesa di cosa succederà dopo, i tre puntini di sospensione.

E, in quella dilatata sospensione, immaginare che ci sia l'impensabile.

Una sospensione che dura giorni.

Giorni durante i quali torno a San Brendano di Clonfert, perché la situazione coi miei va sanata e bisogna pian piano tornare a una specie di normalità. Non posso fare ancora lo spietato giudice dei miei genitori né credo di averne il diritto e, anche se non posso dire che con mio padre sia tornato il dialogo, se non altro non ci sono musi lunghi e lunghi silenzi.

« L'avrei pubblicato, alla fine » mi dice riferendosi al testamento mentre andiamo in auto dalla stazione al paese.

Le acque si sono fatte troppo torbide per capire cosa giace sotto la superficie. La vera verità o una verità di comodo per salvare le apparenze? Oppure, ancora, una verità condizionata da cosa è successo, da cosa ci siamo detti?

« Non ha più importanza. »

« Ne ha. Non sono fiero di quello che ho fatto. Ma questo è quello che sono. »

« Era il tuo nervo scoperto. Poi il cattivo sangue tra fratelli può essere molto corrosivo, papà. Non sei il primo. Pensa al principe Harry. »

Guardiamo poi tutti e tre un film sul divano, un po' vecchio ma meravigliosamente comodo, non come quelli nordici duri peggio di una lastra di cemento che si comprano perché in casa fanno chic. Poi giochiamo a scala 40 e mia madre è tutta contenta – di quella contentezza delle anime semplici – perché la fortuna è dalla sua. Nella villetta agghindata per l'Avvento, alcune decorazioni sono le stesse di quando ero bambina e Madre fa quella cosa che fa anche la zia Agata a Brooklyn Heights e che ricorda a entrambe l'infanzia perché la faceva l'altra mia nonna: in un pentolino ha messo qualche bastoncino di cannella, scorze d'arancia e alcune fettine di mela e tenendo il fuoco basso l'aroma si è sparso in tutta la casa, anche se mio padre brontola sulla bolletta del gas. Mentre il vento fuori casa piega i rami degli alberi e la stufa di ghisa emana un tepore che profuma di legno, io mi sento tutto sommato felice, o qualunque cosa si possa dire che somigli alla meno perfetta delle felicità.

Rientro a Milano e la vita scorre tra le riunioni in redazione e gli articoli di tutte le redattrici da rivedere e correggere – tutte tranne Arianna, cui pavidamente non oso cambiare una virgola.

La sospensione tra me e Manfredi ha continuato a rimanere tale, al che mi chiedo in cosa consista il vantaggio che avevo l'illusione di potermi godere. Il 3 dicembre resto indecisa a lungo se scrivergli per ricordargli della messa per Simona.

Poi, però, mi sembra di forzargli la mano a fare qualcosa che non sente. E mi dico tra l'altro che è un ben triste aggancio e che non voglio usare Simona come scusa, così alla fine mi astengo.

Non c'è nemmeno Alessio, è a Berlino per i soliti affari della sua agenzia. Varco quindi da sola la soglia della chiesa, un po' in anticipo, riconoscendo qualcuno dei compagni di classe che in questi anni a Milano era comunque capitato di rivedere in giro. Mi fermo a parlottare con ognuno fino a quando non intercetto la madre di Simona e Olivia, sua sorella.

« Grazie per essere venuta... c'è posto accanto a noi, se vuoi sederti. »

Naturalmente accetto. E, mi accorgo poco dopo, mi volto fin troppo spesso verso l'entrata per vedere se Manfredi alla fine arriverà.

« Come sta Alessio? » mi chiede la madre di Simona. L'anno scorso, alla stessa ricorrenza, ci siamo presentati insieme.

« Bene, è via per lavoro... » Non sto a spiegare che la natura dei nostri rapporti è radicalmente cambiata, perché non è proprio la circostanza adatta.

« Viene sempre meno gente, ormai. Ma lo capiamo, ci mancherebbe. Il tempo passa per tutti. »

« È solo perché più della metà della classe ormai vive fuori » mi affretto a dire io, e credo che sia anche vero ma ciò non toglie che la gente, sempre di corsa, tenda a risparmiarsi qualunque cosa comporti una minima deviazione dall'ordinario, specie se non è un'attività divertente.

La cerimonia inizia imponendo il silenzio, anche perché quando è il momento di ricordare Simona il prete, che l'aveva conosciuta, evoca quelle cose di lei che quando ci penso ancora oggi mi commuovono. Gli occhi mi si fanno lucidi.

« Toh, guarda chi si rivede » bisbiglia Olivia, seduta di fianco a me. Mi volto e scorgo Manfredi che va a sedersi in ultima fila e non mi quadra che venga accolto con sarcasmo.

« L'ho avvisato io. È stato carino a venire. »

Olivia mi rivolge un'occhiata irritata. « Se c'è qualcuno della classe che non è gradito, è proprio lui. Dicono che il tempo cancella le cose... ma, secondo me, le peggiora e basta. »

Mi sento confusa come se fossi appena scesa dalle montagne russe. Non capisco, davvero. Anche riavvolgendo il nastro. « Ma perché? »

« Come, perché? »

La madre di Simona poggia una mano sul ginocchio della figlia, per zittirla ma con gentilezza. E io vorrei chiederle di uscire e spiegarsi e spiegarmi, invece devo aspettare perché è così che ci si comporta nel mondo civile e tra l'altro infilo tre starnuti di fila per via dell'odore dell'incenso che mi penetra le narici.

Mi volto ancora, il mio sguardo insiste su Manfredi ma lui non lo aggancia.

L'ultima parte della messa mi sembra interminabile.

Non faccio che pensare a Manfredi e a Simona, a cosa potesse legarli e in qualche modo anche legarsi alla sua morte. E non mi viene in mente niente, anche perché quell'estate in cui sono rimasta a New York dalla zia Agata, tra il fuso e i pochi soldi con cui gestire il mio cellulare, sentivo poco Simona. L'ho salutata il giorno prima di partire convinta che l'avrei rivista al mio ritorno e le avrei raccontato tutto. Le avevo comprato una mug alla libreria Strand e vario altro ciarpamino con quei quattro soldi di cui potevo disporre. E invece.

La tazza la uso ancora io come portapenne in redazione.

Ma immagino che se fosse successo qualcosa di grave o, più in generale, qualsiasi cosa con Manfredi, o con chiunque altro se è per questo, lei quell'estate avrebbe trovato il modo di dirmelo.

Quando la funzione si conclude, non ho l'audacia di riprendere la conversazione sospesa con Olivia e credo che l'unica persona cui chiedere spiegazioni sia lì, seduta in ultima fila, l'aria da cane bastonato.

Saluto i familiari, vorrei augurare buone feste ma mi fermo in tempo, perché so già che il loro Natale senza Simona, anche se è passato del tempo, non potrà che essere di una tristezza insopportabile.

Raggiungo Manfredi, che è rimasto seduto anche se sono tutti in piedi, diretti ormai verso l'uscita.

Mi faccio coraggio e lo affronto saltando i preamboli.

« C'è qualcosa che devo sapere su te e Simona? »

Lui mi guarda, impenetrabile. Cosa c'è sul fondo delle sue iridi chiare?

Rimorso? Imbarazzo?

Risponde senza nessuna sorpresa, o esitazione, come se si aspettasse che prima o poi l'argomento sarebbe affiorato. Gli restava da capire solo il quando, e forse ne è sollevato. « Sì. »

Mi prende la mano e usciamo: il pomeriggio sembra già notte fonda. Mi porta in un bar vicino, che è deserto, e inizia a raccontare.

33 Nessun senso di colpa, non è importante per me

Luglio 2007

Una festa era quando una cosa non poteva andare bene o male: andava o benissimo *o* malissimo. *Nessuna via di mezzo, tutto amplificato.*

E questa è l'ultima festa che trascorreranno tutti insieme, dopo la maturità che ovviamente non è andata come i loro genitori avrebbero voluto. Ottantatré Manfredi, ottantacinque Mercede.

Il sostituto procuratore Malacarne aveva promesso che con novanta li avrebbe mandati a Ibiza.

Pazienza, niente Ibiza.

Ma la festa di compleanno, quella sì, quella si fa ancora e ci sono tutti, perché la gran parte di loro studia per entrare in una facoltà a numero chiuso. È una strana casualità, in quella data del cazzo in cui non c'è mai nessuno.

Anche se ci sarà un'illustre assente.

Rachele ha preso cento con lode e per premio l'hanno spedita a New York per tutto agosto.

Lo si capisce sin da subito che non è una festa di compleanno qualunque, no, è una festa liberatoria, è la festa della fine di questa terza A che passa il testimone alla prossima.

Il caldo umido e torrido gli fa appiccicare sulla pelle la camicia bianca, ma Manfredi non ha avuto scelta, ha dovuto metterla altrimenti a sua madre sarebbe venuta una sincope.

Il gruppo di desperados che suona dal vivo lo ha trovato Marco Erdély e si vede, sembra la Festa dell'Unità. Manfredi va a dirgli di darsi una calmata, che Socialismo e barbarie *stasera non è il caso.*

«Non ho mai...»

Eccoli. Hanno cominciato. Si gioca a «Non ho mai»: uno di loro dice una cosa che non ha mai fatto. Chi tra loro quella cosa l'ha fatta beve un bicchiere pieno. Chi non l'ha mai fatta non beve niente.

« Non ho mai guardato un porno. »

« Non ho mai dato un numero falso a qualcuno. »

« Non ho mai fatto pipì in piscina. »

« Non ho mai dato soprannomi a parti del mio corpo. »

« Prendi il bicchiere che questa l'hai fatta. »

Sono mezzi ubriachi al quinto « Non ho mai », in tempo per iniziare a farsi domande spinte e bere tutti per darsi un tono, quando invece alla fine nessuno ha veramente fatto niente.

« Ma quando mai » gli dice Mercede avvicinandosi in tempo per ascoltare e vedere che sta bevendo al « non ho mai fatto sesso tutta la notte ».

« Manfredi, siete degli sfigati. E su. Ancora con 'ste cose? Piuttosto, vedi che c'è Simona che non sta bene. »

« Simona chi? »

« Simona! La tua compagna di classe. »

Lui si guarda intorno, in effetti lei non sta giocando a « Non ho mai ». Ma Simona è una mezza disadattata, senza Rachele non va da nessuna parte e, anzi, non si capisce cos'è venuta a fare alla festa.

« Pensaci tu. »

« Io la conosco a malapena. »

« Perché io invece? Okay, senti, dov'è? »

« Dal lato del giardino, è da sola. Andiamo insieme. »

« No, tranquilla. Vado io. »

« Non ho mai fatto sesso in un cinema. » Il gioco demenziale intanto procede e Manfredi si chiede se valgono alcune cosine alternative al sesso in senso stretto che lui e Barbara hanno fatto in sala quando sono andati a vedere Casino Royale. *Ma siccome lei è presente e lui è beneducato (e in parte teme la sua reazione) dice, con fare superiore ma traballante: « Io non bevo » prima di andare da Simona.*

« Ehi. Ciao. Ti diverti? »

Simona si volta lentamente.

« No. È una festa di merda. »

Non ha giocato, ma ha bevuto.

« Grazie. »

« Prego. Anche io ho un 'non ho mai' » gli dice, traballando mentre si alza dal gradino su cui si è seduta.

« Vieni a dircelo » e la prende per mano.

« No, lo dico solo a te. »

« Spara. »

« Non ho mai detto che avrei voluto solo che in questa nostra classe di merda qualcuno mi guardasse, una volta, in cinque anni. »

« Io ti ho guardata. Sei molto, molto carina. »

« Carina abbastanza? »

« Più che abbastanza. »

« Carina da darmi un bacio? »

« Più che un bacio. »

« E perché non me lo dai? »

« Non stasera. Vieni qui, su. Non ti reggi in piedi. » Lei si appoggia ma finisce con l'abbracciarlo.

« Io, comunque, volevo dire che nessuno mi guarda nel senso che sono invisibile. »

Pur abbastanza annoiato, Manfredi comprende il suo punto di vista. Simona e Rachele sono sempre rimaste ai margini della classe. Il confine tra quanto siano escluse dalle altre, Barbara in primis, e quanto invece si distanzino da sole, è sottile. Allora le ripete la stessa cosa che dice a Mercede. « È finita. La classe è andata. Non ci pensare più. »

« Mi viene da vomitare. Voglio tornare a casa. »

« Hai bevuto troppo. Sei venuta da sola? »

Simona capisce che lui sta guardando in direzione dei bagni.

« Non voglio che mi accompagni tu. »

« Allora vado a chiamare Mercede. »

Tutto sommato è contento di sbolognarla a sua sorella, anche lei è un po' disadattata, tra loro si capiscono.

« Auguri, Manfredi! Buon compleanno! » grida lei e lui le sorride un po' a disagio ma fa presto a darle le spalle.

« Hai visto Mercede? » chiede in giro. Persino a sua madre, che si allarma perché quando si tratta di Mercede non sta mai tranquilla.

« No. Perché? Dov'è? È successo qualcosa? »

« No, no. »

« Ohi, Manfredi, vieni!!! »

Lo chiamano. È la sua festa, d'altra parte.

« Nessun senso di colpa, non è importante per me » sta cantando quel gruppo dal vivo e qualche tempo dopo gli sarebbe tornata in mente aggravando il suo rimorso, una cosa che lo farà a pezzi per gli anni a seguire. Il chitarrista e il batterista ci vanno giù pesante, gli altri lo trascinano nella mischia, Barbara gli mette le braccia attorno al collo.

Quando se ne ricorda e torna in giardino insieme a Mercede, di Simona non c'è più traccia.

Simona sale sulla Smart che condivide con la sorella.

Al bagno non ci va, fila dritta al parcheggio senza salutare nessuno. E nessuno, d'altra parte, si accorge che lei se ne sta andando: men che meno Manfredi, che è tornato in pista a ballare e forse si è anche scordato di avvisare Mercede. Ma, alla fine, si dice, lei non ha bisogno che nessuno le faccia da baby-sitter.

Non si sente ubriaca. Ha solo bisogno di un po' di tempo in silenzio e così rimane per qualche istante sul sedile, con le cuffie giusto per riparare le orecchie dal frastuono. Fa un piccolo sonnellino ma poi le torna la nausea e desidera tornare a casa. Si sente in condizioni di farlo.

È stata solo una serata di merda, domani mi passa.

Tentarono di dire che la colpa era sua perché aveva bevuto, ma chi la investì risultò più ubriaco di lei.

Se, però, lei a sua volta fosse stata lucida, sarebbe stata in grado di schivarlo, ma non andò così.

Simona restò in condizioni disperate per quarantotto ore. Poi ci lasciò, senza mai aver ripreso conoscenza. In punta di piedi, lieve e silenziosa.

Manfredi disse che l'aveva vista ubriaca e che no, non era in condizioni di guidare. Quando il poliziotto che gli parlò gli domandò con tetra aria di biasimo: « E perché non l'hai fermata? » Manfredi scoppiò a piangere per la prima e unica volta nella sua vita da giovane adulto.

Mercede cercava di coprirgli le spalle, o almeno così aveva sempre creduto lui. A tutt'oggi lei gli dice che aveva cercato Simona per aiutarla, ma se n'era già andata.

Al funerale Manfredi se ne sentì dire abbastanza da veder crescere quel rimorso ancora e ancora. Gli aprivano davanti il ventaglio di tutte le cose che avrebbe potuto fare e non aveva fatto per superficialità ed egoismo.

Non riusciva a capire se a pesargli di più sulla coscienza fosse che le ultime cose che le aveva detto fossero tutte bugie o il non essersi curato di fermarla. Chiunque altro gli diceva che era stato un incidente, che non aveva colpe. Persino sua madre, persino suo padre. Tutto dire.

Per quello che lo riguardava, non se ne sarebbe mai convinto.

34 Un risciacquo veloce

L'ha lasciata da sola.

Questa è la prima cosa che penso. Ma ha senso gettargliela addosso con tutta la forza di un'accusa?

« Non ho giustificazioni. »

« Anche perché non ce ne sono. »

Questa mi è scappata. La pancia che prende il sopravvento sul resto. Lui, per dirla tutta, non sembra nemmeno deluso. Sembra abituato a pensare male di sé in riferimento a questa specifica storia.

« Nessuno può farmi sentire peggio di come mi sento io, quando ci penso. » E infatti.

Quasi ne ho compassione. E credo che tra tutti i sentimenti che potrei (o avrei potuto) provare per lui, questo è il peggiore, quello che avrei evitato volentieri.

« Però... »

« Però? » Mi guarda con un barlume di speranza, come se si aspettasse una specie di assoluzione, che arrivando da me potrebbe forse bastargli: se lo perdono io che per Simona mi sarei buttata nel fuoco, allora magari può perdonarsi anche lui.

« Era la tua festa... eri preso da altro. »

Non lo giustifico, ma non lo giudico, come direbbe la zia Agata.

Poi però penso per un attimo allo scenario alternativo: lui che resta con Simona, le dice stai buona e siediti là. Non ti muovere e non te ne andare, per nessun motivo al mondo. Ti porto a casa. O ti faccio portare a casa da qualcuno. Chiamo tua sorella. Insomma, lui si fa carico del piccolo grattacapo che lei poteva rappresentare per dieci preziosi minuti della sua festa e della sua vita.

Ma sono tutte cose che avrei fatto io e che sono assolutamente improbabili se immagino il contesto di quella serata. Manfredi, a quell'età, in una circostanza come quella, non le avrebbe mai fatte.

Lui alza lo sguardo chiaro. « Magari pensavi che a lei ci avrebbe pensato qualcun altro? » azzardo. Che poi, chi?

« No, no. Non hai capito: io non pensavo a niente. »

Gli sfioro una mano. « Se ci mettiamo a stabilire di chi è la colpa e risaliamo alle origini, potrei dirti che è anche mia. Se non fossi andata a New York forse non sarebbe morta, perché alla festa sarei venuta anche io e le avrei impedito di mettersi a guidare. Oppure sarei morta come lei, perché sarei stata seduta sul sedile di fianco. Andando ancora indietro, se in classe io e lei avessimo trovato un altro punto di riferimento, magari a quel qualcuno sarebbe importato di lei. Chi resta non può che sentirsi in colpa. » Manfredi solleva lo sguardo dal vuoto che fissava un po' incantato. « Anche io in tutti questi anni mi sono rimproverata di essere partita lo stesso, anche se mi ero accorta che quell'estate era strana. Inquieta, depressa. Un po' perché la maturità non era andata come voleva lei, un po' perché era indecisa su cosa fare all'università... La mente è abilissima a prendersi responsabilità quando non ne ha. E a negare quelle che ha. »

« Ma io ne ho » risponde, con semplicità.

« Sì. Forse sì. Ma è ingiusto prenderti tu da solo tutto il carico. »

Però, ripensando alla mia dolce amica, non riesco a non ammettere che sarebbe bastato un minimo di attenzione in più.

Tuttavia.

Volergliene non mi ridarà indietro Simona. Volergliene non porterà indietro il tempo e non lo inchioderà lì, su quel gradino, per verificare che lei non faccia stronzate.

Ma non volergliene e rimuovere tutto mi sembra un'amnistia facile, un risciacquo veloce alla luce del fatto che sono trascorsi anni e vanno in prescrizione i reati, figurarsi la superficialità. L'indifferenza. La noncuranza.

Il cameriere poggia il piattino argentato con lo scontrino sul nostro tavolo e lui lascia una banconota prima di rimettersi in piedi e riavvolgersi nel suo giubbotto.

« Grazie. Per aver capito » mi dice tenendo lo sguardo basso.

Ma io non ho capito niente. « Io davo per scontato che tu questa storia la sapessi. La sanno tutti, non è un segreto. Io l'ho detto subito, volontariamente. E pensavo che ci fossi passata sopra, ma in effetti che scemo. No, che non ci saresti passata sopra. Mi hai rinfacciato cose di quando avevo diciotto anni che in realtà erano cazzate, rispetto a questa. »

Lo dice con amarezza e io mi sento colpita nel vivo. Si può superare qualunque tipo di rancore, le cose da adulti si perdonano, ma non quelle da ragazzi. Lo sa bene anche mio padre, lo sa bene anche Carolina Marsini.

« L'unico a dirmela poteva essere Alessio. Ma poi... insomma, adesso non è veramente la cosa più importante. » Oppure sì?

« Tu credi... tu credi che possiamo resettare? »

Lo chiede con un'espressione così pura che dirgli di no sarebbe altrettanto pura crudeltà. Ma dirgli di sì su due piedi sarebbe mentire. E tra le due, mento.

« Ti do un passaggio a casa? »

« Grazie, ma stasera vado al cinema con un'amica. »

È vero, non è una scusa. Lui, comunque, non rilancia la proposta di accompagnarmi, quindi ci salutiamo con un semplice cenno della mano.

Quando lo vedo di spalle diretto verso la sua moto, mentre l'aria gelida mi penetra fin sotto la pelle, provo una profondissima tristezza.

L'indomani, in redazione, è giornata di riunione per il brainstorming sull'edizione online della prossima settimana ed è forse la prima volta in cui assaporo in pieno l'avanzamento di carriera. Per la prima volta filtro io le idee delle ragazze e non più Aleksandra.

Un pezzo sulle attrici di *Mare fuori*, dato che a febbraio uscirà la terza stagione, passa a colpo sicuro. Poi approvo un paio di altre idee da sottoporre a Irene, la migliore è: *I due libri ambientati tra veri snob che non puoi non leggere*: *Il party* di Elizabeth Day e *L'estate dei fantasmi* di Lawrence Osborne. Ma è un trafiletto, siamo in carenza di ciccia vera.

Proposta di Nicole: « La gentrificazione a Milano ».

« Bocciata. Poi ci dicono che parliamo solo di Milano e che ci sembra che il mondo giri intorno a questa città. D'altra parte è vero: scriveremmo mai su *Chic&Glam* un articolo sul mercato immobiliare di Isernia? »

« Ho il piano B: i centocinquant'anni di Villa Serbelloni sul lago di Como? »

Arianna corruga la fronte mentre accetto. E lo faccio senza entusiasmo, ma bocciargliene due di fila mi pare brutto.

Proposta di Marta: « Capelli grigi glam: Andie MacDowell, Carolina di Monaco, Elizabeth McGovern... »

Arianna curva le labbra all'ingiù quando dico okay. Nella sua mente sta ripetendo: Avanguardia pura, ci scommetto.

« Arianna? La tua proposta? »

« Non ne ho. Accetto qualunque assegnazione. »

Samira, Marta, Nicole e io la fissiamo con sconcerto.

« È il primo aprile? » le domando, e Arianna sorride, ma sembra opaca. « No. Davvero. Non ho tematiche. »

La fisso interrogativa ma non faccio in tempo a parlarle perché intanto ci raggiunge Irene e le ragazze espongono i contenuti che vengono approvati tutti, più altre sue idee e spunti e, infine, il trigger. Almeno per me.

« Ho pensato una cosa » esordisce sfiorandosi la montatura degli occhiali. « Non sarà chissà che innovazione, ma una volta la settimana iniziamo a proporre le pagelle. »

« Pagelle? Su cosa? »

« Su eventi in generale. Outfit, performance... » Si ferma un istante. « Ripeto. Non è niente di nuovo. Ma la gente ci clicca su, sempre. A quanto pare abbiamo un calo di linkbaiting, dobbiamo correre ai ripari. »

« Però... » azzardo, mettendo da parte la timidezza di esprimere un'obiezione davanti a tutte. « Posso fare un'osservazione? Comprendo che bisogna sopravvivere, ma forse sarebbe bello evitare un tipo di atteggiamento concettualmente umiliante. Arriva uno, non si sa a che titolo, e butta lì un voto, in base alla propria sensibilità personale. E la gente lo legge, molte volte senza nemmeno aver visto di persona di cosa si tratta. Ma quel voto basso fa notizia. È ingiusto. »

Irene ha la fronte solcata da un certo numero di rughe parallele. « Il voto non è alla persona. Il voto *non è* la persona. Allora dovrebbero toglierli anche a scuola. Il voto si dà alla performance. »

« Ma per molte persone, specie a certi livelli, le due cose coincidono. »

« Dubito che Cate Blanchett si curerebbe del voto di *Chic&Glam* edizione Italia. »

« Questo è solo il mio pensiero... Non pretendo che sia universalmente corretto. E non discuto che le pagelle, se date con intelligenza, possano essere divertenti, o stimolanti. Ma la questione è il sistema. Facciamo passare il concetto che va bene giudicare spietatamente. »

« Grazie per il confronto, Rachele. Il tuo punto di vista è molto interessante. » Detto ciò Irene si rivolge ad Arianna: « Iniziamo con il botto, il Golden Globe a gennaio. Le fai tu le pagelle? Severa ma giusta ».

E intanto sento vibrare il telefono con insistenza, una, due volte di fila. È Madre, e la richiamo dall'angolo caffè dopo che Irene ha sciolto la riunione, mentre la macchinetta spreme una cialda per il terzo espresso della mattina.

« Senti, se vengo da te oggi? E mi fermo a dormire? »

« Per me va benissimo. Ma... papà? »

« No, lui resta qui. »

« Mamma, è tutto a posto? »

« Sì, è tutto a posto. Quando vengo ne parliamo. Sempre se vuoi. »

« Certo che voglio. Dimmi quando arrivi, vengo a prenderti in stazione. »

35 Voglio bene a lei

E Madre in effetti arriva con il treno delle 18.25 e un bagaglio che mi lascia interdetta: la valigia rigida XXL gialla comprata con gli sconti quando sono partiti per la crociera di due settimane in occasione del pensionamento di papà.

« Lascia, ti aiuto io » dico, avviandomi verso la scalinata. « Prevedi di stare più di una notte, mami? »

« In realtà, Rachi... io vorrei andare a New York dalla zia. »

« Oddio, mamma, ma è stupendo! »

« Eh, stupendo... I voli costano una cifra allucinante ma vuole pagarmelo lei. Dice che vuole compensare tutti i regali di compleanno e di Natale che non mi ha fatto... Ma prima di farle fare i biglietti, ho pensato che magari vuoi venire anche tu e che quindi, nel caso, prendiamo posti vicini... »

Ci penso, ci penso seriamente.

« E quando dovresti partire? »

« Fosse per me, già domani. Dopodomani. In tempo per tornare per il Natale. »

« E papà? »

« Lui sa che è un regalo della zia. E poi, magari un giorno lo capirai anche tu... a stare insieme ogni santo giorno, tutti i giorni... ecco, come dire, ogni tanto spezzare la routine fa bene. »

« Quindi non lo stai lasciando? »

Per poco non ruzzola per le scale.

« Ma che lasciare? Ma ti pare? Rachele, io sono preoccupata, tu veramente mi sembra che non ragioni più tanto bene. »

« Mamma, non è un'ipotesi così implausibile. »

« Cosa? Che lascio tuo padre o che tu non ragioni più bene? »

« Direi entrambe. »

« Guarda che tu hai perso un po' la visione d'insieme. Tuo padre è una brava persona. Con i suoi difetti, ci mancherebbe. E sicuramente con quella storia del testamento ha commesso un errore... ma è una brava persona. »

« Comunque una dimostrazione se la merita e, se vuoi sapere come la penso, la tua partenza sarebbe proprio una bella lezione. »

« Vieni con me... »

« Mammina... io ci verrei a New York, figurati, ma non posso partire dall'oggi al domani. Specialmente non prima di Natale, dopo la promozione, poi... E tra l'altro voglio risparmiare per comprare l'appartamento. Tanto più che non so quanto mi resterà dell'eredità dello zio. » Mi fa strano chiamare con un appellativo familiare un perfetto sconosciuto ma è anche vero che negli ultimi mesi è di certo un po' più zio di prima.

« Quel disgraziato a noi ha lasciato solo le rogne. Lo sai che ci è già arrivata una cartella di riscossione? »

« Bisogna trasmettere la rinuncia di papà. E ovviamente, dovrò pagarla io. »

« Ecco. Che bello. »

« La vita è così. »

« Ti anticipo che è bella salata. »

« Tranquilla: io mi preparo sempre al peggio. »

« Il problema è che poi il peggio sorprende sempre. »

« Mamma, devo dirti che hai ragione. »

« Vita vissuta. E proprio per questo... me ne vado a New York. Vuoi che ti porti qualcosa? »

« Al tuo buon cuore. »

Nel frattempo raggiungiamo casa in metropolitana e una volta arrivate lascio che si trasformi in Mary Poppins: un po' per carattere, un po' perché così si sente ancora madre di una figlia da accudire.

L'indomani lavoro da casa e poi la accompagno alla stazione di Cadorna, dove prenderà la navetta per Malpensa in tempo per il volo delle 19.10. È già andata a trovare la zia altre volte in passato, ma che voglia ammetterlo o no stavolta non è solo una vacanza, è una piccola mossa d'indipendenza, e sono felice per lei.

Non ho più sentito Manfredi. Tante volte ho aperto WhatsApp per scrivergli senza mai farlo.

Per usare un termine in voga, ci stiamo facendo *vanishing* a vicenda. Attribuisco la colpa non tanto a ciò che ci siamo detti o peggio ancora non detti, quanto all'intensità delle cose che si sono messe in mezzo a noi.

E intanto i giorni più freddi di dicembre si sono avvicendati nel piattume generale, tra luminarie sempre più sfrenate, impulso e compulsione all'acquisto di cose inutili, ammorbante sovrastimolazione natalizia.

Madre, entusiasta, manda foto di New York sul gruppo di famiglia.

Padre, amabile, risponde sempre affettuoso e partecipe.

Quando Aleksandra mi chiama, penso sia per farmi gli auguri di Natale. E in effetti, è da lì che parte. Ma poi arriva altrove.

«Irene mi dice che te la cavi benissimo. Non avevo dubbi.»

«Be', sono contenta» ribatto.

«Attenta a Nicole, sai che è la sua cocca.»

«Sì, sì. Non le boccio mai due articoli di fila.»

«Brava.»

«Ho imparato dalla migliore!»

«Senti...» dice lei, glissando sul complimento che è suonato lezioso anche a me subito dopo averlo detto, «volevo annunciarti una notizia che, se presa fuori contesto, potrebbe lasciarti stranita.»

Mi metto in allarme, e sono pronta più o meno al peggio. Ma ha ragione mia madre: il peggio ci sorprende sempre.

«... ecco, quindi, Arianna...»

Aleksandra parla e io seguo a metà, ma mi torna in mente quella frase che la stessa Arianna mi ha detto in occasione della mia promozione. Come si fa a essere sinceramente felici dei successi degli altri? Anche quando non tolgono niente a noi. « Ha dimostrato di saperci fare davvero tanto sui social e quindi, insomma, in *Garbe* la vogliono e non vorrei mai che tu pensassi, ricordando cosa ci siamo dette quando ne abbiamo parlato, che io abbia preferito lei a te. »

« Oh. Capisco, certo. No, non lo penso. Ma anche se fosse, se lei ha delle abilità in più... »

« E poi, Rachi, lei qui viene a occuparsi sostanzialmente dell'edizione digital e dei social. Caposervizio è tutta un'altra cosa. »

L'affrettarsi a pesare sulla bilancia i due ruoli cela l'implicita verità: ad Arianna è di certo andata meglio che a me. Ma fare questo confronto non mi porterà da nessuna parte e non mi farà bene, poco ma sicuro. Appena chiudiamo faccio ripartire un podcast buddhista in cui viene raccomandato di non paragonarsi mai agli altri ma semmai a chi eravamo un anno fa, e lo ascolto mentre riordino i cassetti, un'attività come un'altra per distrarmi dal malessere ingiustificato che mi è preso. Perché sì, io credo che in effetti Aleksandra e, se non lei, la direttrice di *Garbe*, abbia preferito Arianna. Va così. In questa tipologia di mondo, è totalmente inutile armarsi contro un mare di triboli. Oddio, ma di chi era questa frase? Non riesco a ricordarmelo. In ogni caso, io un anno fa non ero caposervizio e nemmeno ci speravo, dunque il podcast ha ragione, ma è interrotto sul più bello dalla suoneria.

Manfredi!!!

Nel momento peggiore in cui avrebbe potuto rifarsi vivo, oltre dieci giorni dopo che ci siamo visti alla messa in memoria di Simona.

« Sei incasinata? »

« Sono posseduta dallo spirito di Marie Kondo. »

« La giapponese che sistema casa? »

« Esatto. »

« Volevo chiederti di vederci. Se vuoi. »

« Manfredi... in realtà oggi ho un paio di scadenze... »

Detta ora, dopo aver ammesso che sto rassettando, suona come una scusa pietosa. Ma come faccio a confessargli che sono presa male, ho il ciclo, c'è la luna piena in Scorpione e i maki fritti nel panko con cui ho pranzato a mezzogiorno sono rimasti intonsi a gravare contro il mio diaframma? Per scrivere ci vuole un certo stato d'animo e attualmente ne sono del tutto sprovvista.

« Ho capito. »

« No, ma davvero... »

« Sì, ci credo. Non penso sia una scusa. Tranquilla. »

« Cioè, voglio dire, non c'entra Simona, ecco. »

Da dove mi è uscita, questa *excusatio non petita*, non lo so. Altro che podcast buddhista, mi ci vorrebbe.

« Lo spero. »

« Ne abbiamo già parlato... non è colpa tua. »

Ma anche un po' sì. Ma anche un po' no. Non lo so più. Gli sto mentendo perché in realtà quel particolare che non sapevo aggiunge qualcosa all'idea che ho di lui, qualcosa che non è certo un merito. Ma che non va nemmeno a merito mio: io gli rimprovero cose di quindici anni fa.

A disagio, Manfredi opta per sorvolare. « Comunque io... era per dirti una cosa. Indovina chi viene a Milano per un appuntamento? »

Non ci vuole chissà che intuito per capirlo, ma sono ugualmente molto sorpresa. « Carolina? »

« Brava. Le ho trovato spazio rinviando un atto, il cliente mi voleva ammazzare. Ma poi, sai, chiudo per Natale... »

« Che fai a Natale? »

« Vado a New York con Mercede e altri amici. »

« Non ci posso credere! Ho rischiato di andarci anche io. »

« E invece? »

« Vuoi mettere San Brendano di Clonfert? Il presepe vivente nella chiesa della Madonna dei Rimedi? » Sento il suo sorriso attraverso il telefono. « Comunque sei stato carino ad accontentare Carolina. Immagino che ti abbia chiesto un appuntamento con l'assertività che la contraddistingue. »

« È una tipa perentoria. »

« E cosa vuole fare? Rifiuta o accetta? »

Il tono evasivo mentre risponde supera le onde elettromagnetiche. « Ne dobbiamo parlare. »

« Signor notaio, mi è reticente? »

« In teoria, sarei tenuto al segreto professionale. Ma così, per dire. »

« Ah, il segreto professionale, certo. Allora non ti porterò sulla cattiva strada. »

Abbassa la voce e mi dice: « Su quella, fino a prova contraria, vado fiero di avertici portata io ».

Se la cattiva strada è il sesso spinto, come dargli torto. Prima di lui ero diventata più vergine di una vergine.

« Okay. Grazie per l'aggiornamento. Per l'invito. Insomma per tutto. »

Quando chiude, io mi chiedo: Che cosa ho fatto?

E mentre piego un maglione mi torna in mente il *mare di triboli* e mi si sblocca un gran ricordo.

Diciamo no agli Amleto!

La Santoriello! E, gira e rigira, sempre Manfredi.

Lui è stato carino ad avvisarmi ma, poco dopo, ricevo un messaggio di Carolina Marsini che mi comunica che sarà a Milano il 21 dicembre.

Vorresti accompagnarmi dal
notaio?

Non può immaginare che non aspetto altro. E non per Manfredi. Ma per incontrarla, capire e carpire quelle ombre familiari che si nascondono dietro il suo nome.

Le rispondo quindi: « Certo, volentieri. Vuole che pranziamo insieme? »

Grazie, ma ho già un impegno
Ci troviamo dal notaio alle tre

Nel frattempo, Madre torna da New York e Padre, niente meno, va a prenderla a Malpensa come un innamorato ai primi tempi di una relazione, quando si vuol fare bella figura o non si riesce a stare lontano dall'altro. O tutt'e due le cose. Poi andiamo a cena in un posto che ricorda a entrambi i tempi di quando vivevano a Milano. Trentacinque anni interi, tutta una vita adulta. Gli anni d'oro, dice sempre lei.

Madre si imbarca in racconti torrenziali sulla Grande Mela e Padre pende dalle sue labbra.

Questa piccola pausa credo che abbia portato i suoi frutti: l'emancipazione di lei ha sferrato un colpetto all'ego di lui, e Dio solo sa quanto ne avesse bisogno.

Un altro colpetto glielo do io mentre mia madre è in bagno, quando gli dico che incontrerò Carolina Marsini. Gli va di traverso l'acqua che stava bevendo.

« È proprio necessario? »

« Me lo ha chiesto lei. »

Lui prende la gabbietta metallica della bottiglia di prosecco, la piega e contorce fino a farci una tartaruga e me la regala. Lo fa sempre.

« Non capisco per dirti cosa. »

« Lo sapremo presto. Piuttosto, c'è qualcosa che *tu* vuoi che io dica a lei? »

Ci pensa, lo sguardo fisso sulla porta della toilette in fondo alla sala da dove si aspetta che a breve esca Madre. « No » dice infine, abbastanza freddo.

« Le porto i tuoi saluti? »

« Se vuoi. »

« Papà... Ma com'è che la casa è andata a fuoco? Cos'ha combinato, Massimo? »

« Un mozzicone di sigaretta, dicevano. Ma a me sembrava una cosa troppo stupida, persino per lui. Non ci ho mai creduto. »

« Però che sia stata colpa sua è sicuro. Altrimenti non si sarebbe sentito in dovere di ricomprarla. »

« Mi è sempre sembrato più verosimile che avesse appiccato il fuoco volontariamente per chissà quale motivo. All'incidente non ho mai creduto. Forse però ho sempre sovrastimato la sua intelligenza. Perché? »

« Solo curiosità. Ma... quando è successo, Carolina era in casa? »

« In teoria no. Carolina aveva il compito di tenere i suoi lontani da casa con una scusa per permettergli di entrare dentro e rubare indisturbato. Ma forse divampò quando loro erano già tornati, perché finirono in ospedale. »

Faccio palline con le briciole di pane e cerco il suo sguardo quando gli chiedo: « Secondo te... come ha fatto a convincerla? »

« Lui era molto bravo a spingere le persone a fare quello che voleva. Se solo avesse usato questa sua abilità a fin di bene... Ma non l'ha mai fatto. Ora però sta tornando tua madre. »

E quindi fine delle trasmissioni. Madre peraltro è devastata dal jet lag e agogna il letto. Mi ero offerta di ospitare entrambi sul divano ma Padre, in versione fidanzatino, ha prenotato una camera per consentirle di riposare e per farle fare colazione in albergo perché sa che lei ama i buffet della mattina. Ripartiranno per San Brendano domani stesso e io li raggiungerò prima di Natale, come da programma.

Lui va a pagare il conto mentre lei indossa la giacca. Ha l'aria frullata che ci si aspetta da chi è sceso da un intercontinentale.

« Come va con papà? » chiede in un sussurro. « Vi ho lasciati soli per un po' di proposito. Sento che c'è ancora troppa distanza tra voi, dopo la faccenda del testamento... »

« Va tutto bene » le rispondo. Non perché sia davvero così, ma semplicemente perché io voglio bene a lei.

36 Sono anche affari miei

Eliana, la solita segretaria, sembra stupita di vedermi ma io ho avvisato Manfredi con un messaggio – non mi sarei mai presentata così, a sorpresa, in maniera indiscreta. Ritrovarmi qui mi infonde una sensazione un po' amara di rimpianto. Sento la mancanza di quella febbre alta dell'adolescenza che mi era venuta a scoppio ritardato. Ma, ne sono consapevole, non poteva durare.

Ad aggiungere agitazione è l'idea di incontrare Carolina in carne e ossa, questa donna che suo malgrado è la mia inconsapevole madrina: senza la delusione d'amore che ha inflitto a mio padre, lui probabilmente non avrebbe sposato mia madre. Ma forse sto semplificando cose di cui non capisco la vera e profonda natura.

Colei che si presenta come Carolina Marsini arriva cinque minuti dopo di me e quando la sento dire il proprio nome a Eliana non resisto all'idea di alzarmi e sbirciare, di osservarla senza che lei osservi me e nel farlo inevitabilmente riduca la mia capacità di attenzione.

La vedo solo di spalle, con un cappotto color avena di lana pregiata e tacchi in tinta. I capelli sono lunghi, di un bel castano ramato, inanellati in onde composte e lucide. Dal braccio pende una borsetta di lusso e le unghie sono fresche di manicure. Emana profumo prima ancora che io possa effettivamente sentirlo.

Eliana le indica la sala d'attesa e io vado incontro a Carolina con le gambe un po' tremanti, curiosa di scoprire il viso che ha lanciato un sortilegio su mio padre e mio zio e ha contribuito a renderli nemici per sempre.

La foto postata anni fa da Lucie Bonnieux non le rende giustizia e da lì non avrei potuto riconoscerla. È il viso di una sessantenne espressiva e furbetta e in qualche modo mi è familiare, forse somiglia a qualche attrice di cui non ricordo il nome, né che film abbia fatto.

« Signora Marsini? Sono Rachele. Rachele Braganza. »

« Oh! Eccoti » replica lei, sorpresa più che altro di trovarmi appostata in questa sala d'attesa rosa che genera sempre un effetto di stordimento e, ora posso dirlo, con tutto il rispetto per Mercede, è un'idea del cavolo. Mi porge la mano: è morbida, gentile. E mi scruta, curiosa di me forse non quanto io lo sono di lei, ma pur sempre almeno un po'.

« Ha fatto buon viaggio? » le domando, per gentilezza e perché da qualche parte bisogna pur iniziare.

« Sì, grazie. Sono arrivata ieri, ho avuto modo di riposare. »

« E resta fino a... »

« Domani. Giusto il tempo di andare a teatro stasera. »

L'accenno al teatro mi offre l'assist per rompere il ghiaccio nel miglior modo possibile, anche perché presto scopro che si tratta di uno spettacolo che ho visto anche io e ne ho scritto per *Chic&Glam* non più tardi della settimana scorsa. Ma, esaurito l'argomento, ci ritroviamo per qualche istante in un silenzio glaciale che sento il bisogno di sciogliere prontamente, e forse anche lei, perché partiamo allo stesso momento. Al che le dico di parlare per prima e lei fa un sorriso tirato: « Non era niente d'importante. Vogliamo sederci in attesa che arrivi il notaio? »

So per esperienza che Manfredi è cronicamente in ritardo e che la cosa lo cruccia parecchio perché pretenderebbe da se stesso lo standard più elevato. Quindi in effetti è inutile aspettarlo in piedi.

Sediamo l'una di fronte all'altra e Carolina prende uno dei libri fotografici disposti sul tavolino rotondo per ingannare l'attesa. Di tanto in tanto i nostri sguardi si incontrano e io mi dico che questo silenzio è un po' surreale. Perché mi ha chiesto di essere accompagnata se poi non è intenzionata a sganciare qualche anticipazione?

« Carolina, mi scusi... oggi posso esserle utile in qualcosa? »

« Be', utile... non direi. Più che altro, dal momento che il testamento ti riguarda, ho pensato che volessi sapere cosa voglio fare. Mi è parsa una cosa gentile » conclude, quasi sulla difensiva, per non dire allibita di fronte al fatto che io non abbia capito le sue intenzioni.

« Sì, sì, lo è, certo! »

« Signore, buon pomeriggio. »

Manfredi si è affacciato in sala d'attesa in tutta la sua fantasmagorica maestà, sortendo un effetto di immediato interesse da parte di Carolina, che gli rivolge il suo sorriso più accattivante.

« Credo di non aver mai visto un notaio così giovane! » E davanti a questa sorpresa rispondo io d'impulso.

« Ha vinto il concorso a ventinove anni. Ne va *estremamente* fiero. »

« Grazie, Rachele » dice lui, compito ma sbrigativo, la mano su un fianco snello. « Venite, prego. »

Non ci porta nel suo studio bensì nella sala in cui ho accettato la mia eredità. Una stanza di cui serbo un ricordo che, perso adesso tutto il resto, mi fa persino male.

Scosta la sedia per Carolina, che galantuomo. Io faccio da sola.

« Allora, signora Marsini, come da sua richiesta ho predisposto tutto per il suo rifiuto del lascito. »

Allora Carolina è qui per rifiutare e lui l'ha sempre saputo. Sul mio viso come minimo si è disegnata una « O ».

« Grazie. »

E nessuno dei due poteva dirmelo al telefono? Le cose pratiche, no? Invece sono dovuta venire fin qui per rivedere questa sala per il solo rispetto della forma?

« C'è però qualcosa di cui vuole parlare prima con Rachele? »

« Sì. » Carolina si volta verso di me con i suoi occhi grandi. Gli stessi occhi verdi e languidi in cui i fratelli Braganza si devono essere smarriti mille volte.

« Io rifiuto, ma, come Massimo ha sempre saputo, c'è un bambino » le si spezza la voce, « anzi, una bambina. Che oggi ha trentanove anni. »

La buona notizia è che dunque non sono io. Perché davvero in certi momenti più assurdi sono arrivata a sospettarlo. Resta il fatto che ho una cuginetta in qualche parte del mondo. Una cugina con cui, in una vita parallela, avrei potuto crescere. Che avrebbe potuto essere come una sorella. Con cui avrei potuto passare il Natale senza essere l'unica bambina in mezzo a trenta adulti. L'idea della mia cuginetta perduta mi infonde un'incolmabile sensazione di rimpianto. « È stata data in adozione subito, appena nata. Ho partorito in Italia, a Imperia. E subito dopo mi sono trasferita a Nizza. »

« E come tale » interviene Manfredi che, è piuttosto evidente, era già al corrente di tutto, « è figlia a tutti gli effetti di altri genitori e ha pieno diritto alla propria privacy. Questo significa che non si può rintracciare a meno che non sia lei stessa a voler essere trovata. »

Parla a Carolina, ma di tanto in tanto sposta lo sguardo anche su di me. « In base alla legge sull'adozione » riprende, « questa persona, in teoria e pure in pratica, ha perso i diritti di successione dal genitore biologico. In altre parole, come le ho già detto, anche se vi ricongiungeste lei non può essere la vostra erede naturale. Né sua, né di Massimo Braganza. »

Carolina è pensosa. Manfredi le sottopone una copia dell'atto di rifiuto ed è pronto a iniziare la lettura, ma lei lo ferma.

« Se lei, *la ragazza*, intendo » e dice « ragazza » con ritrovata freddezza, « dovesse cercarmi... Se rifiuto adesso, lei perderà questo bene per sempre? »

« Inevitabilmente. » Cala una coltre funerea di silenzio. Manfredi infine aggiunge: « In alternativa lei può accettare la sua proprietà, provare a cercare la ragazza e intestarle il bene. È una sua scelta, in ogni caso. Anche se non è detto che riuscirà a trovarla ».

« Notaio, ne abbiamo già parlato. Se poi, appunto, non la trovo? »

« Facile: la rivende. »

« Io non la voglio, quella casa. »

A questo punto mi sento di intromettermi. Perché, insomma, lo zio *de cuius* aveva una volontà precisa e io, in questo momento, sono la sua unica garante. Mio malgrado.

« Carolina... il passato è passato. Sono stati errori di gioventù. »

Lei mi fulmina con lo sguardo. « Cosa ne sai tu? »

« So dell'incendio. E so che è stata colpa di Massimo. È il motivo per cui l'ha ricomprata. »

Parlare di questo davanti a Manfredi mi suscita un discreto imbarazzo e lui forse un po' mi conosce, perché lo capisce. Finisce di picchiettare sul tavolo con la punta della penna e propone: « Posso lasciarvi da sole ».

« Non occorre. Io non ho niente da nascondere » replica Carolina, ma ha gli occhi lucidi. Io invece lo preferirei. E lui mi legge nel pensiero, perché si alza e va verso la porta. « Torno tra un po'. Se avete bisogno, basta che mi facciate chiamare da Eliana. »

« Grazie » dico io, accompagnandolo con lo sguardo, ma la mia voce viene fuori in un sussurro.

« Carolina... » riprendo subito dopo, quando la porta è chiusa.

« È stata colpa di Massimo perché su di me aveva un'influenza... pessima. Tu, Rachele, sei mai stata innamorata al punto da fare pazzie, in quell'età in cui piace da morire farle? » La triste risposta è no. Sono stata innamorata solo di Alessio e non ho mai avuto bisogno di fare pazzie. « Ma l'incendio... non è stato lui a causarlo. Non direttamente, almeno. »

Strabuzzo gli occhi. « So che non sono affari miei, ma... allora chi? E come? E perché? »

Carolina nemmeno mi guarda mentre risponde: « Preferisco non dirlo ».

Incasso, dapprima. Ma poi ci ripenso. « Mio zio ha subìto una condanna. Ha creduto di essere colpevole e di doverla risarcire. Ha trascorso i suoi ultimi mesi di vita in un buco in affitto per ricomprare quella casa. Siamo qui, io e lei, perché nostro malgrado condividiamo le sue ultime volontà. Quindi... non è del tutto vero. Sono anche affari miei. »

Mi guarda adesso con aria di sfida. « E se non lo voglio dire, come la mettiamo? »

« Non la posso costringere... »

« Appunto. Tu sei soltanto curiosa. E lo posso capire, intendiamoci. Ma non ti posso accontentare. Il punto, dicevamo, non cambia. La casa... Io vorrei anche che andasse alla ragazza, ma se non può essere sono ben felice che l'abbia tu. Io non ho bisogno di niente. »

Tra noi solo il ticchettio del mio orologio e, dietro la porta chiusa, le voci di nuovi clienti arrivati allo studio.

« Ha mai pensato di rintracciarla? »

« No. Ho sempre ritenuto che la cosa più giusta fosse lasciarla in pace. Lo credo ancora. »

Forse ha ragione. Non possiamo sapere se quella bambina è diventata un'adulta risolta che non ha interesse a guardarsi indietro. Non è giusto entrare a gamba tesa nelle vite degli altri, anche se con le migliori intenzioni.

« Carolina... posso chiederle perché si è sempre rifiutata di parlare con Massimo? »

Lei mi guarda come se si trovasse di fronte a una mezza scema. « Come, perché? Dici di sapere tutto, e mi chiedi perché? Uno che mi ha convinta a permettergli di rubare in casa dei miei genitori secondo te è uno da frequentare? Uno con cui costruire un futuro? »

Scuoto la testa, un po' mortificata. Vorrei chiederle: Come ti ha convinta, ti ha ipnotizzata? Ti ha plagiata? Era sottile e mellifluo fino a questo punto?

« Tuo zio non era come tuo padre. Da quanto mi hai detto non lo conoscevi, e allora te lo dico io. Era un ragazzaccio. Nell'accezione più completa del termine. Era divertente, era seducente. Ma era anche pericoloso. Tuo padre era quello con cui progettare un futuro e infatti vedi che brava figlia che ha avuto e cresciuto? Lei sì che è stata furba, Elena » conclude, con un riferimento a mia madre, che amo infinitamente ma cui il termine « furba » non si addice proprio. « Comunque, vedi com'è la vita? Fai un errore una volta e le conseguenze ti restano appiccicate addosso per sempre. Chiamiamo il notaio? Si sta facendo tardi. Non è giusto farlo aspettare. »

« Lei è proprio convinta di rifiutare? Ha bisogno di altro tempo? »

Ondeggia la chioma ramata e tiene gli occhi chiusi un istante, come persa in se stessa. Poi annuisce, e infine risponde: « Pienamente convinta. E prima lo facciamo, meglio è ».

Mi alzo per andare a dire a Eliana di avvisare Manfredi e quando ritorno, come era prevedibile, ci troviamo in silenzio in attesa che lui si liberi. È a quel punto che mi si riaccende una curiosità oziosa, ripensando ancora alla cuginetta perduta. Chissà com'è. Chissà se abbiamo un'aria di famiglia. Ed è così che chiedo a Carolina forse l'unica informazione che ha di lei: « Le ha dato un nome? »

« Sì. Ma... non so se gliel'hanno lasciato. »

Carolina non mi guarda, per scelta. Muove freneticamente la caviglia destra in un moto circolare. Dev'essere per il nervosismo.

« In effetti la nuova famiglia era libera di cambiarlo » osservo io.

Carolina adesso fissa la porta. Mi sembra che aspetti il rientro di Manfredi come una liberazione.

Da me che la tormento di domande.

Da questa immersione in apnea nel profondo di un passato che la soffoca.

Poi mi guarda e infine dice: – e, lo posso giurare, è un colpo al cuore – « Iris. Io l'avevo chiamata Iris ».

37 L'incendio

San Brendano di Clonfert, agosto 1983

Il piano, anche se a loro ripugna chiamarlo così perché li fa sentire due criminali, è stato studiato nei dettagli.

Massimo arriverà con il furgoncino del negozio per cui fa piccoli lavoretti. Carolina gli ha dato un mazzo di chiavi, ma lui si porterà dietro un martello per dare qualche colpo alle serrature del cancello e della porta d'ingresso, in modo da simulare l'effrazione.

Carolina ha dato chiare indicazioni su dove andare e cosa prendere. Gli ha anche fatto un disegno con una mappa per aiutarlo a fare presto.

Sensi di colpa? Pochi. La ragione è dalla sua parte. Lei non permetterà che tutto vada in malora e che diventi proprietà altrui, come la villa che è diventata di Lord Beaufoy.

Le sue cose sono sue, e tali resteranno. Un domani, Carolina si racconterà una versione della storia un po' diversa. Vorrà credere che sia stato Massimo a convincerla, e senz'altro è stato il primo a dare forma all'idea ad alta voce. Ma a convincerla ci voleva poco, davvero poco.

Carolina dovrà chiedere ai genitori di accompagnarla al paese più vicino perché vuole comprare dei libri. La scusa è del tutto plausibile: Carolina non guida e, come da prassi, Washington è durato due mesi e devono ancora trovare un sostituto.

La cosa più difficile di tutte è convincere a portarsi dietro la nonna contessa, che le dice: «No, no, poussinette. *Sto bene qui».*

«Resto io con la nonna» si aggancia subito sua madre. Non vedeva l'ora di trovare una scusa.

«Non facciamo mai niente tutti insieme... Nonna, non lo vuoi un buon gelato gusto bacio, come piace a te?»

« Me lo portate voi. »

« Ma si scioglie, ora che arriviamo fin qui. »

Interviene l'avvocato Marsini in persona a dare un assist inaspettato. « Carolina ha ragione. Vieni con noi. Devi fare un po' di moto, lo dice anche il medico. »

In libreria, Carolina prende un paio di volumi e controlla di continuo l'ora. Sa di dover essere lenta, più lenta possibile. Dalla vetrina, sbirciando tra le lettere adesive del nome del negozio, vede il padre dirigersi verso una gioielleria. Ci scommette che vuole vendere l'orologio che gli ha visto prendere dal cassetto poco prima di uscire. Le sembrava fin troppo strano che si fosse mostrato così incline a fare quella passeggiata. Mentre la nonna contessa resta parcheggiata impassibile su una sedia che il libraio si è premurato di offrirle, la madre si accosta a Carolina e le fa fretta.

« Perché non scegli un buon romanzo anche tu? »

« Leggerò i tuoi, quando li avrai terminati. Tuo padre vuole tornare a casa. Ha da fare. »

Carolina sente il cuore in gola e prova un'ansia perversa quando la madre le prende i libri dalle mani per andare a pagare.

« Ma non ho ancora finito. Devo ordinarne alcuni che mi servono per l'esame... »

« Fai presto. »

L'orologio alla parete della libreria segna le 17.20. Massimo dovrebbe aver terminato ma lei vuole dargli più agio. Non le è concesso; il padre entra in libreria e le dice: « Andiamo. È tardi ».

Tardi per cosa?, vorrebbe chiedergli.

Tornano ai loro posti sull'Audi 80. A Carolina, seduta dietro, viene da vomitare a ogni curva. La loro casetta alla periferia dell'immensa tenuta dei Beaufoy li aspetta e Carolina, alla fine, si sente scossa dal senso di colpa, dall'aver consentito che la loro abitazione venisse violata.

Ora che forse tutto è già stato fatto lei è sommersa dal pentimento. Quando la nonna si lamenta perché il padre ha accelerato, Carolina si trova quasi a dispiacersi. Adesso non vede l'ora di rientrare e le prende il panico quando sulla loro stessa strada, ma dal lato opposto, identifica il furgoncino con Massimo alla guida. I due conducenti si scambiano un colpetto di clacson in segno di cordiale saluto. Carolina pensa: Ma cosa ho fatto?, e poi: Morirò, e poi: Magari morissi. Sono ancora lontani da casa, ma averlo incrociato significa che lui ha fatto tutto con successo. Non sono tante le strade di San Brendano e quella in particolare non porta soltanto verso la contrada Serravalle, il che, pensa Carolina con sollievo, se mai sua madre l'avesse riconosciuto, non potrà condurre univocamente a lui quale artefice del furto.

Arrivano a casa. Il padre scende per aprire il cancello e si accorge subito che qualcosa non va.

Ritorna da loro e le avvisa, e scendono di corsa lasciando l'auto lì, davanti al cancello, come se fosse rimasta in panne. Persino la nonna, poggiandosi al bastone, accelera il passo.

Anche il portoncino di casa è scassato. Il padre si precipita dentro, andando dritto verso dove sa che sono conservate le cose più preziose.

Sparite, tutte, nessuna esclusa.

La madre fissa Carolina con un'intensità spietata. La prende per un braccio e la porta nella sua stanza.

« Tu. Tu! »

Carolina scoppia a piangere senza provare a difendersi e lo stesso fa sua madre, che la strattona e la prende a schiaffi, tutti i famosi schiaffi che non le ha dato da bambina, come rimpiange ogni qualvolta ha da rimproverarle qualcosa. Carolina tenta di schermirsi incrociando le braccia e finalmente arriva anche l'avvocato, che tenta di separarle, ma poi la madre gli spiega i fatti e Carolina è persino sorpresa dall'abilità e dall'intuito con cui sua madre ha assemblato tutti i pezzi. I suoi malumori continui, le recriminazioni sulla povertà incombente. La richiesta di quell'uscita tutti insieme. Il perdere tempo in libreria. Massimo Braganza sul furgoncino.

Dapprima il padre non ci crede, ma la ricostruzione non fa una piega. E Massimo Braganza è un pessimo elemento, lo sanno tutti.

Quello sguardo negli occhi del padre Carolina non lo dimenticherà mai, mai. Le fa più male delle sberle di sua madre.

Il problema più grosso però è un altro: la madre sta avendo una crisi di nervi e non la si riesce a calmare in nessun modo. Una crisi che non riguarda più la roba che è stata rubata in casa, ma ciò che ritiene sia stato rubato a lei, e cioè la sua vita negli ultimi vent'anni.

La nonna contessa si affaccia traballante con una boccetta di compressine di Valeriana Dispert per darle alla nuora, che non fa che infervorarsi.

«Ma che ha?» chiede quindi, piegando il padiglione auricolare con le dita per rimediare all'inefficienza dei timpani. È una premura inutile: nessuno le dà corda.

«Digli di tornare e di riportare tutto. Saremo clementi.» Il padre è uno che non si rimangia quello che dice. Ma la verità è che a Carolina non interessa più niente.

La madre fissa il vuoto.

Ha un marito che non ama.

Una figlia che non si è fatta scrupolo a far entrare in casa loro un rognoso buono a nulla permettendogli di rubare quel poco che è rimasto.

Un amante che le aveva promesso che l'avrebbe portata via e che ora non si fa più trovare.

Le ha letteralmente spezzato il cuore.

Non ha soldi propri, dipende dal marito che però è un inconcludente.

Non ha un lavoro.

Non ha niente che ami, ha solo le sue rose ma in questo momento odia anche quelle. Possono bruciare tutte, per quanto la riguarda.

Tutto, può bruciare. Anzi, magari bruciasse, quella casa che cade a pezzi e che la tiene lontana dalla vita che conta.

Potesse bruciare tutto e potesse lei ripartire da capo, lontana.

Corriere dell'Est Veronese,
28 agosto 1983

San Brendano di Clonfert. *È stato arrestato nella notte, dopo un rocambolesco tentativo di fuga, M.B., di anni venticinque.*

Le indagini dei carabinieri unitamente ai tecnici dei vigili del fuoco sul furto e sull'incendio verificatosi in contrada Ser-

ravalle hanno condotto al giovane che, reo confesso di tutti i reati contestati, è stato trasferito nella Casa Circondariale di Montorio.

Migliorano intanto le condizioni delle quattro vittime di intossicazione, dimesse già nella giornata di ieri, con l'eccezione di A.M., di anni quarantotto, che è stata trasferita in una clinica nota per il trattamento e la riabilitazione dei disturbi mentali, dove trascorrerà la convalescenza dall'evento traumatico occorso.

38 Troppa fantasia!

« Signor Oddoli? La disturbo? »

All'altro lato, il socio dello zio *de cuius* sembra rispondere da un'auto in movimento: l'audio è quello di quando il telefono è collegato al bluetooth.

« Mai! Cara ragazza, come sta? »

« Bene, bene... mi scusi, sa, ma sono un po' di fretta. »

Se mi attacca bottone è finita, e nella stanza accanto Carolina ci aspetta ignara della mia intuizione.

Dopo che ha nominato Iris, ogni tassello ha preso il suo posto. Il viso familiare. Quel nome non così frequente.

Iris. La commessa del negozio Antiques, la biondina taciturna che aveva messo la lettera dello zio in cassaforte e che mi ha consegnato il conte Vronskij e che, prima lo sospettavo ma adesso ne sono certa, mi guardava con una curiosità che era qualcosa in più della semplice curiosità.

Ho lasciato Carolina nella stanza con una scusa e ho aspettato Manfredi fuori dalla porta per raccontargli tutto. E adesso è qui, che mi guarda con aria interrogativa mentre al telefono chiedo a Enrico se Iris è lì con lui.

« Iris non lavora più qui » risponde lui. « Ne ho assunta un'altra ma sta ancora imparando. Come mai, signorinella? »

Che disdetta.

Oppure no.

È una conferma di tutto: morto Massimo, Iris non ha più ragione di rimanere lì a Como al servizio del signor Oddoli.

Salto la sua domanda e rispondo facendogliene un'altra: « Posso chiederle da quanto tempo Iris lavorava da voi? »

« Qualche mese, non di più. Ma... questa curiosità? »

« È lunga da spiegare. »

« Un altro dei pasticci di Massimo? »

« Diciamo così. Può darmi il suo numero di telefono? »

Enrico sta morendo dalla voglia di saperne di più, riesco a percepirla fin qui. « Il numero di Iris? »

« Sì. »

« Certo! Glielo mando subito via WhatsApp. Ma poi, mi spiega? »

« Ci conti. »

E, dopo aver riattaccato, faccio un profondo respiro.

« Bisogna che lo dica a Carolina. »

« Ma tu lo capisci che è una supposizione? »

« Può essere solo una coincidenza, ma forse non lo è. E se non lo è, ti rendi conto di cosa vuol dire? »

Nel frattempo Enrico condivide il contatto di Iris, come promesso. Lo salvo subito, andando a guardare la foto profilo: colei che forse è mia cugina ha scelto un'immagine in cui guarda l'obiettivo da sotto un paio di occhiali da sole. Ultimo accesso, mezz'ora fa.

Mi sento addosso lo sguardo di Manfredi. « E ora? »

« Non lo so. »

Nel voltarmi per rispondergli, anche il mio sguardo incrocia il suo e c'è un'intensità tale che mi costringe ad abbassarlo.

« Non so neppure se sia corretto dirlo a Carolina. Insomma, Iris li ha trovati, entrambi. Perché è evidente: per aver trovato lui, prima deve aver trovato lei. E se avesse voluto dire la verità, l'avrebbe fatto lei. »

« Capisco il dilemma etico ma non hai un vero vincolo al silenzio. »

« Lo so. »

« Vuoi che glielo dica io? A Carolina, intendo. Ho il sospetto di esserle molto simpatico. »

« Perché hai la faccia da schiaffi ideale per intenerire le signore mature. »

« E le ragazze, no? »

« Non me. »

« Ah no? » Mi dà un bacio sul collo, rapido, leggero, a tradimento e che mi accende, ma trovo comunque la capacità di far finta di nulla e di proseguire come se non mi avesse sfiorata. Il trucco è non guardarlo negli occhi. Non guardarlo, Rachele.

« Torniamo di là. E no, glielo dico io. »

Carolina Marsini accoglie la mia supposizione senza prendermi per pazza. Ed è già qualcosa.

Dopo un'iniziale titubanza, mi chiede di vedere la foto di Iris su WhatsApp. Mentre gliela mostro, inclina il capo e con le unghie fresche di semipermanente allarga l'immagine per studiarla nei dettagli. Le guance si colorano di un rosa acceso.

« Ma io la conosco! È venuta anche a Nizza. Io ho un B&B di cui mi occupo personalmente. Mi ricordo di lei. Mi ricordo di lei » ripete, ancora, come ipnotizzata dall'immagine di Iris.

Mi sembra evidente che Iris deve essersi messa sulle tracce dapprima della madre e poi, forse attraverso un investigatore privato, dev'essere risalita anche alla plausibile identità del padre. E dato che San Brendano è un piccolo paese pieno di voglia di chiacchierare, non dev'essere stato difficile farsi spifferare da qualcuno che se ne ricordava ancora il nome del *love interest* di Carolina nove mesi prima della sua data di nascita.

Direi che i fatti sono talmente tanto chiari che non ci sarebbe nemmeno bisogno di fare un esame del DNA. Ma resta da capire cosa vorrà fare adesso Carolina. La palla è a lei. Manfredi le ribadisce che Iris, chiunque lei sia realmente, non potrà ereditare a meno di non essere disconosciuta dai genitori adottivi. E che pertanto, l'unico modo legale per farle ottenere la proprietà comprata da Massimo è che Carolina accetti il legato e poi sia lei a donarlo alla ragazza.

« Ma questa, ovviamente, è una sua decisione » conclude, arricciando le labbra in un'espressione un po' impotente. « Si prenda le vacanze di Natale per pensarci e poi ne riparliamo » la esorta infine, mentre fa un cenno a Eliana che ha finito ed è pronto per l'atto successivo.

Carolina sembra stremata a forza di dibattersi tra le correnti.

Da un lato una la sospinge verso il non accollarsi grane e proseguire con la vita che si è scelta. Dall'altro lato, forse, il richiamo di questa figlia da cui si è separata la sta facendo vacillare. È evidente che Iris voleva entrare in contatto con entrambi. Sotto mentite spoglie, forse, per osservarli senza uscire allo scoperto. Adesso la decisione spetta a Carolina, di nuovo, come trentanove anni fa. Aprire o chiudere la porta? Il numero che ho avuto da Enrico, intanto, se l'è fatto girare anche lei.

« Notaio, ha ragione lei. Non è una decisione che posso prendere su due piedi. »

Lui sfodera il suo sorriso più seducente. « Ha tutto il tempo. Fissi un nuovo appuntamento quando si sentirà pronta. Io sono qui. »

Sciolta, Carolina replica: « Com'è caro. Grazie ».

Nei riguardi di Manfredi, Carolina è deferente.

A me, che l'accompagno fuori dallo studio e le chiedo se ha bisogno di compagnia – o di un bicchiere d'acqua o di qualcosa di molto più forte, insomma, di qualunque cosa – a me risponde: « Non dire sciocchezze. Non ho bisogno di niente. E certo che ci vado comunque a teatro. Grazie di tutto, cara ».

E infila l'abitacolo dell'ascensore senza tanti complimenti.

Ci sono cose su cui si potrebbe lucrare con scommesse dalla posta abbastanza alta: una di queste è la curiosità di Enrico Oddoli. Che tutto sommato in questo caso si incrocia con la mia. Ragione per cui, con la scusa che sarà a Milano per prelevare roba dalla casa di un'anziana morta qualche settimana fa, mi dà appuntamento nella stessa caffetteria in cui ci siamo visti la volta scorsa.

Per un caso, è seduto al medesimo posto ed è stato così carino da portarmi un mazzolino di garofani di vari colori pastello misti a rami di eucalipto.

« Un piccolo omaggio » sottolinea con fare un po' galante ma innocente.

« Gentilissimo, davvero. »

« Allora, signorinella, mi spiega perché cercava Iris? »

« Oh... niente di che. Serviva al notaio. »

Dovrei essere preoccupata per il modo in cui produco bugie estemporanee.

« Ah. »

« Cose burocratiche » aggiungo, per dare maggiore autorevolezza alla balla che sembra non soddisfarlo pienamente.

Ordino un caffè anche se è il quarto della giornata. « Può dirmi, giusto per curiosità, perché Iris se ne è andata di punto in bianco? Con che ragione? »

« Mi ha dato un paio di settimane di preavviso dicendo che aveva trovato un altro impiego. È sempre stata molto, molto taciturna. »

« E dov'è andata? »

« Mi ha detto che sarebbe tornata a casa. »

« Che è... dove? »

« Per quel che mi risulta, Iris viene da Imperia. »

Dunque tutto torna, ancora una volta. Agli indizi se ne aggiunge un altro: Carolina ha raccontato di aver partorito lì.

« E in tutto il tempo in cui è stata al negozio... com'era, come si comportava? »

Enrico aggrotta la fronte, come se la domanda gli risultasse bizzarra.

« Normalmente, direi. »

« E con Max? »

« Come un'impiegata introversa. Era affidabile e beneducata. »

« E avete mai visto suoi parenti, o suoi amici? Qualcuno veniva a prenderla? »

« Cara ragazza, lei può fare l'investigatrice! »

« Sono pur sempre una giornalista, fare domande è il mio mestiere. »

Enrico ridacchia. « Un paio di volte è venuto a prenderla un ragazzo, all'uscita dal lavoro. Oddio, ragazzo. Rispetto a me, di sicuro, ma doveva avere l'età di Iris, come minimo. Perché tutte queste domande? »

« Curiosità, davvero. »

« Non è che si è fatta strane idee per l'anello che le ha lasciato Max? »

« Ecco sì, anche » mento.

« Ma no. Troppa fantasia! È stata solo una carineria. A Iris piace molto e stava pensando di comprarselo scalandolo dallo stipendio. Max era uno che non aveva ben chiaro il senso dei soldi. Se gli andava, ti regalava cose anche a costo di rimetterci e finire in perdita. Era fatto così, era anche il suo bello. »

« E Iris lo ha preso, l'anello, alla fine? »

« Sì, certo. È stata molto commossa. In effetti, l'ho vista piangere quando le è arrivata la notifica del notaio. Non si aspettava che Max pensasse a lei nel testamento. »

« È stato un bel gesto. »

Dunque, ciò che desumo da questo incontro è che Iris ha mantenuto con fitto riserbo le sue mentite spoglie. Chissà qual era il suo scopo. Forse, solo osservare da vicino il padre biologico, com'era nel suo ambiente, senza che il rapporto fosse falsato da comportamenti innaturali, quali inevitabilmente sarebbero stati se lei avesse manifestato la sua vera identità.

« Ripeto, non vada a pensare che ci fosse qualcosa di più. È vero che Max era un farfallone e faceva un po' il piacione con tutte, ma avrebbe potuto essere suo padre. »

Per l'appunto!

Ma mi guardo bene dal dirlo. Solo Iris ha il diritto di svelare il proprio segreto.

Che poi è lo stesso motivo per cui io stessa non ho avuto il coraggio di contattarla. Mi sembra di violare il suo spazio, i suoi confini. Forse non avrei dovuto dire la verità nemmeno a Carolina. Ho agito pensando a un bene superiore, ma il bene che credo io non è detto coincida con quello altrui.

Ho superato il Natale. Ho superato la mezzanotte del 31 dicembre.

Mi sono abbrutita guardando le stories su Instagram di Giulia Iaronni e di Mercede a New York. Di tanto in tanto Manfredi figurava sullo sfondo con un berretto di lana che gli stava malissimo ma non per questo m'avvelenavo di meno di desiderio.

Ma non è stato male, per il resto.

Ho letto tanto, ho quindi riposato, ho recuperato i chili persi quando Alessio se n'è andato.

Poi gennaio, quindi febbraio, sono arrivati con le loro novità. Shakira, *Spare*, poi Sanremo. Un freddo insopportabile e il silenzio sul mio telefono.

39 Semplice. Eppure anche complicatissimo

Carolina ha fissato un
appuntamento il 2 marzo alle 18

Bisogna dire che l'ars oratoria di Manfredi rende merito alla nostra professoressa d'italiano. Soprattutto considerato che non ci sentiamo da prima di Natale. Quando ho visto l'icona di un suo messaggio sul display per poco non sono caduta dal divano su cui vegetavo avvolta nella copertina della disperazione.

Abbiamo qualche dettaglio in
più? E comunque, ciao

Sì. Accetta. Come stai?

Dunque finalmente Carolina è arrivata a una decisione. Non del tutto prevedibile, per quanto mi riguarda.

Bene. Era sempre bella New
York?

New York è tanto, ma mai
troppo

Dieci minuti dopo, forse vedendo che non gli do corda, aggiunge:

Carolina mi ha detto di
chiederti di venire

Serve un testimone?

No

E allora perché mi vuole lì?

Non lo so. Invece di portarti a C'è posta per te, ti vede dal notaio

E allora farò in modo di esserci

Ma naturalmente la decisione l'ho presa subito e mi sarei liberata anche in caso di impegni.

Il 2 marzo esco dalla redazione avvolta in un cappotto perché nonostante il freddo la vanità ha avuto la meglio sulla praticità e ho lasciato il piumino in casa al suo posto. Per raggiungere lo studio di Manfredi mi concedo il piccolo lusso di un taxi. Una volta arrivata, Eliana mi accompagna direttamente nella solita sala senza che si presagiscano attese.

« Il notaio arriva subito » mi dice, incredula anche lei per la puntualità del suo capo.

E in effetti, qualche momento dopo, la porta si apre e lui appare, sempre un po' scarmigliato, senza cravatta, quei capelli morbidi in cui affondare le dita. Mi alzo e lui mi dà un rapido bacio sulla guancia, neutro, che come sempre sa di liquirizia.

« C'è del miracoloso nel tuo essere puntuale! »

« Visto? Sono addirittura in anticipo. Ma anche tu lo sei. Si batteva la fiacca in redazione? »

« A differenza tua, la puntualità è un vizio che non riesco a togliermi. »

« Ah-ah. »

Si versa dell'acqua, ce n'è sempre una bottiglietta sul tavolo ovale su cui stipula gli atti. Sembra un po' freddo, come forse devo sembrargli anche io.

« Invece Madame è in ritardo » constata dopo un po' di chiacchiere vacue, principalmente incentrate su New York, che è forse il modo migliore per non parlare di niente.

« Già. »

Tamburello le dita sulle ginocchia con gli occhi bassi, prima di dire: « Che poi questa cosa è del tutto anomala ».

« Quale? » chiede. Gli ho smosso l'ansia.

«Che tu mi faccia assistere a degli atti privati.»

«Tecnicamente, dopo essere stato stipulato, qualunque atto di un notaio è pubblico. Non di meno, la situazione è anomala, concordo.»

«Quello che fa Carolina oggi è un atto di accettazione?»

«No. Non occorre fare un atto per accettare un legato. L'atto si fa solo se lo si rifiuta.»

«E quindi?»

«Viene a integrare la successione.»

«Ah. Capisco. Sai... alla fine non ho mai scritto a Iris. Non sapevo da dove iniziare. T'immagini? 'Ehi, ciao, cugina!'»

Lui sorride con uno sguardo obliquo prima di tornare a puntare gli occhi, nell'ordine, sul documento che ha fatto già preparare, sull'orologio, sulla porta e infine di nuovo su di me.

«Perché sei in imbarazzo?» gli domando.

Corruga la fronte come quando a scuola negava una malefatta. «Io non sono in imbarazzo.»

«Sì.»

«No.»

«Sì.»

Si inclina verso di me. È decisamente vicino e il suo sguardo è freddo da far male. «Rachele, diciamocelo una volta per tutte. Non è che ti ci senti tu, in imbarazzo?» E siccome non gli rispondo subito, lui scopre tutte le carte. «Non so. Dico per dire. Per il testamento, per esempio. Per Simona. Perché, giustamente, pensi che quello che le è successo sia, in parte, colpa mia. O perché quando ti vedo ti fisso, di questo mi scuso ma non riesco a non farlo. Oppure perché c'era qualcosa, ma quel qualcosa per te è finito.»

Finito. Finito. Finito.

Mi rimbomba nella testa.

«Okay» annuisco. «Mi ci sento io.»

Arretra all'istante. «Bene. Felice di averti aiutata ad ammetterlo. Ma allora non tormentare me perché io l'imbarazzo non l'ho mai conosciuto nella vita.» Si alza e non si accorge che stavo per prendergli la mano e che sto per dire ma no, aspetta un momento, non è così, c'è qualcosa che è ben lontano dall'essere finito. « Dico a Eliana di telefonare alla contessa. Mi sono rotto di aspettare. »

Va verso la porta e la spalanca con fin troppa irruenza. Lì dietro, con la mano pronta a poggiarsi sulla maniglia, c'era già Eliana che lo fissa sgomenta.

« Scusa, Eliana. »

« Scusi lei, notaio. »

Dietro di lei c'è Carolina.

Al suo fianco, Iris.

Anche Manfredi è sorpreso. Quindi Carolina ha agito a sua insaputa, forse all'ultimo minuto.

« Notaio, le presento Iris. Rachele, a te non devo presentarla, credo. »

Io e la mia cugina ritrovata ci guardiamo dritto negli occhi, con timidezza ma anche simpatia. Forse non era il momento giusto per tutte queste emozioni, perché sono ancora un po' scombussolata dallo scambio di prima con Manfredi.

Ci diciamo un « ciao » abbastanza sgangherato mentre ci diamo la mano con un sorriso caldo, come se ci promettessimo silenziosamente di raccontarci tante cose.

Manfredi le stringe la mano a sua volta, un po' teso anche lui, forse perfino incerto su come comportarsi, perché non dev'essere del tutto rituale svolgere il suo lavoro con il pubblico di due estranee. Tuttavia non pone obiezioni, anzi, è abbastanza formale e taciturno.

Prende posto ed è pronto a iniziare la lettura, ma Carolina lo ferma.

« Notaio, prima di iniziare, c'è una cosa che vorrei dire. Iris lo sa già, ma Rachele no, e nemmeno lei, che questa cosa dovrà farla. »

Manfredi aggrotta la fronte. « Di cosa si tratta? »

Con una voce dolce che non le ho mai sentito, Carolina sembra non sapere bene da dove cominciare.

« Scusatemi. È l'emozione. Ecco io... accetto il legato di Massimo ma, quando il qui presente notaio vorrà, io intendo donarlo a entrambe. »

Trasecolo. « Anche a me? »

« Sì. A te e a Iris. È giusto che lo abbiate voi due, insieme. Non vale molto, ma è tutto quello che resta di una storia lunga e che ti racconterò, Rachele. »

« Io però cosa c'entro? Cioè, capisco Iris, naturalmente. Ma io? » ripeto e cerco con lo sguardo Manfredi che è sbigottito almeno quanto me.

« Massimo aveva tante, molte colpe. Ma non quella dell'incendio. » Lo ha già detto, la prima volta che ci siamo viste, ma stavolta sembra finalmente disposta ad affrontare il passato.

« Lui però credeva davvero di averlo causato » osservo, molto intristita.

« Nemmeno questa è la verità. Lui pensava che fossi stata io. Ma non sono stata io. »

Carolina cerca Iris con lo sguardo e lei ha tutta l'aria di conoscere molti più dettagli di me. E forse è giusto che sia così.

« Tu sei sua nipote » riprende Carolina. « Massimo ha comprato quella casa con tutto quello che aveva. È giusto che tu ne abbia una parte. »

« Ma, signora Marsini, ne abbiamo già parlato. Io l'ho visto una volta in tutta la mia vita. Il suo è un pensiero che le fa onore, ma io non c'entro niente. »

« In ogni caso, non è adesso il momento di scegliere. Tanto, non possiamo mica farla oggi la donazione. Vero? » chiede diretta a Manfredi, sotto sotto forse un po' speranzosa.

« Non ci pensi nemmeno » le risponde lui, con un sorriso affabile. Lui sa come prenderla. Cordiale, ma dominante. « Rachele, un passo alla volta » dice infine a me, comprensivo.

Annuisco, ma con un trambusto dentro. E resto distratta mentre Manfredi e Carolina sbrigano le loro cose, come pure distratta mi sembra Iris, che però a un certo punto viene a sedersi accanto a me e sussurra: « Possiamo uscire un attimo? »

Annuisco, l'ultima cosa che voglio è disturbare.

Chiudiamo la porta ma rimaniamo appena fuori, perché la sala d'attesa è occupata.

« Mi dispiace. Non sono stata sincera » esordisce Iris.

« Pensa che a me invece dispiaceva di averti tradita con Carolina... » le confesso. È una remora che mi sono portata dietro fino a ora.

« No. Hai solo sbloccato il destino. »

« Ti ho forzato la mano. Ne sono consapevole. »

« Forse volevo che mi fosse forzata, visto che non riuscivo a fare niente da sola. »

« Sei riuscita a dire la verità a Massimo... prima che se ne andasse? »

Iris scuote il capo. « No. Tutti i giorni mi dicevo: Lo farò domani, troverò il coraggio domani... e invece non l'ho trovato mai. Non sapevo che stesse male. »

Le poggio una mano sulla spalla, un gesto che si trasforma in un abbraccio. E poi le dico: « Ascolta, Iris, Carolina ha le sue idee. Ma io non voglio toglierti niente. Anzi, credo di doverti quello che avanzerà quando avrò venduto l'auto ».

« Figurati che a me invece piacerebbe tanto ristrutturare quella casa e andarci a passare le vacanze. Sarebbe un bel progetto, ma forse per una persona sola è troppo ambizioso. E sarebbe bello condividerlo. Non pensi? Farne una casa di famiglia, com'era un tempo. Ma... è tutto troppo grosso, adesso. Credo che dobbiamo familiarizzare entrambe con tutte le novità. »

« Credo anche io. Già non dormirò stanotte. »

E poco dopo, quando lei e Manfredi hanno finito, fuori dalla sala Carolina – e Iris con lei – mi implora di rimanere insieme per cena e io non posso e non voglio dire di no.

Mentre ci avviamo verso l'uscita, scambio un ultimo sguardo con Manfredi che sta andando verso la sala d'attesa da altri clienti.

Ci facciamo un cenno di saluto.

Semplice. Eppure anche complicatissimo.

Un ultimo sguardo allo specchio, poi chiudo il portoncino di casa e corro a prendere il tram.

Sembra già primavera, ai primi di marzo. Gli alberi di magnolia al centro del viale su cui sporge la mia palazzina sono in piena fioritura e il sole splende alto nel cielo. Caldo, persino.

Ormai da anni è così: marzo è magnifico e maggio è di nuovo inverno.

Attraverso la città e scendo in viale Certosa; un tratto a piedi e arrivo al garage California.

Il gestore mi porge le chiavi molto a malincuore.

« Signorina Braganza, mi corre l'obbligo di raccomandarle di fare attenzione. »

« Ma ovvio. Le pare che voglio rovinarla ora che è a un passo dall'essere venduta? »

« L'acquirente è venuto a vederla e l'ha studiata nei minimi dettagli. Se fa un graffio anche minimo, se ne accorgerà. »

« E se non la vorrà più, pazienza. Troveremo qualcun altro. Tanto non abbiamo niente di scritto. Non ha nemmeno lasciato un assegno come caparra. La macchina è ancora mia a tutti gli effetti. »

Alla fine non è stato necessario trasferirla a una concessionaria, perché bella com'è ha attirato ben presto l'attenzione di un cliente del garage.

« Vuole che faccia io la manovra per tirarla fuori? »

Con una certa prontezza replico: « No, grazie. Posso farlo da me ».

E nel dirlo ho quasi un brivido di eccitazione e coraggio. Il coraggio, d'altra parte, a volte va trovato per le piccole cose, prima di poterlo usare per le grandi.

Il gestore patisce un'inquietudine palese, riesco a vederlo dallo specchietto retrovisore. Sembra di quelli che non si fidano delle donne alla guida, in generale, e di me in particolare.

Non che abbia torto. Non sono una con grande esperienza, questo è sicuro. A tirar fuori l'auto in effetti mi dimostro totalmente impedita e inizio a nutrire qualche dubbio su come arriverò a destinazione.

« Come si abbassa la capote? » mi ricordo all'improvviso di chiedere, affacciandomi dal finestrino.

« Scenda che le faccio vedere. »

E a quel punto, sembra non voler più cedermi il posto del conducente.

Ma mi rimetto alla guida e, dopo un mio audace colpo d'acceleratore, il brav'uomo si copre il viso con le mani, disperato.

« Stia sereno. Davvero. »

« Che posso dirle... »

« Niente. Non dica niente. Gliela riporto domani. Tutta intera. »

Lui non resiste a un gesto scaramantico che è né più né meno quello che mi aspettavo.

Ma ce l'ho fatta: imbocco l'uscita del garage mentre un urlo mi ricorda: « LA FRECCIAAAAAAAA!!! »

Non vedo Manfredi dalla successione di Carolina, la scorsa settimana. Carolina che ha creato un gruppo su WhatsApp in cui ci siamo io, Iris e lei che da me, ora, vuole essere chiamata zia. Certe volte la mia vita sembra un film francese, di quel genere di commedie in cui succedono cose mezze assurde.

Quella che sto per fare, per esempio, è un'assurdità bella e buona.

Chiarissimo notaio, a che ora finisce gli appuntamenti, oggi?

Tra mezz'ora

Bene. Allora ci vediamo tra mezz'ora sotto il suo studio

Visualizza ma non risponde. Chi tace acconsente.

Ho un discorsetto pronto, ma in certe cose non sarebbe meglio improvvisare? La sincerità ripaga. Non sempre, è vero, ma forse in questo caso sì. Ripenso a quando mi ha chiesto un reset. Ho detto sì, ma non l'ho mai fatto.

Benché vivere con l'amplificatore della giovinezza sotto pelle renda tutto più incandescente, è ora di lasciar andare i diciottenni che eravamo: vivono nel passato e portarli qui nel presente è semplicemente sciocco.

E quindi, addio, Alessio. Mi dispiace non averti aiutato a capire chi eri realmente.

Addio, Manfredi con i capelli in disordine, il banco che abbiamo condiviso e la severità con cui ti ho giudicato.

Addio, Rachele che si aspetta troppo da se stessa e dagli altri e che per questo non sa davvero legare con nessuno. Addio, Rachele paurosa di fare male le cose e che per questo non le fa.

A te, Simona, non dico addio ma solo arrivederci.

Arrivo lenta e timorosa al suo studio e, con una discreta fortuna, trovo persino un buon posto non troppo distante dal portone da cui Manfredi esce poco dopo il mio arrivo. Non mi vede subito e faccio un colpetto di clacson per attirare la sua attenzione. Sgomento, il casco in una mano, l'altra che ravvia i capelli, lui si avvicina e si piega per guardarmi in faccia.

« Non ci posso credere. »

« E invece. »

Avvolge la Bentley in uno sguardo ammirato. « Gran bella macchina. »

« È mia ancora per poco. Avrà un nuovo proprietario, a breve. Hai impegni? »

Ci pensa prima di rispondermi: « No ».

« Facciamo fare un ultimo giro a questa signorina? »

Aggrotta la fronte. « Rachele... »

Questo è il momento più duro. Me lo aspettavo. Io ho lasciato cadere ogni suo tentativo di fare un passo verso di me. Se mai volesse emulare la mia stessa forza di volontà in quella direzione, nel giro di mezz'ora, sconfitta, sarò di nuovo al garage California. Ne sarà felice il gestore, ma non io.

« Reset. » Secca. Umile ma non sottona.

Manfredi abbassa per un momento lo sguardo e si gratta per un attimo la nuca. « In fondo, è solo un giro in macchina. »

« Infatti » lo assecondo io. « E tu muori dalla voglia di farlo. Ti conosco, un po'. Hai puntato quest'auto sin dal primo momento. »

« E dove vuoi andare? »

« Hai presente quando si dice 'non importa la meta ma il viaggio'? »

Lui rivolge lo sguardo verso la strada trafficata. Infine mi fissa con aria di sfida e dice: « Ma solo se me la fai guidare ».

Tamburello le dita sul volante, un po' indecisa.

Poi mi volto, gli sorrido soave e restituisco la sfida. Indicando il lato passeggero, gli dico: « Scordatelo ».

Ringraziamenti

Come ogni volta, la gestazione di un libro è un evento che si realizza in solitaria solo all'apparenza. In realtà, i debiti di gratitudine che si contraggono durante la costruzione di una storia sono moltissimi.

Ho quattro persone da ringraziare in maniera particolarmente forte e sentita, e l'ordine non è d'importanza:

la notaia Amalia Macrì Pellizzeri di Messina, amica gentile che non si è mai sottratta alle mie ipotesi di « fantanotariato » e che ha prestato la sua competenza e precisione a Manfredi. Resta inteso che eventuali errori sfuggiti alla sua supervisione sono tutti da addebitare a lui, che ha fatto di testa sua.

La mia amatissima amica Amalia, per il sostegno parola dopo parola, capitolo dopo capitolo.

Paola Barbato, amica leale, per la visione precisa, onesta e generosa che è servita a sbloccarmi e a ritrovare l'entusiasmo che avevo perso a un certo punto della stesura.

Fabrizio Cocco, perché con le sue arti magiche sa farmi dare il meglio. O farmici provare, quanto meno.

Nessun ringraziamento è sufficiente nei confronti di tutto il team Longanesi e GeMS. Stefano Mauri e Cristina Foschini, Giuseppe Strazzeri, Raffaella Roncato, Elena Pavanetto, Graziella Cerutti, Diana Volonté, Ernesto Fanfani, Giulia Tonelli, Giulia Fossati, Alessia Ugolotti e Patrizia Spinato: grazie per l'accoglienza, il calore e l'entusiasmo riservati a questa nuova figlia di carta. Ripeto quanto già vi ho detto: sono una persona fortunata.

Grazie a Carmen Prestia, molto, molto, molto più che un'agente.

Per la consulenza estemporanea sui tarocchi grazie a @malapuella – Valentina Divitini.

Grazie inoltre a Cristina Cassar Scalia, a Felicia Kingsley e a Cristina Caboni per quello che in sintesi è: « Ce la fai ».

Grazie a Caterina per venirmi in soccorso con generosità. A Valentina per aver letto il manoscritto tutte le volte che ho cambiato qualcosa. Dunque quante volte, mille?

Ad Anna Dalton, mia soave e insostituibile amica.

A Maria Grazia, colonna incrollabile della mia vita.

Grazie a Vanessa per le chicche preziose che aggiungono sempre quel qualcosa in più.

Ai miei suoceri, agli zii naturali e acquisiti, per esserci con partecipazione e gentilezza.

A Chiara e Francesco, cugini ma in realtà fratelli.

Alla mia mamma che ci crede sempre, la mia fan numero 1 che mi fa sempre sentire al sicuro. Alla mia nonnina adoratissimissima.

A Stefano, Eloisa e Bianca che, semplicemente, sono tutto.

ALESSIA GAZZOLA

QUESTIONE DI COSTANZA

Verona non è la mia città. E la paleopatologia non è il mio mestiere. Eppure, eccomi qua. Com'è potuto succedere, proprio a me?
Mi chiamo Costanza Macallè e sull'aereo che mi sta portando dalla Sicilia alla città del Veneto dove già abita mia sorella, Antonietta, non viaggio da sola. Con me c'è l'essere cui tengo di più al mondo, sedici chili di delizia e tormento che rispondono al nome di Flora.
Mia figlia è tutto il mio mondo, anche perché siamo soltanto io e lei...
Lo so, lo so, ma è una storia complicata. Comunque, ce la posso fare: in fondo, devo resistere soltanto un anno. È questa la durata del contratto con l'Istituto di Paleopatologia di Verona, e io – che mi sono specializzata in Anatomia patologica e tutto volevo fare tranne che dissotterrare vecchie ossa, spidocchiare antiche trecce e analizzare resti centenari – mi devo adattare, in attesa di trovare il lavoro dei sogni in Inghilterra. Ma, come sempre, la vita ha altri programmi per me...

LONGANESI TEA

ALESSIA GAZZOLA

COSTANZA E BUONI PROPOSITI

Tutto avrebbe pensato, ma non di fare la paleopatologa dopo la laurea in medicina. Non di vivere a Verona, così distante da Messina, la sua casa. Non di avere una figlia piccola a carico, la buffa Flora. Non di rintracciare il padre della suddetta figlia dopo diversi anni, di trovarlo affascinante come quando l'aveva conosciuto e di scoprirlo perfetto con Flora. Non di provare ancora qualcosa per il suddetto padre. Non di poter vantare una discreta collezione di situazioni ed esperienze imbarazzanti. La vita di Costanza Macallè può dirsi, insomma, abbastanza travagliata. Eppure la trentenne dai capelli rossi ribelli e con il cappotto troppo leggero per l'inverno del Nord può contare su pochi ma buonissimi assi nella manica che la aiutano ad affrontare giorno dopo giorno le sfide della vita. Perché l'importante è avere sempre buoni propositi. La nuova vita che Costanza ha appena iniziato a costruire potrebbe, però, essere sul punto di cambiare un'altra volta...

LONGANESI TEA

ALESSIA GAZZOLA

LA COSTANZA È UN'ECCEZIONE

Costanza, dopo la laurea in medicina, è stata costretta a lasciare la sua amata e luminosa Sicilia per trasferirsi nel freddo e malinconico Nord. A tenere in caldo i cuori, però, ci pensa Marco, incantevole padre della sua incantevole Flora che Costy, non senza qualche incertezza, ha deciso di portare nella vita della figlia. Dopo varie tribolazioni, Marco ha praticamente lasciato la storica fidanzata all'altare. Costanza credeva che l'avesse fatto per lei, ma non ne è più così sicura considerato che Marco prende tempo e si comporta in modo piuttosto ambiguo. Come se la situazione non fosse abbastanza complicata, gli ex colleghi di Costanza la richiamano per un incarico dal lauto compenso: l'ultima discendente di un'antica famiglia veneziana, gli Almazàn, desidera scoperchiare le tombe dei suoi antenati per scoprire cosa c'è di vero nelle dicerie calunniose che da secoli ammantano di mistero il casato. Costanza non vorrebbe accettare, ma questa storia a tinte fosche solletica la sua curiosità...

LONGANESI

ALESSIA GAZZOLA

LA COSTANZA È UN'ECCEZIONE

Costanza, dopo la laurea in medicina, è stata costretta a lasciare la sua amata e luminosa Sicilia per trasferirsi nel freddo e malinconico Nord. A tenere in caldo i cuori, però, ci pensa Marco, incantevole padre della sua incantevole Flora che Costy, non senza qualche incertezza, ha deciso di portare nella vita della figlia.

Dopo varie tribolazioni, Marco ha praticamente lasciato la storica fidanzata all'altare. Costanza credeva che l'avesse fatto per lei, ma non ne è più così sicura considerato che Marco prende tempo e si comporta in modo piuttosto ambiguo. Come se la situazione non fosse abbastanza complicata, gli ex colleghi di Costanza la richiamano per un incarico dal lauto compenso: l'ultima discendente di un'antica famiglia veneziana, gli Almazàn, desidera scoperchiare le tombe dei suoi antenati per scoprire cosa c'è di vero nelle dicerie calunniose che da secoli ammantano di mistero il casato. Costanza non vorrebbe accettare, ma questa storia a tinte fosche solletica la sua curiosità...

LONGANESI

Questo libro è stampato col sole

Azienda carbon-free

Certificato PEFC

Questo prodotto è realizzato con materia prima da foreste gestite in maniera sostenibile e da fonti controllate

PEFC

PEFC/18-31-226

www.pefc.it

Fotocomposizione Editype S.r.l.
Agrate Brianza (MB)

Finito di stampare
nel mese di agosto 2023
per conto della Longanesi & C.
da Grafica Veneta S.p.A. di Trebaseleghe (PD)
Printed in Italy